Für meinen kleinen Bruder Thomas

Karlheinz Huber

...und wieder

13 Horror Geschichten

Teil 2

Impressum

Bibliografische Information der Deutschen
Nationalbibliothek:
Die Deutsche Nationalbibliothek verzeichnet diese
Publikation in der Deutschen Nationalbibliografie;
detaillierte bibliografische Daten sind im Internet über
http://dnb.dnb.de abrufbar.

© 2021 Karlheinz Huber

Bilder: Internetplattform Pixabay / Wikipedia

Herstellung und Verlag: BoD – Books on Demand,
Norderstedt

ISBN: 978-3-7557-2596-1

Vorwort

Nachdem mir einige Stammleser offerierten, dass ihnen die ersten 13 Geschichten gut gefallen hätten, wurde ich quasi genötigt, eine Fortsetzung zu schreiben. Der Wunsch des Lesers ist des Autors Befehl, oder so ähnlich.

Auch dieses Mal fiel es mir sehr schwer, bei den Geschichten nicht zu tief zu gehen. Es juckte in den Schreiberfingern, doch ich hielt mich zurück. Trotzdem bin ich der Meinung, dass einige Storys ein ganzes Buch verdient hätten. Schauen wir mal, was die Zukunft bringen wird.

Ich hoffe, für jeden Geschmack ist etwas dabei, und sollte sich jemand wiedererkennen, dann ist das unbeabsichtigt und somit reiner Zufall.

Genug der Vorrede, und wie immer:
„Feedback, der Applaus des Autors, ist ausdrücklich erwünscht."

Viel Spaß beim Lesen wünscht

der freundliche Herr Huber.

Karma

Wie jeden Morgen ballte Maria ihre Hände zusammen, zählte bis drei und öffnete ihre Augen.

„Warum ist es stockfinster?", stöhnte sie.

Nachdem sie den Vorgang dreimal wiederholt hatte, fuhr ihre Hand zur Stirn und fühlte einen Schweißfilm.

‚Hört das denn nie auf mit diesen Wechseljahren', dachte sie und hob die andere Hand in die Höhe.

‚Was war das?', schoss es ihr in den Kopf, als sie auf einen Widerstand stieß.

Sie spreizte ihre Finger und ertastete ihre Umgebung.

‚Da schon wieder'. Ihr Puls stieg und ihre Bewegungen wurden hektischer. Nach wenigen Sekunden wurde ihr schlagartig bewusst, dass sie völlig von Holzplanken umgeben war.

„Ein Sarg, bin ich etwa in einem Sarg?", schrie sie, und ihr wurde endgültig klar, dass sie definitiv nicht in ihrem Bett lag.

„Ich schlafe noch und träume. Ja, genau so wird es sein. Maria, alles wird gut, du musst nur aufwachen", flüsterte sie und versuchte verzweifelt, die aufkommende Panik zu unterdrücken.

„Alptraum", wisperte sie ständig vor sich hin, faltete ihre Hände auf der Brust und verharrte. Durch kontrolliertes Atmen beruhigte sich ihr Puls langsam wieder und sie schloss erleichtert die Augen.

— — —

Maria öffnete ihre Augen. Verwirrt sah sie sich um. Sie saß in ihrer Zentrale, wie sie das Schwesternzimmer immer nannte. Nachdem sie sich ihrer Umgebung bewusst war, zog es sie zu dem Monitor auf dem Schreibtisch vor ihr. Er zeigte eine alte Frau schlafend in ihrem Krankenbett. Maria erkannte sie sofort und stöhnte.

‚Ja, Schwester Maria! Genau, ich bin es, die alte Hexe, wie du mich immer nanntest', sagte eine Stimme in ihrem Kopf. Gebannt starrte sie auf den Monitor und sah, wie sich die Tür öffnete und eine Person das Krankenzimmer betrat. Als sie sich selbst erkannte, unterdrückte sie nur mit Mühe einen Aufschrei.

‚Schau genau hin, wie du lächelst. Du freust dich schon auf das, was du gleich mit mir tun wirst', flüsterte die fremde Stimme in ihrem Kopf.

Maria wusste genau, was gleich passieren würde! Doch das alles war schon mehr als zwei Jahre her.

Verwirrt glotzte sie auf den Bildschirm und sah zu, wie sie in ihrer Krankenschwestertracht ein Kissen in der Hand hielt und es lächelnd auf das Gesicht der alten schlafenden Frau legte. Mit beiden Händen drückte sie zu. Als ihr Opfer sich wehrte, erhöhte sie den Druck, bis das Zappeln aufhörte. Zufrieden schaute sie auf die Geräte und nickte. Der durchdringende Dauerton der erloschenen Herztätigkeit erfüllte den Raum. Sie trat etwas vom Krankenbett zurück und begutachtete ihr Werk. Das Kissen legte sie zärtlich unter den Kopf der Toten, dann drehte sie sich um und verließ das Krankenzimmer.

Fassungslos schaute Maria auf den Bildschirm - der augenblicklich erlosch!

— — —

Maria schlug die Augen auf, doch die Schwärze blieb. Panik erfasste sie und ihre Hände setzten sich automatisch in Bewegung, um die Umgebung abzutasten. Schnell wurde ihr bewusst, dass sie sich immer noch in einer Holzkiste befand.

Ihre Synapsen sprangen wie wild in ihrem Gehirn hin und her. Schlagartig wurde ihr klar, was als Nächstes passieren würde.

‚Ich werde ersticken', bildete sich das Ergebnis der wilden Schaltungen in ihrem Kopf. Mit aller Kraft arbeitete sie gegen die aufkommende Panikattacke und versuchte sie so klein wie möglich zu halten. Zu rationalem Denken war sie nicht in der Lage, doch der menschliche Instinkt setzte seine Arbeit mit der detaillierten Erforschung der Umgebung fort. Alle Körperteile beteiligten sich, und schneller als gewollt kamen ihre Sinne zum selben Resultat:

„Ich befinde mich in einer Holzkiste, in einem Sarg. Liege ich unter der Erde?", flüsterte sie.

Ihre Hände und Füße schlugen gegen ihr Gefängnis, dann roch sie etwas. Verwirrt verstärkte sie ihre Sinne. Plötzlich spürte sie einen winzigen Luftzug über ihrem Gesicht. Das kleine Licht der Hoffnung erhellte sich. Ihre Hände untersuchten den Bereich nochmals genauer.

„Da, was ist das? – Ein Rohr?", hauchte sie.

Sie steckte drei Finger in das Rohr und zog sie blitzartig aus ihrer Lebensversicherung zurück. Ihre Gehirnwindungen traten wieder in Aktion und überschlugen sich dabei. Plötzlich zitterte Maria am ganzen Körper - und ihre Blase erleichterte sich.

„Irgendjemand hat mich lebendig begraben und hält mich trotzdem am Leben – warum?", raunte sie.

Der beißende Harngeruch trieb ihr Tränen in die Augen und sie schloss sie.

— — —

Maria öffnete ihre Augen und schaute sich verwirrt um. Sie stand auf dem Flur im Krankenhaus - ihrem Krankenhaus! Sie setzte sich in Bewegung auf eine Tür zu, öffnete sie und betrat ein Krankenzimmer. Ein alter Mann sah sie freundlich grinsend an und sagte: „Hallo, Schwester Maria."

Maria wusste genau, was gleich passieren würde. Ein dicker Kloß bildete sich in ihrem Hals. Hilflos sah sie, wie sich ihr Körper in Bewegung setzte. Sie versuchte es zu verhindern, doch ihre Muskeln gehorchten nicht. Sie war gefangen in ihrem eigenen Körper und fühlte sich machtlos, wie ein Zuschauer, der durch ihre Augen die Szene beobachtete.

„Hallo, hier Ihre neuen Tabletten", hörte sie sich sagen und reichte dem Mann eine Tablettenbox. Mit einem Schluck Wasser spülte er die beiden Kapseln hinunter und lehnte sich seufzend zurück. Maria drehte sich um und setzte sich auf den Stuhl am Fußende des Krankenbettes.

„Sonderbetreuung heute, das ist aber lieb von Ihnen", krächzte der Alte und ein lüsternes Grinsen huschte über sein Gesicht. Maria, gefangen in ihrem eigenen Kopf, starrte auf die Szene. Der Versuch, die Augen zu schließen, misslang und so schaute sie zu, wie der Alte sich auf einmal an die Brust fasste.

Maria spürte, wie eine Woge der Glückseligkeit ihren Körper überspülte.

Ein lautes Stöhnen entrang sich der Kehle des Mannes, der verzweifelt versuchte, sich aufzurichten. Nach Luft japsend, färbte sich sein Kopf feuerrot, bis er mit einem lauten Seufzer auf den Lippen nach hinten auf sein Kopfkissen kippte und die Augen für immer schloß.

Maria wartete zwei Minuten, dann stand sie auf, lief um das Bett und hob die Decke an.

„Schau an, jetzt hat der alte Lustmolch einen Ständer bekommen! Mal sehen, ob noch Flüssigkeit herauskommt", sagte sie und umfasste das steife Glied.

Immer schneller arbeitete ihre Hand, bis der Samenerguss sich seinen Weg aus der Eichel bahnte. Angewidert zog sie ihre Hand zurück, lief zum Waschbecken, um sich zu reinigen. Nach einer gründlichen Desinfektion trat sie wieder ans Krankenbett und schaute auf den toten alten Mann herab.

„So, du Wichser! Jetzt fasst du keiner Schwester mehr an den Arsch", flüsterte sie und trat zur Tür. Unvermittelt wurde es stockdunkel.

— — —

Maria schlug die Augen auf. Finstere kalte Schwärze umgab sie. Nach einem kurzen Check war ihr klar, dass sie noch immer in der Kiste lag.

‚Oder in einem weiteren Traum?', dachte sie hoffnungsvoll. Als ihr der Harnstoffgeruch entgegenschlug, verschwand der kleine Schimmer, der sich Hoffnung nennt. Ein neues unbändiges Gefühl breitete sich in ihr aus – Durst! Schlagartig kam die Panik zurück und ihr Körper bebte.

‚Ersticken oder verdursten', waren die einzigen Worte, die ihre Gedanken ausspuckten.

Irgendwann hatte sie jegliches Zeitgefühl verloren, und das Zittern hörte auf. Völlig entkräftet, zu keiner Aktion fähig, schloss sie die Augen.

— — —

Maria öffnete ihre Augen und sah nichts, aber ihre Ohren vernahmen ein Wispern im Hintergrund. Das Murmeln ging in ein Flüstern über, das immer lauter wurde. Langsam formten sich deutliche Worte. Zwei ältere Frauen führten eine Unterredung. Marias Ohren nahmen jedes Wort bewusst wahr - und dann erkannte sie die Stimmen!

„Diese Schwester Maria ist ja fürchterlich. Heute Morgen hat sie mich wieder grundlos angepflaumt. Die Hexe ist immer so mies gelaunt."

„Das ist gar nichts. Bei Rita hat sie die Tabletten vertauscht. Sie hat es gerade noch gemerkt."

„Irgendwann einmal wird sie uns alle umbringen, dieses Miststück. Sei wachsam!"

„Euch werde ich zeigen, was es heißt, sich mit mir anzulegen", sagte jemand mit ihrer Stimme.

Ein Schauer lief über Marias Rücken. Dann hörte sie die Stimmen wieder.

„Wieso wurden wir zusammengelegt?"

„Keine Ahnung. Ah, da kommt ja Schwester Maria. Hallo Schwester, warum liegen wir hier zusammen?"

„Maria, so sagen Sie doch etwas! Maria, warum schauen Sie mich so grinsend an?"

„Drück auf den Knopf, da stimmt was nicht! Die ist verrückt geworden."

„Der Knopf funktioniert nicht! Halt, was tun Sie da? Sie können mich doch nicht… Nein, halt! … Hilfe, Hilfe."

„Sie bringen sie ja um. Warum haben Sie sie aus dem Bett geworfen? Und was soll das mit dem Schlauch? Nein, halt, warten Sie! Sie bringen sie doch damit um! Hören Sie auf, sie bekommt ja keine Luft mehr! Nein, nein! Hilfe, tun Sie das nicht. Hilfe, so helft uns doch! Warum hört uns keiner? Hilfe."

„Nein, was wollen Sie jetzt von mir? Reicht es nicht, dass Sie sie umgebracht haben! Soll jetzt ich drankommen? Was ist in der Spritze? Nein, halt, ich will nicht sterben! Nein, Hilfe! So helft mir doch, nein!"

Stille!

„So ein Pech. Eine fällt aus dem Bett und stranguliert sich an den eigenen Schläuchen, während die andere ein Blutgerinnsel hatte.

Ja, Mädels, ihr hättet euch besser nicht mit mir angelegt!

So, jetzt kommt Rita dran, die Schlampe. Ach nein, die ist ja heute Morgen eines natürlichen Todes gestorben", erklang Marias eiskalte Stimme.

— — —

„Ich werde sterben und meine Sünden suchen mich dabei heim", flüsterte Maria und ließ diesmal ihre Augen geschlossen.

‚Bringt ja eh nix, wenn es stockfinster ist', dachte sie und seufzte.

Der Durst kam zurück und sie leckte über ihre spröden trockenen Lippen. Sie atmete tief durch und überlegte, was als Nächstes kommen würde.

„Ich wache einfach auf. Los Maria, wach auf, du blöde Kuh! Das alles ist nur ein Scheißtraum", krächzte sie und stellte das Reden ein, nachdem ihre Stimmbänder fürchterlich schmerzten.

‚Blut', dachte sie - und führte ihre Hand zum Mund. Sie grub ihre Zähne so fest in ihren Daumenballen, bis endlich Blut floss. Gierig saugte sie die Flüssigkeit aus der Wunde, bis ihre Lippen aufplatzen. Dankbar sog sie auch dort jeden Tropfen ein, bis selbst das Schlucken schmerzte.

Erschöpft und völlig dehydriert lag sie bewegungslos in ihrem Gefängnis. Nur ihre Gedanken kreisten immer wieder zu der Frage: warum? Unverhofft vernahmen ihre Ohren ein Geräusch und sie schlug hoffnungsvoll die Augen auf.

Was war das? Ein diffuses Licht umgab sie, und sie sah das Rohr direkt über ihrem Mund zum ersten Mal. Dann hörte sie Stimmen! Stimmen, die ihr bekannt vorkamen. Doch sie war zu erschöpft, um sie zu erkennen. Sie sammelte ihre letzten Kraftreserven und schlug gegen ihr Gefängnis. Ihre Hände und Füße, die Knie und ihr Kopf schlugen immer wieder gegen das Holz, das sie umgab.

„Ihr müsst mir helfen", rief sie, so laut sie nur konnte. Doch ihre Ohren hörten ihre eigene Stimme nicht. Dann wurde das Rohr, ihre Luftzufuhr, ihre Lebensversicherung, nach oben gezogen. Erde fiel ihr ins Gesicht, und schlagartig wurde ihr bewusst, dass das das Ende war!

Alle Überlebensinstinkte setzten ein - und mit allerletzter Kraft kratzte sie mit ihren Fingernägeln am Deckel, immer und immer wieder. Blut lief ihr an den Händen hinab, abgebrochene Nägel fielen ihr ins Gesicht. Doch das alles nahm sie nicht mehr wahr.

‚Überleben', war ihr einziger Gedanke!

— — —

„So, jetzt hat sie genug gelitten."

„Finde ich nicht. Ich hätte länger gewartet. Je qualvoller sie stirbt, desto besser"

„Es ist zu gefährlich. Die Sonne geht bald auf, und man könnte das Rohr finden."

„Hoffentlich leidet sie noch."

„Wir sind nicht besser als sie."

„Nein, du Idiot! Hast du die Kameraaufzeichnungen nicht gesehen? Hast du schon vergessen, wie viele Menschen sie umgebracht hat -und vor allem, wie grausam? Nein, sie hat genau diesen langsamen qualvollen Tod verdient."

„Ja, aber lebendig begraben?"

„Willst du wieder in der Zeitung stehen, wegen deiner miesen Krankenhausführung?"

„Das sagst ausgerechnet du zu mir? Wegen dir Pfuscher standen wir genauso oft in der Zeitung."

„Lass es gut sein. Los, wir ziehen zusammen das Luftrohr raus."

„So, geschafft! Jetzt lass uns den Krankenhausgarten verlassen."

„Scheiße, jetzt muss ich jeden Tag auf die Stelle schauen, wenn ich aus dem Fenster blicke."

„Nimm dir doch ein anderes Büro! Du bist doch der Chef der Klinik, schon vergessen?"

— — —

Maria öffnete ihre Augen. Finsternis umgab sie. Das Rohr war verschwunden, die Öffnung mit Erde verschlossen. Jeder Muskel ihres Körpers schmerzte. Doch es war ihr egal, sie ergab sich ihrem Schicksal.

‚Das ist meine Strafe, ich muss für meine Taten büßen. Scheiß Karma', dachte sie und schloss die Augen.

Dieses Mal für immer!

Ende

Bestseller

Nelson schob die Tastatur von sich und atmete erleichtert auf. Mit zittrigen Fingern griff er nach dem Glas auf dem Schreibtisch und führte es zum Mund. Als er registrierte, dass das Glas nur mit Luft gefüllt war, warf er es kurzerhand an die Wand, wo es in tausend einzelne Teile zerbarst. Hysterisch lachend beklatschte er die Aktion, bis das Lachen in ein ungesundes Husten überging. Dann war schlagartig alles vorbei, er schüttelte sich und stand schwerfällig auf. Das Knirschen der Glassplitter unter seinen Hausschuhen erinnerte ihn daran, dass er Durst hatte. Mit schlurfenden Schritten lief er in die Küche. Überrascht sah er sich das vorhandene Chaos an und flüsterte: „War ich das?"

Kopfschüttelnd griff er sich ein neues Glas, schenkte sich zweifingerbreit Scotch ein und trank es in einem Zug leer. Nach einem lauten Rülpser stellte er das Behältnis in die Spüle und räumte auf. Eine Stunde verging mit intensivem Putzen, bis er mit sich und der Welt zufrieden zu seinem Schreibtisch zurückkehrte.

Er öffnete das Mailprogramm und schrieb:

„Hallo Pet, hier ist der nächste Teil der Mister X-Reihe. Blutig wie immer. Das Honorar bitte auf das übliche Konto und keine Nachfragen.

In vier Wochen gibt es einen weiteren Teil.
Das war's.
LG Nelson Henderson."

Seine Hand zitterte leicht, als er die Textdatei anhängte, die er erst vor einer Stunde beendet hatte. Dann drückte er auf den „senden"-Button und lehnte sich zurück. Automatisch glitt seine Hand in die oberste Schublade - und wenig später sog er kräftig an seinem Joint. Zufrieden begab er sich in sein Traumland, zur Inspiration für einen weiteren Teil der Mister X-Reihe.

— — —

Vier Wochen später lief Paul mit einem komischen Ziehen im Bauch ins Präsidium. Als er an seinem Schreibtisch Platz nahm, verstärkte sich das Ziehen. Er war sich sicher, dass etwas Ungeplantes passieren würde. Es dauerte nicht lange, bis sich sein Gefühl bestätigte.

„Paul, zum Chief, sofort!", rief jemand. Er stand auf und lief mit hängenden Schultern zum Büro seines Chefs. Quietschend öffnete er die Tür und trat ein. Überrascht hob er die Augenbrauen, als er eine ihm unbekannte Frau sah.

„Hallo Paul, das ist Grace. Sie wurde uns aufgrund ihrer Erfahrung mit Serienkillern zugewiesen. Sie wird dich bei deinem neuen Fall unterstützen", sagte Chief O'Hara und zeigte dabei auf Grace.

„Ist in Ordnung", grummelte er und drehte sich wieder um.

„Guten Morgen, Kommissar. Oder darf ich Paul zu Ihnen sagen?", fragte Grace.

Paul blieb stehen, drehte sich um und sah eine ausgestreckte Hand, die vor einem kräftigen Frauenkörper schwebte. Paul ergriff die Hand und war überrascht, mit welcher Kraft Grace zugriff. Er musste einen Schmerzensschrei unterdrücken und sah im Augenwinkel, dass sein Chef grinste.

„Hallo Grace, herzlich willkommen", erwiderte Paul.

Auf dem Weg zu seinem Arbeitsplatz wurde er von einem Kollegen angesprochen.

„Hi Griesgram, schon die Zeitung gelesen?"

Paul gab keine Antwort, lief weiter und ließ sich schwerfällig auf seinen Stuhl fallen. Mit einer Hand zeigte er auf einen weiteren Stuhl und Grace nahm darauf Platz.

„Wer war das denn eben?", fragte Grace und bereute die Frage sofort, als sie Pauls Gesichtsausdruck sah.

„Mein Ex-Partner", antwortete er.

Grace, die jetzt sowieso ins Fettnäpfchen getreten war, bohrte nach.

„Kein guter Freund – oder?"

„Grace, ich fresse alle meine Partner auf, nur er durfte bisher überleben."

„Okay - ich habe verstanden, widmen wir uns dem Fall."

„Sie haben Erfahrung in was, Grace?"

„Ich habe mitgeholfen, mehrere Serienkiller zu überführen."

„Okay, das könnte hilfreich sein."

„Paul, du hast wirklich noch nicht die Zeitung gelesen – oder?"

„Natürlich, was glaubst du, warum ich so mies gelaunt bin?"

„Okay, der vierte Mord war es?"

„Der Vierte mit derselben Handschrift."

Grace griff in ihre Handtasche und kramte darin herum.

„Ah, da ist es ja", sagte sie und warf ihm einen Roman auf den Schreibtisch.

„Mister X, Teil 4", las Paul laut vor.

Grace antwortete: „Der Mord ist genau so passiert und du darfst raten, wie die anderen drei Teile mit den Morden zusammenhängen."

„Weiß die Presse schon davon?"

„Nein, nur wir beide bisher."

„Wie kamst du zu dem Heft? Oder ist der Schriftsteller so berühmt?"

„Gestern am Kiosk in der U-Bahn sah ich das Heft durch puren Zufall", unterbrach ihn Grace.

„Zufall?"

„Intuition, gepaart mit Erfahrung und Glück."

Paul hatte keine Lust zu lesen, steckte das Heft ein und stand auf.

„Lass uns zum Tatort gehen", sagte er.

Grace folgte ihm wortlos.

Es war mehr als anstrengend, mit den Absätzen über den Schotter im U-Bahntunnel zu laufen, doch Grace schlug sich tapfer. Zum ersten Mal seit langem huschte ein Lächeln über Pauls Gesicht, als er hinter Grace herlief und den Balanceakt verfolgte.

‚Endlich', dachte Grace, als sie die Lichter vor sich sah. Wenig später standen sie am Tatort und warteten, bis die Spurensuche ihnen die Freigabe erteilte.

„Keine Aussage, ich schick dir den Bericht so schnell wie möglich, Paul", sagte ein Mann im weißen Anzug. Paul nickte ihm zu.

Paul betrat als Erster den ausgedienten U-Bahnwaggon. Grace folgte ihm und zog angewidert ihre Nase hoch. Dankbar nahm sie die Eukalyptussalbe entgegen, die ihr Paul reichte.

Sie rieb sich die Salbe fingerdick unter die Nase, atmete tief durch und war erleichtert, dem üblen Geruch entkommen zu sein. Gemeinsam standen sie vor dem Opfer.

Kopfüber hing der Mann, mit Kabelbindern an den Haltestangen befestigt. Auf dem Boden glänzte die noch feuchte Blutlache, die aus der aufgeschlitzten Halsschlagader ausgelaufen war.

Auf der Brust des Toten starrte sie die Markierung des Serientäters - wenn es denn einer war - an. Die Markierung in Kreuzform, die Größe, die Tiefe der Schnitte und die Stelle waren bei allen Opfern gleich. Die Schnittlinien kreuzten sich immer genau am Bauchnabel.

„Die Präzision ist schon beeindruckend", sagte Grace.

Paul antwortete: „Der Straftäter weiß, was er tut."

„Lass uns den Rücken ansehen", sagte Grace.

Paul schaute sie fragend an.

„In dem Roman ist die Rede von dreizehn Einstichen", fuhr Grace fort und balancierte über die Blutlache hinweg. Mit dem Zeigefinger begann sie zu zählen und zeigte ihm den Daumen hoch zur Bestätigung ihrer Annahme. Paul nickte und schaute sich den Kleiderhaufen an, der neben dem Opfer lag. Eindeutig hauste der Obdachlose in diesem ausgedienten Wagen.

‚Kein Raubmord', dachte Paul und gab Grace das Zeichen zum Gehen. Die Wirkung der Salbe ließ langsam nach und mit schnellen Schritten verließen sie den U-Bahnwagen. Schweigend liefen sie durch den Tunnel auf die ausgediente Station zu. In einer Ecke standen mehrere Obdachlose herum. Paul steuerte direkt auf sie zu.

„Hallo Leute, hat einer von euch etwas bemerkt oder gesehen?"

Als er keine Antwort bekam, kramte er seine Geldbörse aus der Hosentasche, warf sie Grace zu und sagte: „Belegte Brötchen und ein Sixpack Bier."

Grace schaute ihn fassungslos an.

Er grinste und sagte: „Bitte, liebe Kollegin."

Grace schüttelte den Kopf und verschwand, um wenig später mit Sandwiches und zwei Sixpacks wieder zu erscheinen. Paul setzte sich zu den Landstreichern, öffnete sich selbst ein Bier und nahm ein Sandwich. Es dauerte nicht lange, bis alle ihre Verblüffung überwunden hatten und ebenfalls zugriffen.

Paul plauderte mehr als eine Stunde mit ihnen, während sich seine neue Kollegin im Hintergrund hielt.

„Na, was rausbekommen?", fragte sie, als sie gemeinsam zur Treppe in Richtung Ausgang liefen.

„Nichts, was uns weiterbringen würde. Aber die Sandwiches waren sehr gut. Danke fürs Holen", antwortete Paul.

Paul legte das Heft aus der Hand und starrte in Graces blaue Augen, die erwartungsvoll auf ihn starrten.

„Scheiße, wir sollten dem Schriftsteller einen Besuch abstatten", sagte er.

Grace nickte, schnappte sich ihre Tasche und die Autoschlüssel.

Beim Hinausgehen sagte sie: „Ich hab die Adresse über den Verlag schon recherchiert, er wohnt gar nicht weit weg von hier."

Paul klingelte an dem schmucken, freistehenden Einfamilienhaus in einer gehobenen Wohngegend. Er hätte nicht gedacht, dass man mit solchen Schundheften so viel Geld verdienen konnte. Es dauerte, bis die Tür einen Spalt geöffnet wurde. Eine Rauchwolke schlug ihnen entgegen, in der ein Mann mittleren Alters zu schweben schien.

,Brauner Afghan', dachte Paul, als er den Rauch des Joints zwangsläufig inhalierte.

Grace hustete und trat einen Schritt zurück.

„Polizei, wir würden Ihnen gerne ein paar Fragen stellen, Herr Henderson", sagte er so freundlich wie möglich.

Er verachtete den Mann sofort und tat sich schwer, es zu verbergen. Graces Gesichtsausdruck zeigte ihm, dass sie seine Gefühle teilte. Doch sie mussten ihren Job erledigen.

Nelson Henderson begann zu kichern und lallte: „Oh, ich Böser! Jetzt kommt die Polizei, um mich zu holen." Dann drehte er sich um und lief durch den Flur in sein Wohnzimmer. Kopfschüttelnd folgten sie ihm.

Fassungslos schaute sich Grace um, derweil lief Paul ungeniert zum Fenster und riss es auf.

„Was ist das denn für eine rote Flüssigkeit?", fragte Grace.

Henderson antwortete: „Schweineblut."

„Bitte, was?"

„Blut von Schweinen, das brauche ich zur Inspiration."

„Genau wie den Joint?", fragte Paul, und der Schriftsteller nickte grinsend.

„Haben Sie schon mal daran gedacht, dass Ihre Romane jemanden anstiften könnte, genau so etwas zu tun?", fragte Grace vorsichtig.

Mit großen Augen starrte der Schriftsteller sie an und erwiderte:

„So krank kann doch keiner sein – oder?"

Während Grace das Gespräch mit dem Schriftsteller übernahm, schaute sich Paul im Zimmer um. Langsam lief er zu einer Wand, die mit Zetteln übersät war.

In Gedanken las Paul:

‚Der Serienmörder William Suff verfeinerte sein Chili mit der Muttermilch eines seiner Opfer. In seinem Heimatort gewann er damit den ersten Preis für das beste Chili'.

‚Im Mittelalter wurden kleine Nagetiere in den Hintern eines vermeintlichen Opfers gesteckt. Die eingesperrten Nager bissen und krallten sich aus der Enge des Darmes und das Folteropfer starb an inneren Blutungen'.

‚Sollte ein Mensch, welcher in einem Sarg beerdigt wurde, aufwachen, so hat er fünf bis sechs Stunden bis zum Erstickungstod'.

Angewidert drehte sich Paul um und schüttelte die düsteren Gedanken ab. Sein Blick fixierte Nelson, der breit grinsend auf seinem Sofa saß und alle Fragen ohne zu zögern beantwortete. Sein Instinkt schrie ihn an, das ist kein Mörder! Doch sein Gehirn und sein gesunder Menschenverstand gingen mit ihrer Meinung Hand in Hand, die lautete - der Typ ist irre!

Paul seufzte und gab Grace zu verstehen, dass es für heute genug sei.

„Ist das der Computer dort hinten, auf dem Sie schreiben?", fragte Grace.

Nelson antwortete: „Soll ich Ihnen meinen nächsten Teil zeigen? Er ist fast fertig!"

Hastig sprang er zu seinem Laptop und gab das Passwort ein.

„Nein danke, Herr Henderson", antwortete Paul und lief in den Flur. An der Tür verabschiedeten sie sich und liefen wortlos zum Wagen.

Paul schnallte sich an und wartete, bis Grace es ihm gleichtat.

„Was denkst du?"

„Paul, ich weiß es nicht. Irgendwie traue ich ihm es zu und irgendwie nicht."

„Mir geht es genauso."

„Beschatten und eine Hausdurchsuchung wären angebracht."

„Stimmt, lass uns zurückfahren. Ich kümmere mich um die Formulare und du machst dich schlau, was der Typ schon alles geschrieben hat."

Am nächsten Morgen machten sie sich gemeinsam auf den Weg. Grace saß auf dem Beifahrersitz und las das Beschattungsprotokoll der vergangenen Nacht. Plötzlich stöhnte sie, und Paul sah sie fragend an.

„Du wirst das jetzt vermutlich nicht glauben, was der Typ heute um Mitternacht angestellt hat."

„Okay, sag es mir", antwortete Paul und fuhr in die Zielstraße ein. Vor dem Haus des Schriftstellers blieb er stehen und lauschte Graces Worten:

„Er verließ das Haus kurz vor Mitternacht, lief in ein weißes Laken gehüllt zum Friedhof. Aus der Tasche nahm er einen Beutel mit einer roten Flüssigkeit und spritzte sie, während er sich im Kreis drehte, durch die Gegend. Dabei rief er immer wieder: „Vampire kommt herbei, ich habe Futter für euch." Das Ganze hat er bis 1 Uhr durchgezogen und sich dann auf den Boden gelegt, um zu schlafen. Mitten auf dem blutverspritzten Friedhofsweg. Um 4 Uhr wurde er wach und lief mit hängendem Kopf nach Hause."

Als Grace keine Antwort von Paul bekam, schaute sie auf und folgte seinem ausgestreckten Finger.

Jetzt starrten beide zur Eingangstür, an der mit roter Farbe das Symbol des Teufels prangte - dreimal die 6!

„Oh Mann, ist der Bursche krank", stöhnte Grace und stieg aus. Beide klopften an die Tür, doch Henderson öffnete nicht.

„Stand in dem Bericht nicht, dass er seit 4 Uhr zu Hause ist?"

„Ja."

„Warum ist er dann nicht da?"

„Keine Ahnung, ich rufe die Feuerwehr".

„Und vorsichtshalber einen Krankenwagen", ergänzte Paul.

Wenig später öffnete die Feuerwehr die Tür und Paul trat ein. In der Wohnung war es dunkel, da die Rollläden noch nicht geöffnet waren. Er zog seine Pistole und betrat vorsichtig den Flur, dicht gefolgt von Grace.

Plötzlich erklang ein gleichmäßiges Kleppern und sie gingen instinktiv in Deckung. Dabei sah Paul den dünnen Draht, den er berührt hatte. Mit dem Finger zeigte er Grace den Draht und sie verstand. Beide gingen in die vorschriftsmäßige Position, Paul atmete einmal durch, dann stürzte er in die Küche, aus der das Geräusch kam, während Grace ihm Deckung gab.

Als sich Paul abgerollt hatte, starrte er auf einen Spielzeugaffen, der kräftig seine beiden Schellen zusammenklatschte. Zum Durchatmen kam er nicht, denn auf einmal öffneten sich alle Rollläden gleichzeitig! Sie mussten ihre Augen vor der plötzlichen Helligkeit schützen. Paul fluchte. Grace befand sich schon an der Tür zum Wohnzimmer - diesmal gab ihr Paul Deckung - doch nichts passierte. Schnell war ihnen klar, dass der Schriftsteller nicht mehr im Haus war. Die Zettel an der Wand sowie der Laptop waren verschwunden.

„Dem Beschattungsteam werde ich ganz schön einschenken", fluchte Paul und steckte seine Pistole zurück in das Halfter.

Nachdem sie die Feuerwehr und den Krankenwagen wieder weggeschickt hatten, durchsuchten sie mit weiteren Kollegen gründlich das Haus. Sie fanden genug Material, um den Schriftsteller vor Gericht zu bringen. Doch nichts, was die Morde anging, wurde gefunden.

Enttäuscht machten sie sich auf den Weg zum Präsidium. Als der Haftbefehl rausging, machte sich Paul auf den Heimweg. Nach einer Dusche und einer Mikrowellenpizza warf er sich erschöpft auf sein Bett und schlief unruhig ein.

— — —

Eine dunkle Gestalt schlich durch die Gassen des Rotlichtviertels. Bei einer Blondine blieb die Erscheinung stehen und die Verhandlung begann. Man wurde schnell handelseinig. Hätte die Prostituierte gewusst, dass sie dieses Geld niemals sehen würde... Doch das Schicksal kann man nicht aufhalten. Die Hure schloss die Tür ihres Zimmers und würde sie niemals wieder öffnen. Ihr vermeintlicher Freier trat hinter sie und drückte ihr die Luft ab. Die Hure kämpfte verzweifelt um ihr Leben, aber ihr Gast war stärker und drückte mit beiden Händen gnadenlos zu. Erst als sie ihre Augen verdrehte und das Zappeln aufhörte, ließ er sie los. Kichernd warf er sie auf das Bett und zog mit einer Hand ein Messer aus dem Umhang.

Mit der anderen Hand zog er ein Romanheft heraus und legte es neben sein ohnmächtiges Opfer.

Mister X, Band 5: „Die Hure" von Nelson Henderson, stand in großen roten Buchstaben auf dem Cover. Der Täter begann zu lesen, dann nickte er zufrieden und setzte einen sauberen Schnitt an der Kehle. Kichernd schaute er zu, wie das Blut herausquoll und das Laken dunkelrot färbte. Nachdem er sich lange genug am Anblick ergötzt hatte, zog er sich zurück und setzte mit zwei schnellen Schnitten das Symbol „X" in den Bauch des toten Opfers. Wie bei den anderen Morden, trafen sich die zwei Linien genau am Bauchnabel.

Zufrieden starrte der Mörder auf sein Werk. Dann nahm er das Heft zur Hand und las weiter. Kichernd steckte er das Heft ein und wandte sich wieder seinem Opfer zu. Mit zwei schnellen Schnitten entfernte er die Brüste und drapierte sie links und rechts neben dem

Kopf des Opfers. Mit einem letzten Blick zurück huschte der Mörder aus dem Fenster über die Feuerleiter unerkannt ins Nachtleben. Mit schnellen Schritten lief er Richtung Hauptstraße und warf zuerst das Messer auf die Rückbank eines Cabrios. Hundert Meter weiter, in einer Seitengasse, zog er die hautfarbenen Gummihandschuhe aus und warf sie auf einen Gullydeckel.

Vorsichtig tröpfelte er eine Flüssigkeit auf die Handschuhe, die sich sofort komplett auflösten. Kichernd lief der Mörder weiter in die noch junge Nacht, vollgepumpt mit Adrenalin.

— — —

Erschrocken richtete sich Paul in seinem Bett auf und schüttelte kurz den Kopf. Hellwach griff er zu seinem Handy, das hartnäckig einen nervigen Ton von sich gab.

„Ja?", sagte er in das Telefon und lauschte.

„Scheiße", flüsterte er und legte das Handy wieder auf den Nachttisch. Nach einer kurzen Dusche betrat er das Büro und steuerte auf seinen Schreibtisch zu. Grace wartete schon auf ihn, und gemeinsam betraten sie das Büro von Chief O'Hara.

Der Chief war nicht alleine, zwei weitere Männer saßen auf den einzigen Stühlen. Paul stellte sich bequem neben die verschlossene Tür und betrachtete die Männer. Einen von ihnen kannte er, es war der für sie zuständige Staatsanwalt, doch der andere war ihm völlig unbekannt. Aber er hatte so eine Vermutung, und nachdem ihm der Mann vorgestellt wurde, bestätigte sich sein Verdacht. Direkt vor Grace saß der Verleger der Romanreihe, der sich weigerte, die Erfolgsserie „Mister X" einzustellen.

Chief O'Hara versuchte dem Mann klar zu machen, was gerade passierte. Und Paul dachte, warum auch immer, an die Presse.

Unerwartet öffnete sich die Tür und O'Haras Sekretärin betrat den Raum. Völlig außer Atem drückte sie dem Chef ein DIN A4-Blatt in die Hand und verschwand wieder. Als sich O'Hara gefangen hatte, las er den Dreizeiler zum wiederholten Male und rollte mit den Augen.

„Also, Mister „ich will nicht". Jetzt ist es amtlich. Die Presse hat Wind von der Sache bekommen."

„Jetzt wird es eine amtliche Verfügung geben", ergänzte der Staatsanwalt, und der Verleger sackte in sich zusammen. Nichts von seiner arroganten Selbstsicherheit war mehr zu sehen.

„Ich kann das nicht glauben", flüsterte er immer wieder und schüttelte leicht den Kopf.

Grace legte ihm die Hände auf die Schulter und er blickte dankbar zu ihr auf.

Keine dreißig Minuten später befanden sich Paul und Grace am Tatort.

„Genau wie im Heft", sagte Paul.

Grace nickte und antwortete: „Wieder keine Fingerabdrücke und keine Tatwaffe."

„Stimmt nicht", antwortete eine Stimme aus dem Hintergrund.

„Der Fahrer eines Cabrios fand dieses Messer auf dem Rücksitz seines Autos. Da es blutverschmiert ist, ging er sofort zur Polizei. Der Typ hat natürlich Dreck am Stecken, doch seine Fingerabdrücke befanden sich nicht am Tatort. Auch sonst kein einziger Fingerabdruck."

„Verdammt", fluchte Paul.

Doch der Mann schaute ihn grinsend an und erwiderte: „Ausreden lassen, Herr Kommissar. Das Blut ist natürlich vom Opfer, also definitiv die Tatwaffe."

Diesmal unterbrach ihn Paul nicht, und er fuhr fort:

„Aber wir haben gerade eben zwei Haare gefunden. Eines vom Opfer und ein weiteres Unbekanntes."

„Vielleicht das vom Täter", platzte Grace heraus und schlug sich selbst auf den Mund.

Lachend antwortete der Polizist: „Könnte aber auch ein Haar des vorhergehenden Freiers sein."

Gerade als Paul den Mund öffnete, sagte der Mann: „Ja Chef, ist schon in der Gendatenbank. Der Abgleich läuft schon seit einer Stunde."

„Noch nichts gefunden?", fragte Grace und der Polizist schüttelte den Kopf.

„Danke", sagte Paul.

Den ganzen Nachmittag verbrachten sie im Präsidium. Der Abgleich mit der DNA des Schriftstellers brachte keinen Erfolg, und schnell war die anfängliche Euphorie wieder verflogen.

„Doch ein Freier", sagte Grace und blickte von ihrem Computer zu Paul.

Der antwortete: „wahrscheinlich", und stand auf. „Gute Nacht, Grace", verabschiedete er sich und sah im Augenwinkel auf Graces Bildschirm. Interessiert beugte er sich hinunter und fragte: „Was machst du da?"

„Das ist das Zimmer des Schriftstellers. Ich schaue mir die Fotos der Spurensicherung nochmals an, vielleicht haben wir ja etwas übersehen", antwortete sie.

„Viel Spaß dabei, ich hab genug für heute", erwiderte er und machte sich auf den Heimweg.

Vor einem Kiosk blieb er stehen und schaute sich die Schlagzeilen an. Überall stand in großen Buchstaben: „Mister X hat wieder zugeschlagen."

‚Wohin hat sich der Schriftsteller nur verkrochen?', dachte Paul, während er in das gekaufte Sandwich biss. Zu Hause angekommen, genehmigte er sich einen doppelten Ramazotti und fläzte sich auf seine Couch. Mit einer Hand schnappte er nach einem Buch, das auf dem Tisch lag: „13 Horrorgeschichten" von Karlheinz Huber.

„Naja, eigentlich habe ich genug Horror", sagte er und begann trotzdem zu lesen. Nach einer Stunde ließ er sich nach dem Toilettengang auf seinem Bett nieder.

Plötzlich hatte er eine Idee und griff zum Telefon. Eine verschlafene Stimme meldete sich und Paul erklärte, was er wollte. Mit den Worten: „Du bist mir noch einen Gefallen schuldig", beendete er den Anruf. Zufrieden mit sich, versuchte er zu schlafen. Doch eine weitere unruhige Nacht folgte der letzten.

— — —

Eine Gestalt in einem schwarzen Mantel huschte in das Kaufhaus, das in wenigen Minuten schließen würde. Hastig lief die Person die Rolltreppe nach oben, schnappte mit schnellen Handgriffen mehrere Kleidungsstücke und verschwand in einer Umkleidekabine. Es dauerte nicht lange, bis die Beleuchtung gedimmt wurde. Die Gestalt verbarg sich in freudiger Erwartung hinter dem Kleiderhaufen, mit gezücktem Messer in der Hand.

„Ich glaube, so langsam macht mir der Job keinen Spaß mehr", sagte der Kaufhausdetektiv und durchsuchte das Kaufhaus nach verirrten Kunden. Mürrisch betrat er das Obergeschoss und lief durch die Gänge, bis er vor den Umkleidekabinen stand.

„Na, ihr bösen Verbrecher! Wo habt ihr euch versteckt?", rief er und zog dabei hastig jeden Vorhang der Kabinen auf. An der letzten fluchte er, als er den Kleiderhaufen sah.

„So eine Scheiße, jetzt kann ich wieder den Saustall aufräumen", schimpfte er und bückte sich, doch weiter kam er nicht. Blitzschnell sprang ein Messer aus dem Haufen direkt auf seine Kehle zu. Mit einem letzten Röcheln ging er zu Boden. Der Täter trat vollends aus seinem Versteck und streckte der Überwachungskamera geschickt den Rücken zu.

Nach wenigen Minuten lief der Mörder davon und die Kamera zeigte einen Toten mit einem „X" auf dem Bauch. Doch das war noch nicht alles! Der Leiche fehlte der Hoden, inklusive des Penis. Eine weitere Kamera nahm eine makabere Szene im Schaufenster des Kaufhauses auf. Der Unbekannte machte sich an einer Schaufensterpuppe zu schaffen. Als er sein Werk vollendet hatte, verschwand er spurlos durch den Hinterausgang, da die Alarmanlage noch nicht scharf war.

— — —

„Paul, die Frau dort hat den Toten gefunden, und der Mann dahinten die fehlenden Teile", sagte Grace, die sich schon am Tatort befand.

„Der Perverse hat die Geschlechtsteile in ein Unterhosenmodel gesteckt. Ein schauriger Anblick mit dem Blut, das an den Beinen der Puppe herablief, kann ich dir sagen."

„Danke Grace, genug Details. Schon etwas von der Tatwaffe oder irgendwas anderes?"

„Nein, außer, dass die Zeitungen voll davon sind".

„Okay, ich nehme mir die Kameraaufzeichnungen mit".

„Hier, ich habe sie schon für dich gerichtet", sagte Grace und reichte ihm etliche nummerierte SD-Karten.

Paul steckte sie dankbar ein, lief zum Präsidium, setzte sich an seinen Schreibtisch und überspielte widerwillig die SD-Karten auf seinen Computer. Manchmal hasste er seinen Job.

‚Fehlt da ein Teil?', dachte er plötzlich beim Überspielen. Nachdem er die SD-Karten mehrmals überprüft hatte, fehlte tatsächlich eine Aufzeichnung. Das musste er mit seiner neuen Partnerin klären. Schlamperei mochte er überhaupt nicht! Plötzlich klingelte das Telefon, er nahm ab und lauschte.

„Dieselbe DNA, bist du dir sicher?"

„Okay, dann könnte er der Täter sein?"

„Warum, nein?"

„Oh, Alibi. Wie sicher ist es?"

„100 % sicher, soso."

„Ach so, ja dann klar. Mist! Danke."

„Ja, jetzt schulde ich dir etwas."

Verwirrt legte er den Hörer auf.

Mit einem frischen Kaffee machte er sich daran, die Aufzeichnungen durchzusehen. Nach einer Stunde intensivem Studieren der qualitativ minderwertigen Aufzeichnungen der Überwachungskameras klingelte das Telefon. Als er nach dem Hörer greifen wollte, stutzte er.

Diese Bewegung des Täters in dem Film kam ihm irgendwie bekannt vor. Er drückte auf die Pause-Taste und widmete sich dem Telefon.

„Ist nicht wahr!", stammelte er und schnappte sich sein Sakko, um fluchtartig das Gebäude zu verlassen.

Am Tatort wimmelte es nur so von Presseleuten. Über der Scheune knatterte ein Hubschrauber eines Nachrichtensenders und Paul hatte Mühe, zum Tatort durchzukommen. Als er es endlich geschafft hatte, atmete er erleichtert auf und lief zur winkenden Grace, die am Eingang der Scheune stand.

„Es ist der Schriftsteller", stammelte sie und zog ihn in die Scheune. Es dauerte einen Moment, bis sich Paul an das düstere Licht gewöhnt hatte. Dann sah er sich um und musste alles dafür tun, um sich nicht zu übergeben. Keine drei Meter vor ihm baumelte der Schriftsteller am Strick, der um seinen Hals hing.

Sein Bauch war mehrfach aufgeschlitzt und seine Eingeweide baumelten zwischen seinen Beinen. Ein umgekippter Stuhl lag am Boden, neben einem blutverschmierten Messer. Nachdem sich Paul wieder gefangen hatte, sah er Grace an, die ihm diesmal wortlos mit einer Pinzette ein Stück Papier unter die Nase hielt: „Ich kann nicht damit leben, dass irgendwer diese scheußlichen Morde begeht. Vielleicht bin ich ja verrückt, oder so wie Dr. Jekyll und Mister Hyde. Ich weiß es nicht.

Was ich weiß, ist, wie ich dem ein Ende bereiten kann. So, du Monster, jetzt wirst du keine Vorlagen mehr bekommen. Das war's dann."

Mittlerweile hatte Grace ihr Handy am Ohr und lauschte. Sie nickte mehrmals, bedankte sich und steckte das Handy geschickt mit der einen Hand in ihre Jackentasche. Sie schaute Paul an und sagte:

„Das waren die Jungs der Spurensicherung. Das Messer hat ebenfalls Blutspuren vom letzten Opfer und scheint somit die Tatwaffe zu sein. Irgendwie scheint er tatsächlich Dr. Jekyll und Mister Hyde gewesen zu sein, und Dr. Jekyll hat letztendlich gewonnen."

Grace legte den Abschiedsbrief zurück auf den Boden und zog Paul zum Laptop, das geöffnet auf einem Strohballen lag. Blitzschnell hatte Grace Handschuhe übergezogen und aktivierte den Bildschirm, der nicht passwortgeschützt war.

Sie öffnete das Mailprogramm und klickte auf den Postausgang.

„Siehst du, dieses Skript hat er an den Verleger geschickt, bevor er sich das Leben nahm."

„Lass mich raten, es geht darin um einen Kaufhausmord, stimmt's?", fragte Paul und Grace nickte.

„Damit dürfte der Fall geklärt sein", sagte eine Stimme hinter ihnen, die Stimme von Chief O'Hara.

Sie fuhren zu dritt zurück ins Präsidium. Paul und Grace schrieben ihre Berichte. Als es draußen langsam dunkel wurde, verabschiedete sich Grace von ihm.

„Gut gemacht, Herr Kommissar", sagte sie beim Hinausgehen. Dann war Paul alleine.

Während die großen Zeitungsdruckmaschinen auf Hochtouren arbeiteten, um den erfolgreichen Abschluss der Mordserie morgen früh zu präsentieren, kam Paul ins Grübeln. Irgendetwas gefiel ihm nicht an der ganzen Sache. Sein Instinkt flüsterte ihm ständig sinnlose Worte zu, und er versuchte, die Informationen als einzelne Puzzleteile zu sondieren. Langsam bekam er Kopfschmerzen und stand auf, öffnete das Fenster und atmete die laue Abendluft der Stadt ein. Nachdem sein Kopf etwas klarer wurde, zog er am Automaten einen Kaffee und setzte sich wieder an seinen Schreibtisch. Er nahm einen Post-it-Block und begann zu schreiben:

Passwort

DNA

Fotos

Filme

Lebenslauf

Mit dem Wort „Lebenslauf" konnte er zunächst überhaupt nichts anfangen. Kopfschüttelnd widmete er sich jedem seiner Puzzleteile und in seinem Kopf formte sich langsam aber sich ein nebelhaftes Bild.

„Passwort! Ich bin mir sicher, dass der Schriftsteller beim ersten Besuch ein Passwort eingegeben hat. Am Tatort öffnete Grace den Laptop ohne Kennwort", flüsterte er und fuhr mit seinem Selbstgespräch fort.

„Die DNA des Verlegers habe ich überprüfen lassen, und tatsächlich befand sich ein Haar des Verlegers bei der Prostituierten. Aber sein Alibi war bombensicher. Er hielt eine Rede vor Publikum bei einer Wohltätigkeitsveranstaltung in einem mehr als vierhundert Kilometer entfernten Ort. Zu allem Überfluss wurde die Veranstaltung live im Netz gestreamt. Warum befand sich dieses Haar am Tatort - zur Ablenkung?"

„Dieses Teil leg ich zur Seite. Die Fotos von der Wohnung des Schriftstellers."

Plötzlich machte es klick und das Puzzle formte sich in seinen Gedanken. Als es fertig vor ihm schwebte, stieß er einen Pfiff aus!

„Verdammt Grace, wer bist du wirklich?", flüsterte er.

Hastig griff er nach der Tastatur seines PCs. Wenig später stieß er wieder einen Pfiff aus.

„Jetzt weiß ich, warum ein Teil der Aufzeichnung fehlt. Am Gang des Täters hätte man auf eine Frau schließen können. Mädchen, du hast aber eines übersehen!"

Er spulte den Film vor, bis der Täter Handschuhe aus seinem Mantel zog und blitzschnell überstreifte. Paul zoomte, blickte auf die stark verpixelte Aufnahme und sagte: „Blau lackierte Fingernägel, Bingo."

Plötzlich fiel ihm ein, dass Grace hinter dem Verleger stand und somit ohne Probleme ein Haar an sich genommen haben könnte. Dann starrte er auf den Post-it „Fotos" und seine Hände huschten über die Tastatur.

Er war Profi genug, zu erkennen, dass die Bilder der Schriftstellerwohnung, die nur auf seinem PC gespeichert waren, von seinem Computer auf einen Stick gezogen wurden.

„Grace, wer bist du?", flüsterte er wieder und hielt den Zettel mit dem Wort „Lebenslauf" in seiner Hand.

Nach mehr als einer Stunde intensiver Recherche war für Paul der Fall geklärt. Er blickte auf den Zettel mit seinen Notizen und las ihn sich selbst vor:

„Serienmörder 1, beteuert seine Unschuld, Beweislast erdrückend, daher verurteilt."

„Serienmörder 2, beteuert seine Unschuld, Beweislast erdrückend, daher verurteilt."

„Serienmörder 3, beteuert seine Unschuld, Beweislast erdrückend, daher verurteilt."

In jedem Team war Grace beteiligt. Beim Letzten sogar federführend.

„Grace, jetzt weiß ich, wer du wirklich bist", schloss er seinen Monolog.

Kopfschüttelnd saß er vor seinem Computer und versuchte, sich zu beruhigen.

Plötzlich hörte er das Klicken einer Türklinke.

‚War die Putzfrau schon da?', dachte er und stand auf.

In seinem Bildschirm sah er eine Bewegung direkt hinter sich. Er drehte sich blitzschnell um, doch es war zu spät! Der Baseballschläger traf ihn voll ins Gesicht. Er wankte, doch der zweite Schlag in seine Kniekehle warf ihn zu Boden. Mehr als drei weitere Schläge auf seinen Kopf spürte er noch, dann erlosch sein Lebenslicht.

Nach mehr als einhundert Schlägen beendete die Mörderin schwer atmend ihr Handeln und schaute auf ihr Opfer herab. Pauls Kopf bestand nur noch aus einer matschigen Pampe, Gehirnmasse und Knochen.

„Paul, Paul! Du hättest heimgehen sollen", keuchte Grace. Nachdem sie mehrfach tief durchgeatmet hatte, schnappte sie sich die Zettel und machte sich an Pauls PC zu schaffen.

Gekonnt hielt sie wenig später die Festplatte des Rechners in ihren Händen und beförderte sie mit dem Schraubenzieher zu den Zetteln in ihre Handtasche.

Vorsichtig holte sie eine Loseblattsammlung aus ihrer Tasche und legte sie auf Pauls Schreibtisch. Grinsend benutzte sie Pauls Hefter und nagelte die Blätter zusammen.

Mit einem Messer in der Hand beugte sie sich über Pauls Körper und ritzte ein „X" auf seinen entblößten Bauch.

Zufrieden schaute sie sich nochmals um. Dann flüsterte sie: „Servus Paul", und verließ die Polizeistation durch einen ungesicherten Hinterausgang.

— — —

Fassungslos starrte Chief O'Hara auf die Zeitung, die vor ihm lag.

„Extrablatt!

Mister X hat noch einmal zugeschlagen! Obwohl kein Heft veröffentlicht wurde, fand man am aktuellen Tatort ein Manuskript, das die Tat in allen Einzelheiten beschrieb, inklusive dem „X" auf dem Bauch des Opfers.

Wie konnte der Schriftsteller diesen Mord schreiben – oder begehen, da er gestern selbst tot aufgefunden wurde?

Dass es sich bei dem neuen Opfer ausgerechnet um den Kommissar handelte, der mit dem Fall betraut war, macht die Sache noch gruseliger.

Wir fragen uns, wie konnte so eine Tat in einem Polizeipräsidium stattfinden?

Seine Kollegin ließ sich sofort entnervt versetzen. Es war zu viel für die arme Frau.

Ist der Fall wirklich geklärt, oder lauert Mister X immer noch irgendwo da draußen?

Wir können Ihnen nur raten, seien Sie wachsam!"

ENDE

Guadeloupe

im Jahr 2080

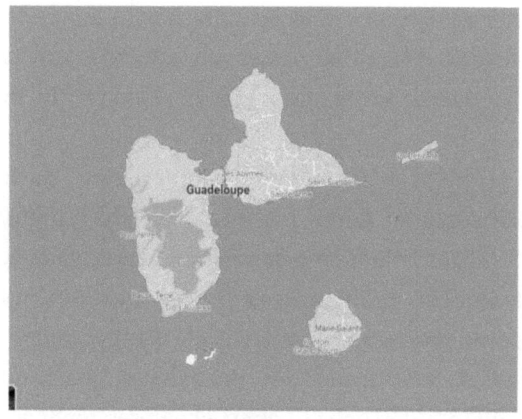

„Hey, du wildes Weibsstück", rief Max. Doch als Antwort erhielt er nur ein lautes Lachen.

„Das wird immer schlimmer mit Ava, oder was meinst du, Pet?"

„Max, du bist eben spaßresistent", antwortete Pet und setzte sein Mini-Luftkissen-Fahrzeug in Bewegung.

Kopfschüttelnd folgte Max wie immer als letzter der Gruppe, die schon wie die kleinen Kinder mit ihren Fahrgeräten über den Strand bretterten. Vorsichtig fuhr er durch das Wasser und schaute noch einmal zu der Jacht zurück. Als er den Anker sah, atmete er erleichtert auf. Max dachte schon, dass Ava vergessen hätte, ihn zu setzen.

,Na ja, vielleicht ist sie ja doch zuverlässig', dachte er und schwebte an Land. Nachdem die Luft abgesaugt war, berührten die Räder den feinen Sandstrand. Keine zwei Sekunden später gab er Power und fuhr auf die Gruppe zu. Jauchzend bretterten sechs Jugendliche über den feinen Sandstrand der verlassenen Insel. Außer Tiere und Insekten gab es keine Lebewesen mehr auf der Schmetterlingsinsel, die in den Karten als Guadeloupe verzeichnet war.

Früher einmal war die Karibik-Insel mit Touristen überschwemmt, aber nach der großen Epidemie Captain Trips[1] vor 60 Jahren gab es nicht mehr so viele Menschen auf der Erde. Außer einigen neugierigen Jugendlichen

---

[1]   *Der Name Captain Trips stammt aus dem Buch „The Stand" von Stephen King*

gab es auch keine Touristen mehr. Tourismus im klassischen Sinne war damit ausgestorben. Den aktuell fünfhundert Millionen Menschen auf der Erde ging es gut. Und manchen, wie der wilden Gruppe am Strand, ging es vielleicht etwas zu gut.

Natürlich war es Max, der den Spaß mit lautem Gehupe beendete.

Sie stellten ihre vollelektrischen Fahrzeuge in einem Kreis ab und schauten auf Fin, ihren Nostalgiker und Geschichtsprofessor, wie sie ihn heimlich nannten, der jetzt das Kommando übernahm.

„Leute, wir befinden uns auf einem sogenannten Dark Place aus dem zwanzigsten Jahrhundert, also nicht genau hier, sondern ein Stück nach Norden."

„Unser Nostalgiker", rief Riana, und die drei Mädels begannen zu kichern.

Fin ließ sich davon nicht beeindrucken und fuhr fort: Am Strand Raisins Clair's befand sich einmal ein Friedhof. Urlauber fanden immer wieder Knochen von Lebewesen.

Bis eines Tages eine Sturmflut einen vergessenen Friedhof freilegte. Mehr als tausend Sklaven wurden dort im 19. Jahrhundert einfach verscharrt."

„Was waren denn Sklaven?", fragte Viola.

Max antwortete: „Menschen, die gezwungen wurden, für andere die Arbeit zu verrichten. Meistens hatten Sklaven eine dunkle Hautfarbe."

„So wie ich", rief Ava und ergänzte: „Ob ich auch schwarze Knochen habe?"

„Oh weh, die Menschheit ist verblödet", rief Pet und gab Gas.

„Warte, wenn ich dich kriege", fluchte Ava und fuhr hinterher.

„War ja klar - und natürlich die falsche Richtung", sagte Fin.

Sie fuhren zu viert Richtung Norden. Irgendwann bemerkten die anderen zwei ihren Fehler und schlossen auf. Als sie ihr Ziel erreichten, warf Max die Lounge auf den Boden. Die anderen luden ihr Equipment ab, und ohne Zwischenfälle stand in wenigen Minuten ein kleines beschauliches Camp. Nach einem Imbiss machten sie sich zu Fuß auf den Weg zur Wasserlinie, um nach Knochen zu suchen.

Nach einer Stunde langweiligem Hin und Her flüsterte Riana Pet etwas ins Ohr. Er machte große Augen und nickte ihr grinsend zu. Unauffällig schlichen die zwei davon.

Hinter dem Camp erklommen sie einen Hügel. Als Riana ihr Oberteil auszog, rief Pet: „Was zur Hölle ist das?"

Sie stand auf und blickte in dieselbe Richtung. Nach einem kurzen überraschten Aufschrei sagte sie: „Geil, das muss ich unbedingt den anderen zeigen."

„Dein Oberteil", rief Pet ihr hinterher. Doch sie war schon am Fuß des Hügels angekommen und stand wild gestikulierend bei den anderen. Er hob es auf, flüsterte „schade" und blieb stehen. Bald schon standen alle sechs staunend auf dem Hügel.

„Das müssen wir uns ansehen", rief Fin begeistert und lief los.

Wenig später bremsten sie ihre Fahrzeuge auf einer Sandbank ab. Vor ihnen lag ein riesiges Schiff, das auf eine Sandbank aufgelaufen war.

„il Primo", las Ava laut vor, während Fin sein Flexi startete. Über seinem Arm erschien ein dreidimensionales Bild, auf dem das Schiff zu sehen war. Der Lautsprecher im Armband startete und alle lauschten gespannt der Stimme:

„Die il Primo, gebaut in Italien im Jahre 2019, war eines der ersten umweltfreundlichen LNG-Kreuzfahrtschiffe."

„Was ist ein Kreuzfahrtschiff?", fragte Ava.

Die Stimme aus dem Flexi antwortete:

„Vor der großen Pandemie 2020 begaben sich sehr viele Menschen auf solche Schiffe und bereisten die Ozeane zu ihrem Vergnügen. Damals nannte man das Tourismus oder Urlaub. Zur Unterhaltung gab es Veranstaltungen in großen Sälen an Bord. Vor allem der Pool und das Essen sorgten für Erholung der Urlauber. Wünschen Sie weitere Informationen?"

„Nein", antwortete Fin und das Bild erlosch.

„Lasst uns sofort an Bord gehen", rief Ava und stand auf.

„Langsam! Wir müssen erst überlegen, wie wir raufkommen, Ava", erwiderte Max.

Nach einer längeren Diskussion entschied die Mehrheit, das Lager hierher zu verlegen und erst morgen früh das Schiff zu erkunden.

- - -

„Sir, wir haben da etwas Interessantes aufgeschnappt."

„Ich hoffe, die Störung ist gerechtfertigt".

„Im Netz gab es eine Aktivität bezüglich der il Primo".

„Die il Primo? Das war doch dieses verschollene Kreuzfahrtschiff, das fast die Pandemie vor sechzig Jahren überlebt hätte?"

„Ja, Sir".

„Hm, vielleicht werden wir dort fündig."

Der Nachrichtenüberbringer atmete erleichtert auf.

„Wer und wo?", riss ihn die Stimme seines Chefs in die Wirklichkeit zurück.

„Eine Gruppe von sechs Jugendlichen befindet sich auf Abenteuertour in der Karibik auf der Insel Guadeloupe."

„Das am nächsten liegende Forschungsschiff klarmachen und Kurs setzen, ich komme persönlich hin."

Die Kommunikation wurde unterbrochen und wenig später machte sich einer von zwanzig weltweit positionierten ehemaligen Supertankern, die alle zu Bio-Forschungsschiffen umgebaut wurden, auf den Weg in die Karibik.

- - -

Mit einem unguten Gefühl stieg Max als letzter die Strickleiter am Heck des Kreuzfahrtschiffes nach oben und hievte sich über die Reling. Die plötzliche Stille bedrückte ihn, doch er sagte nichts. Er galt schon immer als Spielverderber bei seinen Freunden. Dieses Mal wollte er einfach nur taff sein. Doch der Knoten in seinem Bauch wurde immer dicker. Langsam folgte er seinen Freunden, die vor einem Pool standen.

„Ach, du Scheiße", flüsterte Riana und schlug sich die Hände vor den Mund.

Der Anblick, der sich allen bot, war nicht unbedingt der, den sie erwartet hatten!

Im Becken, das zu einem Viertel mit einer dreckigen Brühe gefüllt war, schwammen Kleidungsfetzen auf der Oberfläche und verdeckten die Knochen von mehr als fünfzig Personen. Einige Skelette waren noch vollständig miteinander verbunden und zum Teil in Stoffreste gehüllt. Am Ende des Sprungbrettes schwang ein Seil im Wind hin und her, an dessen Ende sie ein Totenschädel mit einigen Nackenwirbeln angrinste.

„Keine Insekten", flüsterte Viola.

Fin antwortete: „Ist ja auch schon sechzig Jahre her. Ein Wunder, dass überhaupt noch Knochen vorhanden sind."

„Lasst uns weitergehen", sagte Ava und schüttelte den Schauer, der sie überlief, ab.

„Nein, zuerst die Brücke", rief Max, als Ava sich zur Tür ins Innere des Ozeanriesens zubewegte.

Erleichtert sah er, wie sie nickte und zur Reling ging. Hintereinander liefen sie in Richtung Bug, bis sie zur Außentreppe, die nach oben führte, kamen. Als niemand Anstalten machte, als erstes zu gehen, sah Max die Chance, sein Image zu verbessern. Er unterdrückte alle schlechten Gefühle und nahm die erste Stufe nach oben. Wortlos folgten sie ihm bis zur Eingangstür der Brücke. Als Max die Tür öffnen wollte, schaffte er es nicht alleine!

Fin zeigte wortlos auf die dicke Salzkruste auf dem Türrahmen und half ihm. Gemeinsam schafften sie es und betraten die Brücke des Schiffes.

Erstaunt über den fast perfekten Zustand des Raumes, sahen sie sich genauer um.

„Keine Knochen, als ob jemand aufgeräumt hat!", sagte Pet und erschrak, als Ava plötzlich rief: „Igitt."

Sekunden später standen sie alle bei ihr und schauten in den angrenzenden Raum des Kapitäns. Zumindest dachten sie, dass es die Unterkunft des Kapitäns sein müsste. Auf einem Stuhl saß ein kopfloses Skelett. Am Boden lag ein Schädel mit einem riesigen Loch im hinteren Teil. Daneben eine Schusswaffe und auf dem Tisch ein Stapel Papier, eingepackt in eine verschlossene Kunststoffhülle. Fin, der sich nach vorne geschoben hatte, starrte zuerst das Skelett an, dann blickte er neugierig auf die Hülle. Langsam griff seine Hand danach, doch dann zog er sie ehrfurchtsvoll zurück. Ava schüttelte den Kopf, schubste ihn zur Seite und nahm die Hülle an sich. Mit ihren Fingernägeln öffnete sie den Verschluss und entnahm die Blätter. Nachdem sie einige Zeilen gelesen hatte, seufzte sie und sagte:

„Leute, das ist eine Art Abschiedsbrief von einem Passagier, der das Virus als Einziger an Bord überlebt hat. Lasst uns das mitnehmen und im Camp lesen. Für heute ist es genug, finde ich".

Und mit einem Lächeln fügte sie hinzu: „Fin, jetzt hast du deine Knochen doch noch gefunden."

– – –

*„Wie alles begann"*2

Erik und ich saßen im Reisebüro und hörten der hübschen Blondine zu, die uns eine Schiffsreise schmackhaft machen wollte: „Das erste Schiff mit LNG-Antrieb, also umweltfreundlich. Daher auch der Name il Primo, das Erste auf Italienisch. Die Designer aus Mailand haben versucht, das

---

2 Die ganze Geschichte gibt es im ersten Teil der 13 Horrorgeschichten mit dem Titel Deja Vu zum Nachlesen.

berühmte Flair Italiens abzubilden, und es ist ihnen bombastisch gelungen."

,Deine Mutter hat dich auch bombastisch hinbekommen', dachte ich und konnte mich nicht von ihrem Ausschnitt trennen. So pralle, wohlgeformte Möpse hatte ich schon lange nicht mehr gesehen.

....

Nach vier Wochen begann ich das Schiff genau zu erkunden und durchsuchte jeden Winkel. Irgendwann hatte ich die Gewissheit, dass ich definitiv der letzte Lebende an Bord war! Dann begann ich mich mit den Drogen auseinanderzusetzen. Doch die Tagträume von einem intakten Schiff zogen mich nur noch mehr nach unten. Ich beschloss, es bleiben zu lassen.

Immer wieder überfielen mich tiefe Depressionen. Es dauerte immer länger, aus dem Sumpf zurückzukehren.

Ja, und nun sitze ich hier und schreibe mein Leben auf ein Stück Papier und warte, bis die Zeit vergeht."

— — —

Ava legte die Blätter zur Seite und musste selbst durchatmen.

„Unglaublich, was der Typ da durchgemacht hat, findet ihr nicht?", sagte Fin.

Ava antwortete: „Und dann hat er sich selbst eine Kugel in den Kopf gejagt."

Max' Hautfarbe kehrte nur langsam zurück, auch den anderen war nicht wohl zumute, und so fiel das Abendessen spärlich aus.

Aufgewühlt verbrachten sie die Nacht in ihrem Camp auf der Sandbank neben dem Todesschiff, wie sie es getauft hatten. Alle träumten von den schrecklichen Ereignissen vor sechzig Jahren, die sich auf der Erde abgespielt hatten. Jeder dachte: gut, dass das Capitan-Trips vollständig eliminiert wurde.

Fin, als ihr Nostalgiker, wusste am Besten, was damals passierte. Doch niemand verspürte das Bedürfnis mehr zu erfahren, als das, was sie im Unterricht gelernt hatten.

Am nächsten Morgen überlegten sie lange, ob sie nochmal auf das Schiff gehen oder lieber ihre Weltreise fortsetzen sollten.

Letztendlich stimmten sie ab, und außer Max und Viola waren die anderen dafür.

„Wir wollen das unglaubliche Abenteuer auskosten", wie es Ava nannte.

Nach einem kleinen Frühstück bestiegen sie mit Taschenlampen bewaffnet das Schiff. Als Ava die Hand auf den Türknopf hinter dem Pool legte, sagte Fin plötzlich: „warte."

Sie warteten, doch nach einer endlosen Minute öffnete sie kopfschüttelnd die Doppelflügeltür. Ein muffiger Geruch schlug ihr entgegen. Angewidert hob sie ihre Nase und trat in einen endlos scheinenden Gang.

Sie schaltete ihre Lampe an und ging mit kleinen Schritten weiter.

„Überall diese verdammten Knochen", flüsterte sie und stieg über eine Anhäufung direkt vor ihr. Plötzlich stöhnte Max laut auf, und alle starrten zu ihm. Sie folgten dem Strahl seiner Lampe und sahen die dunkelroten Buchstaben an der Wand gegenüber am parallel verlaufenden Gang.

„Er wird uns alle töten", las Ava und ergänzte: „Das wurde mit Blut geschrieben."

Max stöhnte und unterdrückte ein Zittern.

„Da unten sind noch mehr", sagte Riana und leuchtete über das Innengeländer nach unten. Ava ging weiter, doch auch sie war sich nicht mehr sicher, ob sie das Richtige taten.

‚Aufgeben ist keine Option', dachte sie an den Satz, den ihre Mutter immer zu ihr gesagt hatte.

‚Das Motto der Menschheit', hatte ihr Vater stets darauf geantwortet. Genau jetzt wäre sie lieber im Kreise ihrer Familie.

Doch ihre Familie gab es nicht mehr. Ihre Eltern waren von einer Expedition nicht wieder zurückgekehrt.

Ava war zu der Zeit auf der Sammelschule und musste sich seither selbst durchs Leben schlagen. Ihre Freunde wussten nichts von ihrer Vergangenheit. Sie wussten auch nicht, dass sie überhaupt nicht so taff war, wie sie es immer darstellte. Aber sie hatte gelernt, so am besten durchs Leben zu kommen. Zögern war immer schon ein Anzeichen von Schwäche. Manchmal bewunderte sie Max, dass er seine Gefühle so frei zeigen konnte. Sie wusste, dass Max aus einer reichen Familie stammte und er ein verwöhntes Kind war. ‚Vielleicht liegt es daran', dachte sie und öffnete eine Kabinentür rechts neben ihr, um ihre Gedanken zu unterbrechen. Mit einem kräftigen Knall schlug die Tür an etwas an, was direkt dahinter lag. Mit der Schulter stemmte sie die Tür zu zwei Dritteln auf und betrat die kleine Kabine. Der Anblick, der sich ihr bot, reichte völlig aus, um zu erkennen, was sich damals hier abgespielt hatte!

Ihr Blick wanderte vom Bett, auf dem eng umschlungen zwei Skelette lagen, zur gegenüberliegenden Wand.

„Ich liebe dich, ich hasse das Virus", las sie leise vor und war sich sicher, dass auch diese Buchstaben mit Blut geschrieben wurde. Beim Umdrehen erkannte sie Kratzspuren an der Außenseite der Kabinentür. „Als ob jemand versucht hätte, in die Kabine einzudringen", sagte Fin, der neben ihr stand.

„Die Kratzer sind mit Fingernägeln…", mehr musste Ava nicht sagen. Sie schüttelte den Kopf und lief weiter in Richtung der großen offenen Treppe, die in die Tiefe der riesigen Halle führte.

Nachdem jeder einen kurzen Blick in die Kabine geworfen hatte, folgten sie Ava.

Immer wieder sahen sie Markierungen oder Botschaften an den Wänden, und je weiter sie nach unten kamen, desto wirrer und schamloser wurden sie. Doch eines hatten sie alle gemeinsam: sie waren dunkelrot mit Blut geschrieben!

Plötzlich verließ Ava die Treppe und steuerte auf ein Portal zu.

„Ein Theater", sagte Fin und wollte den anderen erklären, um was es sich dabei handelte, doch das Quietschen der Tür übertönte seine Worte und er schwieg.

„Ach, du Scheiße", stieß Ava hervor, als sie nach wenigen Metern stehenblieb. Sie schüttelte sich kurz und gab den Blick für die anderen frei. Im Halbkreis standen die sechs Freunde nebeneinander und blickten auf einen meterhohen Berg, der ausschließlich aus Knochen bestand, die übereinandergestapelt inmitten des riesigen Raumes lagen.

„Als ob jemand die Menschen aufgestapelt hätte", flüsterte Viola mit zittriger Stimme. Sie ergriff Max' Hand, die ebenso wie ihre schwitzte und leicht zitterte.

„Lasst uns gehen, wir haben genug gesehen", stammelte Max mit all seinem Mut. Aber Ava schnaubte verächtlich und unterdrückte, was sie sagen wollte. Stattdessen setzte sie sich wieder in Bewegung und betrat die Stufen der Treppe nach unten. Als Erste verließ sie die letzte Stufe und stand auf dem

Versorgungsdeck. Sie steuerte neugierig auf die großen Türen der Kühlhäuser zu und blieb nachdenklich vor dem größten Portal stehen.

„Schau mal, dieses Kühlhaus scheint in Betrieb zu sein", sagte Pet und deutete auf das Eis an den Dichtungen der Tür. „Die Solarzellen! Vielleicht sind sie noch aktiv und liefern den Strom", erwiderte Riana.

„Vielleicht lebt ja noch jemand da drinnen", antwortete Fin.

„Dann sind sie alle erfroren, und genau das werden wir gleich sehen", erwiderte Ava und zog einen der zwei Hebel nach unten. Ein Nebel aus Kondensat entwich an der Stelle, und ohne zu zögern drückte Ava den zweiten Hebel nach unten. Ein Zischen erklang und das Portal öffnete sich einen Spalt.

„Macht mal Platz, ihr Angsthasen", sagte Ava und stieß die Tür auf.

„Ich will das nicht sehen", schrie Viola und trat automatisch einen Schritt zurück, während sie mit ihren Händen die Augen verdeckte.

Fin war der Erste, der sich traute, hinter Ava das Tiefkühlhaus zu betreten.

„Muss ein schlimmer Tod sein, zu erfrieren", sagte er zu Ava.

Sie antwortete: „Die sind alle vorher am Virus gestorben." Mit der Fußspitze stieß sie an einen der äußerlich vollständig erhaltenen tiefgefrorenen Körper am Boden. Mit einem Klack löste sich der Kopf vom Rumpf und kullerte in Richtung Tür.

Pet hielt ihn mit seinem Fuß auf und musste sich schlagartig übergeben.

Jetzt gab es für Max und Viola kein Halten mehr. Ohne sich umzudrehen, liefen die beiden zur Treppe und verschwanden in der Dunkelheit.

„Feiglinge!", rief Ava verächtlich und sah sich weiter um, doch keiner folgte ihr.

Der Strahl ihrer Taschenlampe zeigte weiter ins Innere des Kühlhauses. Es gab nichts mehr Interessantes zu sehen und langsam fror sie. Ava entschied sich, zu den anderen zurückzukehren. Mitten in ihrer Drehung wurde sie plötzlich zu Boden geworfen und ihre Taschenlampe erlosch. Laut schreiend und wild um sich schlagend, befreite sie sich von dem Druck, der auf ihr lag.

„Ava!", rief Fin und stand neben ihr. Mit seiner Lampe erhellte er die Umgebung und stieß einen Pfiff aus.

„Scheiße", fluchte Ava und rappelte sich auf. Vor ihnen lag die Leiche eines Mannes, das heißt die Überreste, die in mehrere Stücke zersprungen waren. Ein Metallband um den Hals ließ den Blick der beiden nach oben wandern. An einem Stahlträger hing der Rest des Bandes. Doch das war nicht alles. Weitere Leichen, an Metallbändern aufgehängt, hingen in Reih und Glied nebeneinander.

„Lass uns jetzt endlich gehen, Ava. Bitte!" flehte Fin, und Ava nickte.

Sie sah an sich herab und fluchte über die Sauerei, die der Tote auf ihr hinterlassen hatte. Innerlich verfluchte sie sich selbst, weil sie nicht vorsichtig genug war.

„Auch das noch", schimpfte Fin, als er zweimal hintereinander niesen musste.

„Jetzt aber raus hier, bevor du noch einen Männerschnupfen bekommst", sagte Ava so selbstsicher wie möglich, auch wenn es in ihrem Inneren bei weitem nicht so aussah.

Aufgewühlt von ihrer Inspektion des Todes, saßen sie am Lagerfeuer. Hunger hatte keiner von ihnen, alle waren mit ihren Gedanken bei den Menschen, die auf dem Schiff an dem Virus gestorben waren.

Pet hielt Riana in seinem Arm, die immer noch etwas zitterte.

„Wird die Aufregung sein", flüsterte er ihr ins Ohr, doch sie nickte nur geistesabwesend.

„Gesundheit", sagte Max, als Fin ein weiteres Mal niesen musste.

Ava, die sich gewaschen und umgezogen hatte, saß stumm da und starrte ins Lagerfeuer. Die Wärme des Feuers erfasste sie und es wurde ihr zu heiß. Langsam zog sie sich vom Feuer etwas zurück, doch die Hitze blieb.

„Ich geh schlafen", sagte sie schließlich und verkroch sich in ihre Ecke.

„Gute Idee", sagte Max und bald lagen alle in ihren Thermoschlafsäcken.

- - -

„Drohne einfahren", sagte Karl zu Ben, der mit der Fernbedienung den Befehl des Sicherheitschefs befolgte.

„Hast du den Tank auch vollständig geleert?"

„Ja. Boss. Ich bin doch nicht so dämlich, wie ich aussehe."

„Sorry, Ben, ich muss auf Nummer sicher gehen."

„Ist okay, Boss. Nach etwa dreißig Minuten wird das Mittel wirken und nach weiteren dreißig Minuten können wir sie holen."

„Okay, die Forscher sollen helfen. Und denke an die Anzüge. Wir wissen ja nicht, was sie alles so an sich haben."

„Zwei von den Mädels haben auf der Infrarotskala schon erhöhte Temperatur."

„Die zwei, die Händchen halten, lassen wir zusammen, die anderen einzeln."

„Okay Boss, ich bereite alles vor."

Eine Stunde später spuckte der Supertanker drei Landungsboote aus einer Klappe am Heck aus. Sie umrundeten die Insel und gingen wenig später neben dem Camp an Land. Mehrere, in dicke Schutzkleidung gehüllte Personen betraten das Camp und beförderten die Zielpersonen in die Landungsboote. Als alle sechs, in Bio-Spezialschwebebetten gehüllt, verstaut waren, liefen zwei Männer zurück. Mit Flammenwerfern zerstörten sie alles bis auf den letzten Krümel. Außer etwas verbranntem Sand waren keine Spuren mehr eines Camps zu erkennen. Zufrieden bestiegen die beiden die Boote, die sich sofort in Bewegung setzten.

Die sechs Betten wurden durch die Luke in eine Entseuchungskammer gelegt, die Tür verschlossen und der Reinigungsprozess in Gang gesetzt. Die Menschen in den Anzügen betraten ebenfalls Reinigungskammern und warteten, bis der Prozess abgeschlossen war.

Ein Boot machte sich noch einmal auf den Weg, um die restlichen Spuren zu beseitigen. Wenig später vernichtete eine Explosion das Schiff der Jugendlichen, mitsamt ihren Fahrzeugen. Zwei Stunden später war die Aktion abgeschlossen und nichts deutete darauf hin, dass jemals sechs Jugendliche auf der Insel waren. Als die Dunkelheit anbrach, lag der Supertanker zwei Meilen von der il Primo entfernt auf See.

Während auf der il Primo nur noch wenige Lichter angingen, begann der Supertanker aufzuleuchten. Mit schnellen Schritten liefen Karl und Ben zum Heck des Tankers, auf die Hubschrauberplattform zu. Das Dröhnen der Rotorblätter hörten sie schon von weitem und sie blickten zum Himmel. Wie eine riesige Wespe steuerte der Hubschrauber auf die Plattform zu. Das

Virus-Logo der Umbrella-Corporation[3] leuchtete am Rumpf des Fluggerätes.

Fin hätte bestimmt einiges über die Umbrella-Corporation erzählen können. Doch er schlief, wie seine Freunde, in einem Biobett.

„Hallo Boss, alles so erledigt, wie Sie wollten", rief Karl über den Lärm hinweg und verbeugte sich leicht, als ein Mann in den Fünfzigern leichtfüßig aus dem Hubschrauber sprang.

Ein kurzes Nicken genügte Karl als Antwort.

Sie liefen zu dritt an der Reling entlang, bis zur Mitte. Dann verschwanden sie ins Innere des Schiffes.

— — —

Ava schüttelte sich, doch die Krämpfe wollten einfach nicht aufhören. Immer wieder musste sie sich übergeben und ihr Orientierungssinn war vollständig verloren gegangen. Sie wusste nicht einmal mehr, ob sie wach war oder sich inmitten eines furchtbaren Alptraumes befand.

„Wie reagiert sie auf die Infusionen, nach den drei Tagen?"

„Sie kämpft dagegen an wie ein wildes Tier. Sie ist physisch den anderen meilenweit überlegen."

„Wird sie es überleben?"

„Keine Ahnung, Enrico."

---

[3]   *Aus dem Videospiel Resident Evil*

„Also, ich glaube an sie", fügte eine dritte Stimme hinzu. Die drei Forscher standen hinter der Panzerglasscheibe und beobachteten Ava, die sich auf dem Biobett hin- und herwälzte.

„Wir müssen zum Nächsten, der Boss will Ergebnisse sehen", sagte John und zog seine Kollegen Enrico und Paul mit sich. Nachdem sie eine Sicherheitsschleuse passiert hatten, standen sie vor einem weiteren Fenster und checkten das Innere.

„Mist, er ist von uns gegangen", sagte Paul.

John antwortete: „Der war sowieso der Schwächste von allen."

„Wie war sein Name?", fragte Enrico.

John antwortete: „Max, glaube ich."

Nachdem Enrico den Namen Max auf dem Pad durchgestrichen hatte, sagte er: „auf zum Nächsten."

Wieder passierten sie eine Bio-Schleuse und betraten die nächste Kammer.

John, der zuerst am Fenster stand, konnte einen Schrei nicht unterdrücken. Schnell waren die anderen bei ihm. Enrico fiel das Pad aus der Hand. Der Aufschlag holte ihn zurück und er drückte blitzschnell einen Knopf auf der Konsole vor sich. Im Inneren breitete sich schlagartig ein rosafarbenes Gas aus. Eine blutverschmierte Hand hämmerte von innen gegen die Scheibe. Die drei Forscher traten automatisch zwei Schritte zurück. Erleichtert atmeten sie auf, als die Hand sich in Zeitlupe nach unten bewegte und aus ihrem Blickfeld verschwand.

„Das Betäubungsgas wirkt", sagte John, während sich Enrico nach dem Pad bückte.

„Lass uns die Aufzeichnung ansehen", sagte Paul, und sie begaben sich zur Seite, um auf den Monitor zu blicken. Mit offenem Mund starrten sie auf die bewegten Bilder der letzten dreißig Minuten.

Enrico war froh, das Pad abgelegt zu haben.

Paul musste alle Kraft aufwenden, um den Brechreiz zu unterdrücken.

John schaffte es nicht und kotzte sich die Seele aus dem Leib.

Mittlerweile standen der Sicherheitschef und der Inhaber der Umbrella-Corporation neben ihnen.

„Ach, du Scheiße! Die große Liebe war das wohl nicht", sagte Karl.

Enrico erwiderte: „Hast du keinen Anstand, du herzloser Typ."

„Hey Alter, sie hat versucht, ihn aufzufressen. Sieh doch, wie sie seinen Arm herausreißt und darauf herum nagt. Und jetzt hat sie mit ihren Krallen seinen Brustkorb geöffnet und sich hinein gebeugt. Ein wahres Festessen für das taffe Mädel."

„Ruhe", sagte Dr. Matteo - und alle schwiegen.

Nicht jeder sah sich den Film bis zum Ende an!

Dr. Matteo legte die Hand auf Johns Schulter und sagte: „Machen Sie bitte die Sauerei weg, erhöhen Sie die

Dosis um fünfzig Prozent und beobachten Sie weiter, was im Inneren passiert. Egal was, ich will es wissen – ist das klar?"

John nickte und schaute beschämt zu Boden.

Enrico strich den Namen Pet auf seinem Pad, dann half er, die Sauerei zu entfernen.

Karl und Dr. Matteo betraten den nächsten Raum.

„Das ist Viola, sie kämpft. Aber sie wird es nicht überleben", sagte Karl.

Dr. Matteo antwortete: „Das Virus haben wir jedenfalls. Aber ich will noch wissen, wie wir es beherrschen können. Dieser Fin kann es anscheinend."

„Genau wie der Typ auf der il Primo, Boss", sagte Karl.

Dr. Matteo nickte und drückte auf einen Knopf, bevor er die Kammer verließ. Ein grünes Gas strömte in die Kammer und Viola bäumte sich ein letztes Mal auf. Die Überdosis beendete ihr junges Leben!

— — —

Fin saß auf seinem Bett und zermarterte sich das Gehirn, was mit ihnen passiert war. Das Logo der Umbrella-Corporation hatte er erkannt und wusste, dass die Firma, eine der wenigen Konzerne, die den Super-GAU damals überlebt hatten, sich mit Bakterien und Viren beschäftigte. Egal, was er sich zusammenreimte, es lief immer wieder auf das Eine hinaus. Nämlich, dass er es nicht wusste.

Plötzlich fühlte er sich beobachtet. Sein Blick wanderte zu der Scheibe in der kleinen Zelle, in der er gefangen war.

Er sah sich selbst darin, doch er war sich sicher, dass ihn auf der anderen Seite jemand beobachtete.

„Hey, ihr Arschlöcher, was soll das? Ich will hier raus, und zwar sofort."

Er war sich sicher, auch dieses Mal keine Antwort zu bekommen, und seine Schultern sackten wieder mutlos nach unten.

„Das ist dieser Fin. Bisher keine Symptome, außer in den ersten zwei Tagen etwas Schnupfen. Alle Werte sind top, der Junge ist kerngesund, Boss", sagte Karl, nicht ohne den nötigen Respekt.

„Haben wir genug Viren eingesammelt?"

„Ja, mehr als genug, um den Rest der Bevölkerung zu eliminieren."

Dr. Matteo ging nicht auf die Bemerkung ein und erwiderte: „Okay, dann setzt ihn mit einer vierfachen Dosis auseinander. Mal sehen, ob er dann immer noch so topfit ist."

„Okay Boss, ich sag den Forschern Bescheid."

— — —

„Dr. Matteo, Sie haben umgehend Informationen verlangt", sagte Enrico angespannt und wartete darauf, dass sich der Stuhl, auf dem Dr. Matteo saß, zu ihm umdrehte.

„Und?", kam die kurze Antwort.

Enrico erwiderte:

„Nachdem Riana ihren Pet verspeiste, hat sie damit begonnen sich selbst aufzufressen. Vor einer Stunde war sie damit erfolgreich."

„Somit hat unser Experiment nicht funktioniert."

„Ja Boss, aber dieser Fin ist uns ein großes Rätsel. Wir haben jetzt die Dosis so erhöht, dass man das Virus in der Kammer schon fast sehen kann."

„Und?"

„Und nichts! Der Junge ist anscheinend immun."

„Und jetzt würdest du ihn gerne aufschneiden, um herauszufinden, warum. Stimmt's?"

„Ähm, ja Sir, darf ich?"

Dr. Matteo räusperte sich und fragte: „Mich interessiert eher das Mädchen. Wie steht es um diese Ava?"

„Sie mutierte zu einem abscheulichen Monster und wird immer stärker, obwohl wir das Medikament schon abgesetzt haben. Karl hat Ben in die Kammer beordert, um auf Nummer sicher zu gehen."

„Der gute Karl, immer schön vorsichtig, das gefällt mir. Du wirst die Erlaubnis bekommen, doch jetzt noch nicht. Ich bereite zuerst einige Experimente vor, dann darfst du sie haben - beide."

Enrico verneigte sich und verließ grinsend das Labor.

— — —

„Was sollen wir uns wobei gedacht haben?", fragte Fin.

Die Stimme aus dem Lautsprecher erwiderte:

„Wie seid ihr hier hergekommen?"

„Ich habe es doch schon tausendmal gesagt. Wir haben ein Forscher-Stipendium und wollten, bevor es losgeht, eine Weltreise machen. Wir sind durch Zufall hierhergekommen und wussten nichts über die il Primo."

„Das glaube ich dir nicht".

„Verdammt, dann frag doch meine Freunde, du Idiot", fluchte Fin und unterbrach das Auf- und Abgehen in seiner Gefängniszelle.

„Deine Freunde sind alle tot", dröhnte die Antwort aus der Box über ihm.

„Was hast du gesagt?"

„Junge, deine Freunde sind alle am Virus gestorben, den ihr Idioten befreit habt".

„Aber wie ist das möglich?", unterbrach Fin die Stimme.

„Na, denk doch mal nach. Wer hat euch dafür bezahlt, das Virus zu beschaffen?"

Doch Fin gab keine Antwort mehr. Zusammengesunken setzte er sich auf sein Bett, nahm die Hände vors Gesicht und weinte.

„Ich glaube ihm, Dr. Matteo", sagte Karl, nachdem er das Mikrofon abgestellt hatte.

„Gut, ich glaube ihm auch. Sie waren wohl im falschen Moment am falschen Ort."

„Sollen wir ihm sagen, dass einer seiner Freunde zu einem Monster mutiert ist, Boss?"

„Nein Karl, er wird sowieso bald aufgeschlitzt. Enrico schärft schon die Skalpelle. Lass uns zu Ava, dem Monster, gehen."

Fins Gedanken rasten - und plötzlich begriff er!

‚Das Kühlhaus! Genau dort war das Virus eingefroren. Wir haben es aufgetaut und somit befreit. Scheiße, wir Idioten! Aber warum lebe ich noch'?

Als er an seine Freunde dachte, kamen die Tränen zurück.

Karl zuckte zurück, als Ava gegen die Scheibe sprang, ohne Rücksicht auf Verletzungen.

Dr. Matteo bewegte sich keinen Millimeter, obwohl die Scheibe bedrohlich vibrierte.

„Faszinierend, wie ein wildes Tier. Ob wir sie bändigen können?", fragte Dr. Matteo, drehte sich um und schaute in durchweg ängstliche Gesichter.

„Sie frisst nur rohes Fleisch. Wir haben ihr die Reste der anderen gegeben. Ist eine win-win-Situation", sagte Enrico. Doch niemand lachte über den Witz.

Plötzlich hämmerte Ava wie verrückt an das Fenster, und alle drehten sich erschrocken um. Avas Hände begannen zu bluten, als ihre Haut aufplatzte, doch sie hämmerte immer weiter. Karl zog automatisch seine Pistole und richtete sie auf das Fenster. Nach mehreren Minuten beendete Ava ihre sinnlose Aktion, und alle atmeten erleichtert auf.

„Lange wird es nicht mehr dauern, bis sie die Kraft hat, das Fenster zu zerstören", sagte John und zog sich wieder hinter die anderen zurück.

‚Was ist nur mit mir passiert?', dachte Ava und schaute an sich hinab. Überall hingen Hautfetzen und getrocknetes Blut.

‚Wieso habe ich solche Probleme, klar zu denken'?

Sie legte sich auf den Boden und rollte sich zusammen. Ihr Herzschlag war kurz vorm Explodieren und es dauerte lange, bis sie sich endlich etwas beruhigt hatte. Von wahnsinnigen Kopfschmerzen geplagt, lag sie da und wartete, wartete … auf was eigentlich?

‚Auf die Freiheit', vervollständigte das Tier in ihr den Gedanken und übernahm wieder die volle Kontrolle.

— — —

Vier Tage später bekam Enrico endlich die Erlaubnis, seine Forschungsarbeit zu beginnen. Er betrat Avas Kammer in Begleitung von Ben. Grinsend lief er zum Fenster und schaute ins Innere der Bio-Zelle.

„So Mädchen, jetzt wirst du aufgeschlitzt", sagte er und hob überrascht die Augenbrauen.

Erst jetzt fiel ihm auf, dass das Fenster nicht mehr vorhanden war! Blitzschnell drehte er sich um und starrte entsetzt auf Ben. Das Monster stand hinter Ben und hatte die starken Arme um den Hals des Sicherheitsmannes geschlungen. Mit offenem Mund vernahm er das Knacken, als Bens Genick brach. Enrico war nicht in der Lage sich zu bewegen. Hilflos musste er zusehen, wie das Monster Bens Kopf mühelos mit einem Ruck vom Rumpf löste. Wie ein Springbrunnen spritzte das Blut aus der Halsschlagader. Das Monster beugte seinen Kopf und ließ das Blut in seinen offenen Mund spritzen. Begleitet von schmatzenden Geräuschen schaute Enrico zu, wie der Blutbrunnen langsam versiegte. Das Brüllen des Monsters riss ihn aus seiner Erstarrung, und er bewegte sich nach links, um den Alarmknopf zu betätigen. Aber das Monster war schneller, viel schneller! Eine mit langen Krallen bewaffnete ehemalige Frauenhand schoss blitzschnell nach vorne und umklammerte seinen Hals.

,Das ist mein Ende', dachte Enrico und spürte plötzlich keinen Boden mehr. Mit festem Griff wurde er hochgehoben und sein Gesicht bewegte sich ganz langsam auf das Monster zu. Auge in Auge blickten sich die beiden an, bis er spürte, dass sein Bauch wie Feuer brannte. Der Schmerz wurde immer stärker und das Grinsen des Monsters immer breiter.

Mit der anderen Klaue wurde Enricos Bauchdecke ganz langsam immer weiter und tiefer aufgeschlitzt.

Plötzlich sorgte die Schwerkraft dafür, dass seine Eingeweide sich den Weg nach außen bahnten.

Enrico war nicht mehr in der Lage, die Tränen zurückzuhalten. Mit Entsetzen sah er, dass das Monster sein Maul öffnete und eine hässliche spitze Zunge auf ihn zukam. Genüsslich leckte das Tier Enricos Tränen ab, um dann mit zwei gezielten kurzen Schlägen die Spitze der Zunge in die Augäpfel zu stoßen, die wie Seifenblasen zerplatzten. Enrico spürte, wie sich der Druck auf seinen Hals erhöhte und bekam keine Luft mehr. Sein Körper zappelte unkontrolliert.

Mark stand an der offenen Tür und ein Stöhnen entrang sich seiner Kehle. Er wusste nicht, wovor er sich mehr fürchten sollte, vor dem freigesetzten Virus oder vor dem Monster, das mit dem zappelnden Enrico vor ihm stand. Als er sah, wie der Darm des Forschers sich löste und auf den Boden klatschte, brach alles aus ihm heraus!

Zuerst der Schrei, dann öffneten sich alle Schließmuskel gleichzeitig. Das Letzte, was er sah, waren die Krallen an der Pranke des Monsters, die sich in sein Gesicht gruben und es mit Leichtigkeit zerquetschten.

Ava sah sich um und wollte schreien.

‚Was habe ich nur getan?‘, dachte sie.

Doch dann übernahm das Monster wieder die Oberhand und lief auf die offene Schleuse zu.

Ohne sich umzudrehen, stampfte es auf den Flur und ging nach links. Mühelos öffnete es die Tür vor sich und stand in einem weiteren Flur. Auf der rechten Seite befand sich eine Sicherheitstür, und die Ausgeburt der Hölle öffnete sie. Langsam betrat sie den Raum, der genau so aussah wie ihr Gefängnis. Sie ging zum Fenster und starrte hinein.

Plötzlich kullerte eine Träne aus den blutunterlaufenen Augen. Wütend hämmerte das Biest auf alle Knöpfe und Schalter, bis sich mit einem Zischen die Tür der Bio-Zelle öffnete.

Fin saß auf dem Bett und schaute erwartungsvoll auf die sich langsam öffnende Tür.

Als er sah, was auf ihn zukam, wollte er schreien, doch etwas hinderte ihn daran.

Er sah genauer hin, was sich da langsam und vorsichtig auf ihn zubewegte. Dann stockte ihm der Atem, als er die zerfetzte blutverschmierte Kleidung erkannte.

„Ava!", stammelte er durch seine zusammengebissenen Zähne.

Ava kam immer näher und beugte sich runter, um Fin in die Augen zu sehen.

„Es tut mir leid, Fin", krächzte Ava und streichelte mit ihren Krallen sanft seine Wange.

Als Fin nach ihrer Hand greifen wollte, ertönten überall auf dem Schiff Alarmsirenen.

Erschrocken zuckte Ava zurück, drehte sich um und lief zur Tür. Noch einmal blickte sie zu Fin, dann verschwand sie und mit ihr Ava im Inneren der Kreatur.

Fin saß fassungslos auf dem Bett und versuchte, das soeben Geschehene zu verarbeiten. Dann setzte sein Überlebenstrieb ein und er sprang vom Bett. Nachdem er mehrere Türen geöffnet hatte, hörte er Schritte hinter sich.

„Da vorne ist er!", schrie jemand und dann setzten die Maschinengewehrschüsse ein. Jetzt gab es kein Halten mehr. Fin öffnete die nächste Tür und sprang hinein. Geschickt setzte er die Verriegelung in Gang und drehte sich um.

Eine riesige leere Lagerhalle breitete sich vor ihm aus. Dann sah er die Kreatur, die auf allen Vieren auf eine Treppe zu rannte. Die Treppe führte nach oben. Ohne weiter nachzudenken, folgte er Ava. Das Hämmern gegen die Tür hinter sich hörte er schon nicht mehr. Keuchend und nach Luft schnappend rannte er Stufe für Stufe nach oben, in die Freiheit, wie er hoffte.

— — —

„Chef, sie sind beide entkommen", japste Karl völlig außer Atem.

„Habe ich mir schon gedacht."

„Was sollen wir machen? Sie könnten überall auf dem Schiff sein, genau wie das Virus."

„Die Kreatur wird euch finden."

„Und dann?"

„Müsst ihr einfach schneller sein", beendete Dr. Matteo den Satz. Ohne auf eine Antwort zu warten, drehte er sich um und lief zur Schleuse hinter sich. Karl blieb mit offenem Mund vor dem Sicherheitsglas stehen, das sie voneinander trennte.

„Scheiße, er ist in Sicherheit", fluchte er, drehte sich um und lief seinem Schicksal entgegen.

— — —

Fins Enttäuschung war groß. Nicht die erhoffte Freiheit lag vor ihm, sondern wieder nur dunkle Gänge und Türen, Millionen von Türen. Plötzlich hörte er ein Knacken, dann einen Schrei und lautes Wimmern. Sofort ging er hinter einem Aktenschrank in Deckung. Mit der linken Hand öffnete er vorsichtig die Tür neben sich und schlüpfte so lautlos wie möglich hindurch. Stampfende Schritte kamen den Gang entlang und Fins Herz blieb stehen, doch die Schritte entfernten sich wieder. Erleichtert stand er auf und sah sich um. Er befand sich in einem Labor, dessen war er sich sicher. Und dass es sich um ein biologisches Labor handelte, lag ebenfalls auf der Hand. An einer Wand hingen mehrere gelbe Bioanzüge.

Gerade als er sich umdrehen wollte, bewegte sich einer der Anzüge. Fin drehte sich nochmal um und lief langsam auf die Anzüge zu. Plötzlich setzte sich ein Anzug in Bewegung und Fin starrte ungläubig hinterher. Er musste beinahe lachen, als der Anzug stolperte, und der Länge nach auf den Boden fiel. Fin sah fassungslos zu, wie beide Arme des Anzuges sich in Richtung Helm bewegten. Langsam zogen sie den Helm ab und mit einem Fluch begleitet, wurde er lautstark in die Ecke geworfen.

Der Anzug drehte sich um, und ein Mann starrte Fin angsterfüllt in die Augen.

„Hi, ich bin John. Der Helm hat einen Riss bekommen, daher ist jetzt eh alles vorbei", seufzte der Mann und stemmte sich in die Höhe.

„Okay, ich bin Fin, und warum ist alles vorbei?"

„Junge, du bist aufgefüllt mit dem Virus bis in die letzte Ader, und daher ist es für mich vorbei."

„Was heißt aufgefüllt?"

„Wir haben dich, da du resistent bist, mit dem Virus vollgepumpt, um eine Grenze zu finden", antwortete John.

„Was heißt resistent?", fragte Fin und John, der ein verzweifeltes Lachen herunterschluckte, antwortete:

„Dein Organismus ist stärker als das Virus. Meiner nicht, daher werde ich gleich sterben."

Dann schälte er sich komplett aus dem Anzug und kramte in seiner Hosentasche. Als er fand, wonach er suchte, zog er lachend eine kleine Kapsel heraus.

„So Kleiner, sei mir nicht böse, aber ich mach mich jetzt vom Acker", sagte er und steckte sich die Kapsel in den Mund. Bevor er sie zerkaute, sagte er:

„Zyankali - es ist noch eine in meiner Tasche, wenn du willst."

Nachdem Fin nicht reagierte, zuckte er mit den Schultern und biss auf die Kapsel. Keine fünf Sekunden später lag er tot vor Fins Füßen.

Fin benötigte etwas Zeit, um alles zu verstehen, was ihm der Mann gerade schonungslos erzählt hatte.

‚Diese Schweine haben Experimente mit mir gemacht', dachte er. Dann fiel ihm Ava ein und eine Gänsehaut überzog seinen Körper. Abrupt drehte er sich um und begann zu laufen, zu laufen um sein Leben! Ohne es zu bemerken, rannte er an einer verstümmelten Leiche vorbei, die am Eingang einer Tür lag. Auf dem Namensschild waren die beiden Anfangsbuchstaben „Pa" zu lesen, alles andere war in Blut getränkt!

— — —

Karl stand vor den Mannschaftskontrollmonitoren und musste mit ansehen, wie auch der Monitor von John sich schwarz färbte.

„Okay, das Monster und ich sind übrig", flüsterte er und schaltete die Überwachungsbildschirme ein.

Plötzlich sah er einen Mann durch einen Gang rennen!

„Fin habe ich ja ganz vergessen! Diese Virenschleuder ist ja noch gefährlicher als die Kreatur", sagte er und griff automatisch zu der Waffe, die über seiner Schulter hing. Der kalte Lauf des Lasergewehres beruhigte ihn etwas, obwohl er wusste, dass ihn die Waffe nicht vor dem Virus schützen würde.

Im Augenwinkel sah er eine Bewegung auf einem der Monitore und bevor er begriff, um welche Kamera es sich handelte, flog die Tür vor ihm auf.

Keine zehn Meter entfernt stand das Monster. Ihre Blicke trafen sich und Karl reagierte! Blitzartig riss er das Gewehr herum und feuerte einen Laserstrahl auf die Kreatur, doch das Monster war schneller. Karl schätzte seine Chancen ab - und die standen nicht so schlecht, dachte er. Immerhin befanden sich zwischen ihm und der Kreatur mehrere Schaltpulte und Schreibtische. Irgendwann wird der Laser eines nach dem anderen durchdringen. Grinsend ging er in Position und wartete.

Was der Soldat in seiner Berechnung vergessen hatte, war die Tatsache, dass das Monster unglaubliche Kräfte besaß und sie sich zu Nutze machte. Wie eine Dampfwalze schob es ein Steuerpult nach dem anderen auf Karl zu.

Die Aktion ging selbst für den geübten Soldaten zu schnell. Ehe er das Gewehr in Position bringen konnte, wurde er zwischen zwei Pulten brutal eingequetscht.

Zuerst fiel ihm die Waffe aus der Hand, dann hörte er, wie sein Rückgrat lautstark auseinanderbrach. Als die Schmerzen ihn überfielen, blickte er in die funkelnden gierigen Augen der Kreatur, die jetzt wenige Millimeter vor seinem Gesicht verharrte. Der Atem des Todes blies ihm entgegen, doch das war ihm egal.

„Hätte ich diesen Scheißjob doch nur nicht angenommen", sagte er, als sich das Maul vor ihm öffnete.

Langsam verschwand Karls Kopf darin und die Kreatur begann ihre Kiefer in Zeitlupe aufeinander zuzubewegen. Mit einem grässlichen Geräusch zerplatze Karls Schädel.

„Gut gemacht, Ava", sagte eine Stimme, und die Kreatur drehte blitzschnell ihren Kopf in die Richtung. Auf einem Monitor war ein Mann in einem weißen Kittel zu sehen. Langsam ließ das Monster von ihrem Opfer ab und bewegte sich auf den Monitor zu. Im Kopf der Kreatur begann sich ein Bild zu formen, ein unschönes und schwer zu begreifendes Bild!

„Schön, dass du mich erkennst, Ava. Und ja, ich war nicht nett zu dir. Aber du weißt ja, die Forschung steht über allem, auch über der Familie. Ich hatte keine Wahl, meine Liebe. Warum es aber ausgerechnet dich getroffen hat, das war nun wirklich Zufall.

Ist schon verrückt, oder? Nur fünfhundert Millionen Menschen und ein Vater trifft seine Tochter!

Klar, es wäre anders schöner gewesen, aber wie das Schicksal so spielt…"

Ava knurrte den Monitor an und Dr. Matteo trat augenblicklich einen Schritt zurück, obwohl er sich in einem sicheren Bereich aufhielt.

„Ich werde dich leider töten müssen, mein Mädchen, so leid es mir tut. Deine Mutter hatte sich das Virus selbst gespritzt. Sie war so töricht zu glauben, dass ihr Gegenmittel funktionieren würde. Aber jetzt ist ja eh alles egal."

Er drehte sich um, betätigte einen Schalter und der Monitor wurde schwarz.

— — —

Fin stand vor dem Waffenschrank und überlegte, welche Waffe er an sich nehmen sollte. Letztendlich entschied er sich für ein Maschinengewehr aus der guten alten Zeit. Er vergewisserte sich, dass es geladen und entsichert war. Dann öffnete er die Tür ins Freie.

Tief sog er die frische Luft in seine Lungenflügel. Doch sein Glücksgefühl dauerte nicht lange. Eine Sirene setzte ein, und dazwischen sagte eine monotone Stimme immer wieder:

„Selbstzerstörungsmechanismus eingeschaltet."

Die Sirene wurde durch ein lauteres Geräusch übertönt.

Fin starrte auf den Hubschrauber, der sich langsam erhob. Ohne weiter nachzudenken, rief er: „Ihr Schweine, ihr entkommt mir nicht", und schoss!

Es dauerte etwas, bis die erste Kugel ihr Ziel traf, doch Fins Selbstsicherheit wuchs und mit ihr die Treffsicherheit. Der Hubschrauber kam ins Taumeln. Dann machte das Fluggerät einen Satz nach oben, die Spitze neigte sich um 90 Grad und stürzte in die Mitte des Schiffes. Eine Feuersäule schoss gegen den Himmel und erlosch sofort wieder. Fin traute seinen Augen nicht und rief über die Sirenen hinweg: „Ich hab es euch doch gesagt, ihr Schweine!"

Dann sah er sie! Die Kreatur, in der Ava steckte! Sie starrte ihn an. Ihr Blickkontakt dauerte mehrere Sekunden, dann stürzte sich das Monster in das Loch, dass der Hubschrauber in den Rumpf gerissen hatte.

Fassungslos stand Fin an der Reling und überblickte erst jetzt, auf welch riesigem Schiff er sich befand.

Auch dieses Mal hatte er keine Zeit zum Überlegen. Die erste Explosion riss ihn über die Reling. Er landete mehrere Meter weit entfernt vom Schiff im Wasser. Instinktiv begann er zu schwimmen, so schnell er konnte und so weit weg wie möglich. Er musste mehrmals untertauchen, als eine Feuerwalze nach der anderen über ihn hinwegfegte. Irgendwann hörten die Explosionen auf und er lag erschöpft am Strand.

Mit letzter Kraft robbte er unter den Schatten einer Palme und schlief ein.

Es war Nacht, als er aufwachte. Er brauchte eine Weile, bis er die Realität begriff. Er hatte gehofft, aus einem Traum aufzuwachen, doch der Anblick eines sinkenden Tankers auf dem Meer vor ihm, in helles Vollmondlicht getaucht, machte ihm klar, dass dem nicht so war.

Langsam stand er auf, orientierte sich und suchte das Lager. Nach mehr als zwei Stunden vergeblichem Suchen kam er auf die Idee, sein Flexi zu benutzen.

Überraschenderweise funktionierte es, und keine dreißig Minuten später stand er an dem Ort, an dem sie ihr Camp aufgeschlagen hatten. Doch außer verbrannter Erde war nichts mehr davon übrig.

Mutlos setzte er sich in den Sand und überlegte, was er als Nächstes tun sollte.

Als die Sonne über dem Meer aufging, stand er auf und lief los. Sein Entschluss stand fest - und wenig später erreichte er die il Primo. Ohne zu zögern betrat er das Innere des Schiffes und stieg die Treppenstufen hinab. Diesmal war nicht das Kühlhaus sein Ziel, sondern der Maschinenraum. In einem Lagerschrank fand er, wonach er gesucht hatte.

Er benutzte die Strickleiter und fing mit der Arbeit an.

Außer Atem von der ganzen Anstrengung lief er am Strand etwas zurück und betrachtete den Rumpf des Kreuzfahrtschiffes. Mit großen Buchstaben stand in roter Farbe geschrieben:

„Achtung Gefahr! Virus Captain Trips an Bord!"

Nach einer kurzen Pause kletterte er wieder auf das Schiff und begab sich in die Kapitänskajüte.

Er stand vor dem Tisch, auf dem sie das Tagebuch gefunden hatten. Vorsichtig legte er die Knochen zur Seite und setzte sich selbst auf den Stuhl. Sein Blick glitt zu der Waffe und er hob sie auf. Nach einem kurzen Check des Laufes und einem Blick in die Trommel, nickte er zufrieden und sagte zu sich selbst:

„Die gute alte Zeit."

Dann starrte er vor sich hin und zögerte, doch sein Entschluss stand schon lange fest. Als Überträger stellte er eine potenzielle Gefahr für die Menschheit dar, das war ihm mehr als klar.

Dann fiel ihm der Song wieder ein, den der Typ in seiner Geschichte erwähnt hatte. Er aktivierte sein Flexi und suchte nach dem Lied.

Als er es gefunden hatte, betätigte er die Playfunktion und lauschte:

„Ich bin jetzt raus.
Jetzt steh ich hier.
Das Wasser riecht nach Gift.
Und 'n toter Vogel kommt vorbei und stirbt.
Der Kellner spielt Klavier.
Wir sind die letzten von hundertzehn.
Wir warten bis die Zeit vergeht.
Tausend Tage und Nächte auf See.

Das Land kommt nie zurück.

'Ne Menge Mädchen war'n dabei und lachten.

Viel zu schön, um zu geh'n.

Wir war'n so hungrig.

Wir war'n so kalt.

Wir wollten nie zurück.

Und jetzt treiben wir rum auf dem toten Schiff.

Und warten, bis die Zeit vergeht.

Deja Vu, Deja Vu, Deja Vu.

Der Rote Hugo hängt tot im Seil.

Die Leiche stinkt nach Shit.

Wie'n weißer Engel.

Schön wie Schnee hängt er da.

Eh, du tust dir doch weh!

War'n wilder Kerl mit feuchtem Blick.

Doch der kommt nie zurück.

So schreib' dein Leben auf ein Stück Papier.

Und warte, bis die Zeit vergeht.

Deja Vu, Deja Vu, Deja Vu4"

„Geiles Lied", sagte er, hob die Pistole, steckte sie in den Mund und drückte ab.

ENDE

Hoia Baciu

„Dennis, was ist los, machst du schon schlapp?", riefen die drei Mädels und lachten dabei hämisch. Dennis war nicht unbedingt der Sportlichste, aber seine beiden Freunde Paul und Ben liefen hinter ihm und verschleppten so das Tempo ein wenig.

„Wir werden früh genug ankommen, dann werden wir sehen, wer mutiger ist!", rief Dennis zurück. Die Gruppe war zu Fuß unterwegs von ihrer Unterkunft in Cluj-Napoca, mit dem Ziel Hoia Baciu, dem gefürchteten Spuk-Wald.

Es war früher Nachmittag, als sie den Wald erreichten. Das gegenseitige Hänseln und unbeschwerte Lachen verstummte schlagartig. Die Umgebung begann auf die Gruppe zu wirken. Die Bäume ließen nur wenig Licht bis zum Boden durchdringen und sie dachten: ‚Wie dunkel wird es erst nachts?'

Alle hatten die gespenstige Umgebung Schloss Barns im Hinterkopf. Das angebliche Schloss des Grafen Dracula hatte sie voll in ihren Bann gezogen. Normalerweise standen die sechs mit beiden Beinen im Leben und hatten vor nichts Angst. Eigentlich war es umgekehrt, in ihrer Heimat waren sie die Gefürchteten!

Transsilvanien ist schon etwas Besonderes, darin waren sie sich einig. Ben hatte die Idee, und nachdem die anderen einverstanden waren, übernahm er die Buchung. Und jetzt waren sie hier im Spuk-Wald, dem Bermuda-Dreieck Europas, wie er auch genannt wurde.

Dennis bekam eine Gänsehaut, er fühlte sich beobachtet. Als Ben ihm auf die Schulter schlug, weil er langsamer lief, fiel er vor Schreck zu Boden. Unglaublicherweise lachte keiner, obwohl für die Sechs die Schadenfreude an oberster Stelle stand.

Ben half ihm auf und flüsterte leise eine Entschuldigung. Unsicher liefen sie weiter in den immer dunkler werdenden Wald mit den komischen Bäumen, die auf irgendeine Art anders aussahen, als in den üblichen Wäldern.

Paul brachte es auf den Punkt und flüsterte: „Als ob die Bäume lebendig wären."

Der Ruf einer Eule erschreckte fast alle zu Tode und sie hatten Mühe, nicht davonzulaufen. Ben schoss durch den Kopf, ob er nicht einen Fehler mit diesem gemeinsamen Urlaub begangen hatte. Doch jetzt war es zu spät. Schweigend liefen sie hintereinander, nachdem Paul mit der Karte die Führung übernahm.

Lena war sich plötzlich sicher, hinter einem Busch ein Augenpaar gesehen zu haben, behielt es aber für sich. Keiner wollte als Feigling abgestempelt werden.

Sie schaute sich um, aber niemand schien dasselbe wie sie gesehen zu haben. Erleichtert atmete sie aus und konzentrierte sich wieder auf den Weg.

„Scheißweg", fluchte Chantal, nachdem sie stolperte und mit Mühe auf den Beinen blieb.

„Mama, sind wir bald da?", rief Sarah, um die Stimmung etwas aufzulockern. Doch keiner lachte -

nicht das kleinste Lächeln! Jeder war fokussiert und versuchte, sich auf den Weg zu konzentrieren. Ja nicht in den Wald sehen. ‚Wir werden beobachtet', dessen waren sich alle sicher, nur wollte es keiner zugeben.

„Da vorne wird es heller, da muss es sein", rief Paul. Ohne Kommando liefen alle schneller, sogar Dennis konnte problemlos mithalten.

Am Rande der Lichtung, die schon in der Abenddämmerung lag, blieben alle stehen.

„Es ist wirklich wahr, hier wächst nichts, einfach gar nichts", flüsterte Ben und starrte, wie seine Freunde, gebannt auf einen exakten Kreis mit einem Durchmesser von etwa fünfzig Metern.

„Nicht mal Unkraut", sagte Lena und betrat mutig als Erste die Lichtung. Langsam, und immer noch unsicher, folgten ihr die anderen. In der Mitte legten sie ihr Gepäck ab und setzten sich auf den Boden.

„Der Boden des Bahnhofs zum Universum", sagte Paul und alle fingen zu lachen an. Eher ein hysterisches, unsicheres Lachen, aber immerhin lockerte es die Stimmung etwas auf.

„Uns wird schon kein Ufo entführen", witzelte Sarah.

„So jetzt, Ruhe! Wie besprochen, errichten wir unser Lager genau in der Mitte des Kreises. Wir benötigen ein Feuer und dazu brauchen wir…?", sagte Ben und alle riefen im Chor „Holz"

Sie hatten schon vorher abgesprochen, nur in Zweiergruppen Holz zu holen.

„Immer in der Nähe bleiben", sagte Ben und lief mit Lena los. Die andere taten es ihnen gleich.

„Na los, Dickerchen", sagte Chantal, die mit Dennis zusammen loszog. Jede der Gruppen ging in eine andere Richtung.

Als Dennis den Rand des Kreises erreichte, blieb er stehen und beugte sich nach unten.

„Eine Inspektion kann nicht schaden", sagte er, und Chantal blieb neben ihm und schaute missmutig auf ihn herab.

Dennis fand keine logische Erklärung, warum gerade an dieser Stelle das Wachsen aufhörte. Als er die Pflanzen genauer anschaute, sah er eindeutig, dass die Auswüchse die Stelle bewusst mieden. Bodenranken machten einfach kehrt. Plötzlich hörten sie Vögel und schauten irritiert nach oben. Erstaunt sahen sie, wie die Vögel im Flug eine Kurve vollführten, um ja nicht über den Kreis zu fliegen. Dennis' Bauch grummelte und er hatte ein ungutes Gefühl, ein sehr ungutes Gefühl!

„Los jetzt, Dennis", sagte Chantal und er gehorchte.

Gemeinsam liefen sie ein Stück zurück in den Wald. Auf einmal fühlte er Chantals verschwitzte Hand in seiner, was im normalen Leben unvorstellbar war.

‚Was zum Teufel passiert hier nur?', dachte er und erschrak, als er einen Rotfuchs sah. Das Tier blieb stehen und starrte sie an, dann lief der Fuchs in Richtung des Kreises. Genau an der Grenze blieb er stehen, schüttelte sich und lief heulend zurück in das Dickicht. Dennis und

Chantal schauten sich an und sammelten so schnell wie möglich Holz.

„Na, ihr Turteltauben, habt ihr noch schnell ein Nümmerchen geschoben?", empfing sie Paul lachend.

Ohne zu antworten, warfen sie das Holz auf den Stapel und setzten sich zu den anderen.

Paul und Ben entfachten das Lagerfeuer, und nachdem die Dunkelheit einsetzte, saßen alle um das große Feuer. Stimmung kam keine auf, jeder hing seinen Gedanken nach. Nur Dennis blickte sich immer wieder erschrocken um.

„Hey Leute, was ist los mit euch, wo ist eure Partylaune? Solche Trantüten werden nicht von Aliens entführt. Wir hatten ausgemacht, `ne Megaparty zu veranstalten, wenn möglich mit den ganzen Geistern aus dem Wald. Also let's Party-Time", rief Ben und sprang auf. Paul folgte ihm und schloss sein Handy an zwei Boxen an. In dem Moment, als er die Musik starten wollte, erklang ein furchterregender Schrei. Lena sagte: „Jungs, keine Party. Lasst uns besinnlich sein. Und ehrlich, wenn es nicht schon dunkel wäre, würde ich lieber zurückgehen. Das war eine Scheißidee, hierher zu kommen."

Gerade als Paul etwas erwidern wollte, sagte Dennis: „Lasst uns enger zusammenrücken, so dass jeder über des anderen Schulter blicken kann. Zumindest sehen wir so in jede Richtung. Egal, was kommt."

„Was soll schon kommen?", antwortete Sarah.

„Wir haben vorhin einen Fuchs gesehen und der ist sofort vor dem Kreis geflüchtet. Hat sich nicht getraut ihn zu betreten, und ist panisch davongelaufen. Selbst ein Schwarm Vögel ist um den Kreis herumgeflogen und nicht darüber", flüsterte Dennis, und Sarah setzte sich wieder.

Nach längerem bedrückten Schweigen sagte Dennis: „Ich denke, wir sollten den Kaffee trinken, den wir extra mitgenommen haben, um diese Nacht wach zu bleiben. Morgen früh verschwinden wir so schnell wie möglich wieder nach Hause."

Keiner widersprach ihm! Im Gegenteil, alle waren froh über die Beschäftigung, wenn sie auch nur kurzweilig ausfiel. Als Ben den Topf mit heißem Wasser vom Lagerfeuer nahm, füllte Lena den Filter mit dem stärksten Kaffee der Welt auf.

„Death wish Kaffee verspricht Ihnen zweihundert Prozent mehr Koffein", las sie den Aufdruck der Verpackung vor.

„Natürlich mit einem Totenschädel bedruckt, wie romantisch", antwortete Sarah und allen huschte ein kurzes verkrampftes Lächeln über die Lippen.

Nachdem jeder einen Becher probiert hatte, machten Ausdrücke von „fantastisch" bis „Pissbrühe" die Runde.

Nach einer Viertelstunde fragte Chantal: „Wann setzt denn das Hurragefühl ein?"

Lena antwortete, nachdem sie auf der Verpackung nachgelesen hatte: „Angeblich nach fünfundvierzig Minuten."

„Ich glaube wir brauchen Zerstreuung, Leute! Und ich habe genau das Richtige dafür, und zwar eine Tüte für jeden", sagte Paul und kramte eine Schüssel aus seinem Rucksack. Nach einer weiteren Viertelstunde zogen alle genüsslich an ihrem Joint und die Stimmung schien zurückzukommen. Doch dann setzte die Wirkung des Kaffees ein, in Kombination mit dem Gras.

‚Keine gute Idee', dachte Dennis. Dann erklang erneut ein Schrei aus dem Wald und die Büsche außerhalb des Kreises kamen in Bewegung.

Mit Mühe unterdrückten sie einen kollektiven Aufschrei, dann stammelte Lena: „Verflucht, was ist das? Da steht doch jemand."

Alle schauten in die Richtung, doch niemand sah etwas. Nur Dennis starrte wie gebannt ins Feuer. Auf einmal stöhnte er so laut, dass ihn alle anstarrten.

Dennis zeigte mit dem Finger ins Feuer und schrie: „Scheiße, wie ist das möglich?"

Dann sahen es die anderen auch! An der Spitze des Lagerfeuers materialisierte sich inmitten des Qualms der Kopf eines alten Mannes. Ganz langsam stieg der Kopf höher und höher. Dann bildete sich unter ihm ein Körper.

Keiner war in der Lage zu sprechen oder rational zu denken. Eindeutig stand ein Mann inmitten des Feuers und blickte sich langsam um. Er starrte jedem Einzelnen in die Augen, bis er bei Dennis verharrte. Mit dem Zeigefinger deutete er auf Dennis, der wimmerte wie ein Baby.

„Warum hast du das getan, Dennis – warum?", hallte eine tiefe Stimme durchs Dunkel der Nacht, und allen fiel die Kinnlade nach unten.

‚Ob das ein Scherz von Ben ist?', dachte Lena.

Doch als sie sah, dass Ben am ganzen Körper zitterte, vergaß sie den Gedanken schnell wieder.

„Na los – erzähle deinen Freunden, was du angestellt hast!"

Dennis fiel nach hinten, schlug die Hände vor sein Gesicht und schrie: „Nein, du bist tot… tot… tot! Ich weiß es genau!"

„Ja, ich starb einen qualvollen Tod. Nicht genug, dass du mich absichtlich überfahren hast. Nein, du hast mich am Straßenrand hinter ein Gebüsch gezerrt, so dass mich keiner finden konnte, und dann bist du abgehauen. Ich habe dich angefleht, mir zu helfen. Aber du, du bist abgehauen. Du Feigling hast mich elendig verrecken lassen."

„Verschwinde aus meinem Kopf! Ben, das ist nur von deinem Scheißkaffee", stammelte Dennis. Dann rollte er sich zusammen und weinte, von Krämpfen geschüttelt.

Urplötzlich verschwand die Erscheinung und sie starrten in ein normales Lagerfeuer. Chantal war die Erste, die sich aus ihrer Starre löste. Sie beugte sich zu

Dennis und flüsterte beruhigende Worte. Lena, auf der anderen Seite, tat es ihr gleich und langsam beruhigte er sich wieder.

„Scheiße, was war das denn?", fluchte Paul.

„Dein blöder Kaffee und der Joint. Nur so kann ich es mir erklären", flüsterte Ben, mehr zu sich selbst.

Sarahs Schrei riss sie alle aus ihrer Lethargie. Sie folgten ihrem ausgestreckten Arm und erstarrten!

Am Rande der Lichtung stand eindeutig eine Gestalt. Glühende Augen starrten sie an, dann sahen sie die Axt, die das Mondlicht reflektierte und spätestens jetzt schrien alle.

So schnell, wie die Gestalt erschien, war sie wieder verschwunden.

„Leute, sitzenbleiben! Reicht euch die Hände und schließt die Augen. Die Wirkung wird bestimmt bald nachlassen. Also, bleibt cool, das alles ist nicht real. Habt ihr gehört? Nicht real! Los jetzt, bildet wieder einen Kreis um das Feuer!", rief Ben.

Sie gehorchten ohne Widerrede, was nicht unbedingt ihre Stärke war, aber sie verstanden den Sinn darin.

„Egal, was passiert! Nicht die Hände loslassen und die Augen geschlossen halten, habt ihr verstanden?", fragte Ben nochmals, und alle nickten stumm.

Chantal spürte Bens zitternde Hand und drückte fester zu. Es wirkte! Er beruhigte sich etwas. Ihre Gedanken begaben sich in die Vergangenheit und ihr eigenes dunkles Geheimnis kam langsam, aber sicher, zum Vorschein.

‚Ob jeder so ein Geheimnis hat?', fragte sie sich.

Und dann fiel ihr der gemeinsame Vorfall der Gruppe ein, ihr dunkelstes Geheimnis - und sie stöhnte auf.

„Lena, warum machst du das?", fragte überraschend eine bekannte Stimme.

„Ruhe, Leute", erwiderte Ben.

Doch die Stimme fuhr unbeirrt fort: „Halt die Klappe, du dumme Schlampe. Du Ausgeburt einer Hure!"

Es war eindeutig Lenas Stimme, und die Antwort kam sofort: „Was habe ich dir nur angetan, dass du so böse zu mir bist?"

„Weil ich dich einfach nicht leiden kann", sagte Lena und lachte hämisch.

Lena schlug ihre Augen auf und stöhnte.

„Lena!", rief Ben, dann öffnete er ebenfalls die Augen und erstarrte.

„Hey, seht mal! Die Schlampe hat mir ein Foto ihrer Muschi geschickt, jetzt ist die auch noch lesbisch zu ihrer Hässlichkeit", rief Lenas Stimme, obwohl sie stumm in das Feuer starrte.

Jetzt öffneten alle die Augen und sahen ein Mädchen im Teenager-Alter in den Flammen auf ihrem Bett sitzen. Das Mädchen weinte und schluchzte.

‚Wie eine perfekte 3-D-Projektion. Aber wie soll das gehen, ohne Strom?', dachte Ben und schaute der Szene weiter zu.

Gebannt starrten alle auf den Teenager. Lena konnte einen Schrei nicht länger unterdrücken, als sie die Rasierklinge sah, die das Mädchen in seiner Hand hielt.

„Ich halte das nicht mehr aus! Sie sind alle so gemein zu mir. Stimmt es etwa, was sie immer sagen? Bin ich wirklich so dumm und hässlich? War meine Mutter wirklich eine Hure? Lena hat recht, ich bin es nicht wert zu leben. Ja genau, Lena hat recht, ich muss dem ein Ende bereiten."

„Nein!", schrie Lena, doch es war zu spät. Die Rasierklinge glitt langsam immer tiefer, bis sich die Hauptschlagader an ihrem Hals öffnete und das Blut in einem dicken Strahl aus ihrem Hals schoss. Langsam legte das Mädchen ihre Hand mit der Klinge in den Schoß. Sie drehte ihren Kopf zu Lena und blickte ihr stumm in die Augen. Der Strahl verlor langsam an Kraft, dann schloss das Mädchen seine Augen und kippte zur Seite.

Ihre letzten Worte hingen über der Lichtung:

„Lena hat recht!"

„Lena, was hast du getan?", fragte Ben und sie antwortete: „Halt die Klappe, du weißt genau, warum wir zusammen sind – oder hast du schon vergessen, was uns zusammenschweißt – ja Ben, hast du es vergessen?" Die letzten Worte schrie sie und diesmal war es Dennis, der ihre Hand fest drückte.

„Da seht!", rief Paul und zeigte ins Feuer.

Eine Brücke erschien. Dann wechselte die Perspektive unter die Brücke zu einer Gestalt, die in Zeitungen gehüllt an einem Brückenpfeiler lag.

Dieses Mal stöhnte Chantal.

„Hey, du Penner! Verschwinde hier, das ist mein Revier", sagte eine Stimme aus dem Hintergrund.

Der Mann öffnete seine Augen und starrte auf Chantal, die vor ihm stand.

„Aber ich habe dir doch nichts getan, ich will nur ein wenig schlafen", stotterte er.

Ein Tritt in den Unterleib ließ ihn aufstöhnen.

„Ich habe gesagt, verschwinde!", rief Chantal.

„Lass mich bitte in Ruhe", stammelte der Obdachlose und erschrak, als sich Chantal bückte.

Doch diesmal trat sie nicht zu, sie zündete ihn einfach an. Die Zeitungen fingen sofort Feuer und wenige Sekunden später stand der Obdachlose in hellen Flammen. Er war so überrascht, dass er nicht einmal schreien konnte.

Chantal stand vor ihm und schaute zu, wie er ein Opfer der Flammen wurde. Seine Haut platzte auf und ein Zucken ging durch seinen Körper. Sie stand vor ihm und wartete, bis das Feuer erlosch.

„Ich habe dich gewarnt", sagte sie, trat mit dem Fuß die Reste der verkohlten Leiche in den Fluss und lief los. Plötzlich blieb sie vor Chantal stehen und beide Chantals blickten sich stumm an, dann blieb nur die Echte zurück.

Die Flammen des Lagerfeuers loderten vor ihren Augen. Keiner war fähig etwas zu sagen, bis Ben die Stille unterbrach: „Lass mich in Ruhe, du Monster."

Doch Bens Lippen waren verschlossen!

Als er sich selbst mit seiner Mutter im Feuer sah, formte sich sein Mund zu einem schmalen Strich und dicke Schweißperlen bildeten sich auf seiner Stirn.

„Was soll ich nur mit dem Jungen machen?", stöhnte seine Mutter, als Ben das Haus verlassen hatte.

Dann wechselte die Szene und sie blickten ins Innere eines Autos, in dem der zwölfjährige Ben mit seiner Mutter saß.

„Gehst du wieder ficken, wenn ich in der Schule bin?", fragte Ben verächtlich.

Seine Mutter schluckte eine Antwort runter.

Als Ben ausstieg, rief er: „Ich hasse und verachte dich. So eine Scheißmutter habe ich nicht verdient!"

Dann drehte er sich um und lief in die Schule.

Weinend saß die Frau im Auto und stammelte: „Was habe ich nur falsch gemacht? Ich liebe ihn doch."

Dann setzte sich das Auto in Bewegung. Sie fuhr auf die Autobahn, der Tacho zeigte 180 Stundenkilometer.

„Ich kann das nicht mehr", sagte Bens Mutter und riss das Lenkrad zur Seite. Der Wagen krachte mit voller Geschwindigkeit an einen Brückenpfeiler und ging sofort in Flammen auf.

Der brennende Wagen verschmolz mit dem Lagerfeuer auf der Lichtung. Alle schauten Ben an, der die Augen schloss und einfach nur tief durchatmete.

„Was ist das für eine Show hier? Wer will uns verarschen? Das kann doch nicht real sein!", schrie Sarah hysterisch.

Als sie ins Feuer blickte, verstummte sie schlagartig.

„Na Oma, wie geht es dir?", sagte die Stimme eines kleinen Mädchens. Ein Krankenbett erschien im Feuer. In dem Bett lag eine alte Frau, die auf das kleine blonde Mädchen herabsah und sagte: „Sarah, mir geht es schon viel besser. Nur die olle Alte da neben mir nervt mich mit ihren ganzen Apparaten. Ständig piepst etwas und der blöde Luftbalg… immer das Auf und Ab. Ich bin froh, wenn ich wieder zu Hause bin. Doch nun bin ich müde, geh schön nach Hause, Kindchen."

Sarah blickte zu ihrer Oma. Dann kullerten dicke Tränen über ihre geröteten Wangen. Sie sah sich selbst im Alter von sechs Jahren und sie wusste genau, was als nächstes passieren würde!

Ihre Freunde aber wussten es nicht! Gebannt schauten sie zu, als sich die Tür öffnete und die kleine Sarah zurückkam. Zuerst vergewisserte sie sich, dass ihre Oma schlief, dann schlich sie zu der anderen Patientin und flüsterte: „Du wirst meine Oma jetzt in Ruhe lassen."

Als Chantal sah, wie sich das Mädchen bückte, stöhnte sie auf.

Mit zwei Händen zog die kleine Sarah den Stecker heraus.

Dann stand sie wieder auf, blickte auf die mit Kabeln und Schläuchen verbundene Frau und flüsterte: „leb wohl."

Sie drehte sich um und verließ lautlos das Zimmer. Es dauerte nicht lange, dann erloschen alle Lichter an den Geräten. Der Balg stand still, kein Laut war zu hören.

Der Körper der Frau begann zu zucken. Das Zittern wurde immer heftiger und alle mussten mit ansehen, wie die Frau qualvoll starb. Der Todeskampf dauerte nicht lange. Eine Schwester betrat das Zimmer und ein Schrei erklang. Die Schwester bückte sich und starrte auf den gezogenen Stecker. „Scheiße, ich habe den Stecker nicht richtig eingesteckt. Was mach ich nur?", sagte sie. Dann nahm sie den Stecker in die Hand und führte ihn wieder in die Steckdose, stand auf und ging durch die Tür. Die Szene verschwand, stattdessen erschien ein Zeitungsartikel. Der Ausschnitt drehte sich langsam am Rande der Flammen im Kreis, so dass ihn jeder sehen und lesen konnte:

„Ehemalige Krankenschwester erhängt sich in ihrer Wohnung", las Sarah vor, als der Artikel vor ihr zum Stillstand kam.

„Ich wusste das gar nicht", stotterte sie.

„Ich war doch noch so klein."

Sie schlug die Hände vor das Gesicht und weinte.

Als sie sich etwas beruhigt hatte, schaute sie zu Paul. Erst jetzt bemerkte sie, dass alle auf Paul starrten, der mit kalkweißem Gesicht ins Feuer blickte.

„Los zur Mitte, du Feigling!", rief eine jüngere Version von Paul.

Sie sahen zwei Jungs mit Schlittschuhen auf der Eisfläche eines Sees. Plötzlich brach einer der Jungen in das zu dünne Eis ein! Er konnte sich gerade noch am Rand des Eises festhalten und blickte Paul hilfesuchend an.

Paul stand in sicherer Entfernung und blickte stumm zur aufgebrochenen Eisfläche.

„Paul, hilf mir doch, verdammt!", rief der Junge.

Paul antwortete: „Warum sollte ich? Eine bessere Gelegenheit, dich loszuwerden, bekomme ich nie wieder."

„Aber Paul, das kannst du doch nicht machen, ich bin dein Bruder! Los, hilf mir endlich!"

„Jetzt hat der Lieblingssohn Probleme, und Mami und Papi sind nicht da, um ihm zu helfen. Ach, das tut mir aber leid."

„Paul, genug jetzt! Mir wird kalt, hilf mir endlich, du Arschgesicht!"

„Niemals! Ich genieße es, denn schon bald werde ich die volle Aufmerksamkeit erhalten. Ich werde endlich so geliebt wie du."

Weinend rief der Junge um Hilfe, doch niemand war zu sehen. Die zwei waren allein auf dem See. Während einer um sein Leben kämpfte, schaute der andere genüsslich zu. Langsam wurden die Anstrengungen, sich auf das sichere Eis zurückzuziehen, immer schwächer. Als die Hände keinen Halt mehr fanden, starrte er mit einem letzten verzweifelten Blick zu seinem Bruder, dann tauchte er unter die Eisfläche und verschwand.

Paul stand ungerührt an derselben Stelle und wartete. Langsam umrundete er das Loch im Eis, bis er seinen Bruder nicht mehr sah. Dann glitt er fröhlich pfeifend davon.

Schweigend saßen alle sechs händchenhaltend um das Lagerfeuer, das langsam niederbrannte. Jeder dachte an ihr gemeinsames Geheimnis, und alle warteten darauf, dass es in den Flammen erscheinen würde. Doch nichts passierte!

Als die letzte Flamme in Glut überging, hörten sie ein Räuspern. Ihre Köpfe fuhren in die Richtung des Geräusches herum, und keiner war wirklich überrascht, als sie auf die Gestalt blickten, die langsam näherkam.

Niemand war in der Lage, die Hand des anderen loszulassen. Sie ergaben sich ihrem Schicksal.

Hinkend kam der Mann immer näher und schleifte eine Axt hinter sich her.

Das Gesicht mit hässlichen Brandblasen übersät, zeigte er seine faulen Zähne. Ein Auge fehlte, doch sie erkannten ihn trotzdem. Doch mehr als ein Stöhnen brachten sie nicht zu Stande.

Hinter Dennis blieb er stehen und rief: „Habt ihr wirklich gedacht, ihr kommt ungeschoren davon?

Ich warte schon lange auf meine Rache.

Für die, die mich nicht erkannt haben: Ja, ich bin es, euer Schulhausmeister. Wie ihr wisst, habe ich als Einziger die Flammenhölle überlebt. Meine Frau und meine zwei Kinder hatten nicht so viel Glück."

Keiner rührte sich und der Mann fuhr fort:

„Na, wer von euch hat das Feuer gelegt?

Dennis, Ben, Paul, Lena, Sarah oder Chantal, die ja mit Feuer schon beste Erfahrungen gemacht hat. Eigentlich ist es egal. Ihr steckt alle mit drin und ihr werdet das bekommen, was ihr verdient!"

Langsam hob er die Axt.

- - -

„Haben die Aliens in Hoia Baciu wieder zugeschlagen? Sechs Jugendliche spurlos verschwunden! Nur ihre Rucksäcke wurden auf der unbewachsenen Stelle der Lichtung, die angeblich ein Ufo-Landeplatz sein soll, gefunden", stand in großen Lettern zwei Tage später in der Zeitung.

Und auf der Dark Tourism-Internetplattform wurde der Artikel zum geheimnisvollen Ort Hoia Baciu mit den Worten ergänzt:

„Gruseln erlaubt!

Sechs Jugendliche wollten dem düsteren Ort trotzen, doch sie sind nicht zurückgekehrt. Einheimische behaupten, sie rennen nachts immer wild schreiend durch den Wald und flüchten vor einem Mann mit einer Axt.

Wahrheit, oder ein weiteres Hirngespinst?

Finde es heraus, traue dich auf diesen ganz besonderen Lost-Place und lass dich vereinnahmen von dem geheimnisvollen Ort.

Wir wünschen jedenfalls schönes Gruseln.

Und schreibt uns, wenn ihr dort wart.

Aber bitte, bevor ihr spurlos verschwindet!"

ENDE

Khakhua

„Der Mythos der Korowai" von Aaron Hunter - was für ein beschissener Titel."

Carl Morck warf das Buch seines Schriftstellerkollegen angewidert auf sein Sofa, stand auf und schenkte sich einen weiteren Drink ein. Mit einem Seufzer ließ er sich auf die Couch fallen und nahm nach einem kräftigen Schluck Scotch das Buch wieder in die Hand.

Mit zusammengebissenen Zähnen sagte er:

„Mal sehen, für was du den Literaturpreis bekommen hast, alter Faulenzer".

Kurz erinnerte er sich an seine Studienzeit, als beide noch dicke Kumpels waren. Abgeschrieben hatte er immer, und immer nur bei ihm. Das Unglaubliche daran war, dass er für das Abgeschriebene bessere Noten bekam als er, Carl, der eigentliche Autor. Langsam ging die Freundschaft in Frust über.

Aaron machte Karriere, während er, der vermeintlich bessere von beiden, auf der Strecke blieb. Alles, was Carl veröffentlichte, war nicht von Erfolg gekrönt. Immerhin konnte er durch seine Texte für Werbe-Agenturen und seine Lektor- und Korrektur- Tätigkeit einigermaßen luxuriös leben.

Aaron dagegen hatte das große Los gezogen. Einfach alles, was er in Angriff nahm, wurde ein Erfolg - und jetzt das! Den Literatur-Nobelpreis für einen

Reisebericht über den Korowai-Stamm in West Neuguinea!

„Unfassbar", schloss er seine Gedanken ab und schlug widerwillig das Buch auf.

„Sie glauben, der Stamm der Korowai ernährt sich von Menschenfleisch? Dann folgen Sie mir und ich beweise Ihnen, dass das schon lange vorbei ist."

„Alleine die Einleitung wäre auf der Uni nicht über ein ‚befriedigend' hinaus gekommen", blaffte Carl und blätterte einige Seiten weiter.

„Es war schon ein komisches Gefühl, dem Stamm der Korowai gegenüber zu stehen. Mein Führer Roxas kommunizierte mit ihnen, während sie mehrere Pfeile auf uns richteten. Ich wusste, dass die Spitzen in ein lähmendes Gift getränkt waren. Meine Ängste waren berechtigt, doch Roxas entpuppte sich als Glücksgriff. Ich kam mir vor wie Kolumbus, als er zum ersten Mal auf die Indianer traf. Genau wie er damals, reichte ich dem Häuptling eine Perlenkette, die er freudestrahlend annahm. Okay, einen Kontinent habe ich nicht entdeckt, aber ein gewisser Vergleich wird mir erlaubt sein.

Jedenfalls war ich mehr als erleichtert, dass die Pfeile nicht abgeschossen wurden. Langsam folgten wir den nur mit einem Lendenschurz bekleideten Einheimischen in ihr Dorf. Wie erwartet, tauchten im dichten Dschungel die ersten

Baumhäuser auf. Es lagen keine Menschenknochen im Dorf
herum, das hätte mich auch gewundert".

Mit einem lauten Knall schlug Carl das Buch zu und
warf es an die Wand. In einem Zug leerte er sein Glas
und lief zum Badezimmer. Als er an dem
aufgeschlagenen Buch vorbeiging, sprang ihn die letzte
Zeile an und er las:

„Ich hoffe, mit dem Mythos aufgeräumt zu haben. Die
Korowais waren einmal Menschenfresser, doch das ist schon
lange vorbei.
Liebe Touristen, Abenteurer und sonstige Spinner: ihr
braucht sie nicht mehr zu belästigen."

Carl hob sein Bein und trat auf das Buch, dabei wäre
er beinahe ausgerutscht. Wutentbrannt schnappte er
sich die Niederschrift und warf sie in den offenen
brennenden Kamin. Zufrieden lief er ins Bad und
erleichterte sich. Nach zwei weiteren Scotchs lag Carl
auf seiner Couch und die Erinnerung an die Studienzeit
kam zurück.

Damals unternahmen sie alles zusammen, selbst
Carls große Liebe teilten sie.
Aber es nahm kein gutes Ende. Als Aaron ihm
offenbarte, dass er das Mädchen heiraten werde,
brannten alle Sicherungen in Carls Kopf durch.

Krankenhausreif hatte er ihn geschlagen, seinen besten Freund! Von der Uni wurde er verbannt - und die dunkle Serie begann.

Plötzlich sprang er auf und stand kerzengerade in seinem Wohnzimmer. Man konnte förmlich sehen, wie es in ihm arbeitete. Es hätte niemanden gewundert, wenn Qualm aus seinen Ohren gestiegen wäre, aber so war es nicht. Lachend ließ er sich auf sein Sofa fallen, das unter seinem Übergewicht lautstark ächzte.

„Auf dich Aaron, du Oberarschloch. Ich werde dir die Suppe versalzen und dich bloßstellen!", rief er und hob dabei sein Glas. Erst als er es zum Mund führte, bemerkte er, dass es leer war. Lachend warf er es ins Kaminfeuer und holte Nachschub.

---

3 Monate später

„Schwerer, als ich dachte", sagte Carl und legte das Taschenbuch zur Seite.

„Die Sprache der Korowai", stand auf dem Umschlag von K. Roxas.

„Das dauert mir zu lange, ich schreibe diesem Roxas eine Mail. Vielleicht hat er ja schon ein Sprachtool, damit ginge es wesentlich schneller."

Zwei Tage später wurde ihm eine Mail mit mehreren Anhängen geschickt. Freudig überwies er den ausgemachten Betrag und hörte sich die Dateien an.

Niemand hatte je behauptet, dass Carl dumm wäre, im Gegenteil! Er war sogar ein ausgemachtes Sprachgenie. Mit den Dateien lernte er die Sprache in einer unvorstellbar kurzen Zeit. Dann machte er sich daran eine Expedition vorzubereiten, als das Telefon klingelte.

„Morck!"

„Ja."

„Elf Jahre ist völlig in Ordnung."

„Wie, sie hat ein Gebrechen?"

„Was soll das, für was bezahle ich Sie?"

„Sie ist stumm?"

„Okay, nur stumm, mehr Fehler gibt es nicht?"

„Wann?"

„In drei Monaten?"

„Wie viel?"

„Wollen Sie mich verarschen?"

„Ist mir scheißegal, wie hübsch sie ist."

„Jetzt verstehen wir uns."

„Gut in Ordnung, in drei Monaten.

Ja, in Berlin, ich kenne die Adresse".

‚Ist ja mein Zweitappartement, du Idiot', dachte er und legte grußlos auf.

„Jetzt habe ich alles und kann die Flüge buchen. Aaron, dein Verderben ist unterwegs", sagte er triumphierend und bearbeitete die Tastatur seines Computers. Schnell fand er ein Tool, um sich die Gebärdensprache anzueignen.

---

3 Monate später

Carl konnte vor Aufregung nicht sitzen. Immer wieder lief er in dem kleinen Flur des Appartements auf und ab. Plötzlich klingelte es und er drückte den Türöffner. Hastig zog er die Skimaske über sein Gesicht, um nicht erkannt zu werden. Für Menschenhandel kam man definitiv in den Knast, und darauf hatte er keine Lust. Mit zittrigen Händen griff er zur Klinke und öffnete die Eingangstür. Unsanft wurde er zur Seite geschoben. Eine Gestalt huschte in den Flur und schloss unverzüglich die Tür. Stumm starrten sich die beiden Männer an, bis Carl auf die Tür zum Wohnzimmer zeigte. Die Gestalt trat ein, schaute sich hastig um und fragte:

„Wo ist Geld?"

Carl hasste dieses gebrochene Deutsch. Doch auf legalem Wege hätte er die Ware niemals bekommen. Er biss die Zähne zusammen und antwortete: „Wo ist das Mädchen?"

„Erst Geld, dann Ware", schnauzte sein Gegenüber.

Carl seufzte und hatte keinen Bock auf diese Kinderspielchen.

„Also, jetzt nochmal analog für dich, da du digital nicht verstehst: Bring das Mädchen hierher, dann bekommst du die Kohle. Ansonsten verschwinde".

Lässig ließ er sich auf die Couch gleiten, doch innerlich schwitzte er.

‚Habe ich zu hoch gepokert?', dachte er und beobachtete aus dem Augenwinkel, dass sein Gast etwas in sein Handy flüsterte, das er aus seiner Jacke gezogen hatte. Dabei wäre Carl beinahe sein Herz in die Hose gerutscht. Keine zwei Minuten später klingelte es erneut. Diesmal öffnete sein Gast und führte seinen Kompagnon, mit einem Mädchen an der Hand, ins Zimmer.

Carl stand auf, griff in seine Hosentasche - und dieses Mal zuckten die zwei Menschenhändler kurz zusammen, einer fasste ebenfalls in seine Jackentasche. Als Carl ein Bündel Geldscheine herausholte, entspannte sich die Lage wieder. Das Mädchen bekam einen Schubs, so dass es auf der Couch landete, Carl wurde das Geld aus der Hand gerissen und die beiden wollten verschwinden.

Aber Carl fragte: „Leute, wo sind die Papiere? Erst dann gibt's die andere Hälfte des Geldes!"

Fluchend kam einer der Verbrecher näher und zog zähneknirschend einen Reisepass, einen Impfpass und weitere Dokumente hervor. Carl studierte die Papiere, dann griff er in die andere Hosentasche und reichte ihm ein zweites Bündel Geldscheine.

Dieses Mal verschwanden sie schnell, lautlos und für immer.

Carl stand im Wohnzimmer und blickte in zwei verängstigte Augen. Dann wurde ihm bewusst, dass er die Maske trug. Er zog sie ab und bückte sich, um in Augenhöhe mit dem Mädchen sprechen zu können.

„Verstehst du mich, kannst du Lippen lesen?", fragte er mit einem Lächeln im Gesicht.

Das Mädchen zog sich etwas zurück und nickte.

„Ich will nicht wissen, wie du heißt oder wo du herkommst. Ich werde dir nichts tun, wenn du meine Anweisungen befolgst. Hast du das verstanden, Anna?"

Eingeschüchtert starrte ihn das Mädchen an, dann fuhr er in der Gebärdensprache fort:

„Anna, das ist jetzt dein Name, und hier ist ein Willkommensgeschenk für dich."

Aus einer Kiste, die auf dem Tisch stand, holte er ein bunt verziertes Armband heraus und reichte es ihr. Zwei kleine Hände glitten über das Armband und ihre Augen verloren kurz die Traurigkeit.

„Ich lege es dir an, Anna", sagte er und sie reichte ihm den Arm. Umständlich befestigte er das Band und schaute wieder zu ihr auf.

„Ich hoffe, mein Geschenk gefällt dir. Dieses Armband ist eine Besonderheit. Du wirst es nicht selbst abnehmen können, und ich werde auf meinem Handy immer sehen, wo du dich befindest. Solltest du vorhaben mich zu verlassen, finde ich dich.".

Eingeschüchtert zog sie sich wieder zurück und nickte.

„So, dann wirst du dich jetzt duschen und schlafen, denn schon bald werden wir uns auf eine lange Reise begeben. Es wird für dich eine besondere Reise werden, Anna. Ein tolles Abenteuer, sozusagen", sagte Carl und reichte ihr frische Kleidung, die er besorgt hatte.

Anna gehorchte, und nach dem Duschen und einem kleinen Snack schlief sie auf dem Sofa ein.

„Was für eine Verschwendung", flüsterte Carl und ging ins Schlafzimmer. Auch er musste sich ausruhen, die Reise würde anstrengend werden.

- - -

Drei Tage später checkte Carl mit Anna am Flughafen Frankfurt ein. Nachdem sie in Singapur umgestiegen waren, betraten sie den Boden Neuguineas. Carl begann sofort zu schwitzen und zog ein Taschentuch aus seiner Hosentasche.

Sie mussten zum Flughafengebäude von Jayapura laufen. Der Schweiß lief ihm in Strömen an seinem Körper hinab. Erleichtert atmete er auf, als sie das klimatisierte Gebäude betraten. Ein Einheimischer zog die schwere Ausrüstung hinter ihnen her, zum kleineren Rollfeld. Carl fragte sich durch, bis er vor der Propellermaschine stand, die sie nach Süden befördern würde. Der Pilot, ein Australier, wie sich herausstellte, empfing sie freundlich und half, die Ausrüstung zu verstauen. Eine Stunde später waren sie wieder in der Luft. Diesmal verlief der Flug nicht so ruhig wie in der großen Maschine. Als es dunkel wurde, beruhigte sich die Thermik unter den Tragflächen und sie konnten etwas schlafen.

Sie landeten bei Sonnenaufgang sanft und sicher in Amborip. Der Pilot stellte keine Fragen, nahm das Geld und verabschiedete sich.

Ihr gebuchter Führer lief auf sie zu, verbeugte sich und sagte in einem miserablen Englisch: „Willkommen, mein Name ist Duma, und ich kümmere mich um Ihr Gepäck. Bitte gehen Sie doch schon einmal hier nach rechts in das Gebäude dort."

Carl nickte und zog Anna mit sich. Eine ältere Dame empfing sie und reichte gekühlte Getränke, die sie gerne annahmen. Später machten sie es sich in einem Zimmer bequem. Die Zeitverschiebung und die lange Flugdauer sorgten dafür, dass sie schnell vor Erschöpfung einschliefen.

Carl war zu ausgepumpt, um - wie geplant - am nächsten Tag aufzubrechen. Auch Anna hatte mit dem Klima und der Zeitumstellung zu kämpfen. Sie gönnten sich zwei Tage zur Akklimatisierung. Länger hätte es Carl nicht mehr ausgehalten mit der geschwätzigen Frau, in deren Haus sie wohnten. Nach einer wenig herzlichen Verabschiedung fuhren sie mit dem Einheimischen Duma zur Bootsanlegestelle. Als Anna die vielen Pirogen sah, fasste sie Carl bei der Hand, der sie wohlwollend drückte. Auch er fühlte sich nicht gut bei dem Gedanken, in einem Einbaum tagelang auf dem

Fluss zu schippern. Duma schleppte das Gepäck und fluchte dabei ungeniert. Carl war der Typ genauso unsympathisch wie die alte Frau. In einem Vieraugengespräch hatte er ihm klargemacht, keine Fragen mehr zu stellen. Um ihm das Schweigen zu erleichtern, reichte er ihm einige zusätzliche Scheine und die Sache war erledigt!

Schweißgebadet stand Duma am Kai, sichtlich erleichtert, endlich alles an Bord verstaut zu haben. Anna reichte ihm ihr Taschentuch. Als Duma mit einem Lächeln im Gesicht das Tuch ergreifen wollte, schlug ihm Carl die Hand zur Seite.

„Los jetzt, keine Zeit! Der Fahrtwind wird dich trocknen" rief er und Duma gehorchte. Anna zog sich erschrocken zurück und unterdrückte die Tränen.

‚Was für ein böser Mensch ist dieser Carl nur, und was will er von mir?', dachte sie und schaute den Startvorbereitungen zu. Nachdem Duma die Leinen gelöst hatte, startete er den Außenbordmotor und das Boot setzte sich langsam flussaufwärts in Bewegung.

Annas Augen wurden immer größer. Die kindliche Neugierde verzauberte alles um sie herum. Es gab so viel zu sehen und zu erleben, dass sie alles um sich herum vergaß, selbst das ungute Gefühl verflog im wahrsten Sinne des Wortes. So viele Vögel, Fische und andersartige Tiere hatte sie nie zuvor gesehen. Während sie fasziniert in der Aura des Dschungels gefangen war, fluchte Carl ununterbrochen. Bei jedem Wutausbruch musste sich Duma beherrschen, um nicht laut aufzulachen.

‚Dieser fette, aufgeblasene Europäer', dachte er.

Immer wieder gingen seine Gedanken zu dem Satz, der sich in seinem Kopf festgesetzt hatte: ‚Was will er mit dem Kind hier?'

Die erste Nacht auf dem Boot verlief ohne Zwischenfälle, doch die zweite hatte es in sich. Zuerst versuchte ein Krokodil nach Carls Hand zu schnappen, die er leichtsinnigerweise über die Bordwand beim Schlafen hängen hatte. Wenig später fand eine Schlange den Weg in das Boot, und zu allem Überfluss attackierte sie ein Schwarm Fledermäuse.

Duma hatte alle Hände voll zu tun, um den Europäer zu beruhigen und schaute dabei immer zu Anna. Er mochte das Mädchen und lächelte ihr zu, während er wild gestikulierend die Fledermäuse vertrieb.

Am fünften Tag auf dem Fluss Pulau war der Lärm der Tierwelt fast nicht auszuhalten. Carl hielt sich die Ohren zu und fluchte ständig. Mittlerweile stank er fürchterlich, aber immerhin hatte er durch die Hitze mehrere Kilos abgenommen.

Irgendwie schafften sie es, nach zehn Tagen ihr Ziel zu erreichen. Erleichtert setzte Carl seinen Fuß auf den Uferschlamm. Nach zwei weiteren Schritten stand er auf festem Boden. „Endlich", sagte er und schaute in die überraschten Gesichter seiner Reisebegleiter. Dann spürte er einen Stich in seinem Rücken und er verstand: sie waren nicht mehr alleine!

‚Jetzt wird sich zeigen, wie gut der Sprachkurs von diesem Roxas war', dachte er und sprach einen Willkommensgruß.

„Ihr habt den Gott des Flusses beleidigt", bekam er zur Antwort.

Nach einer kurzen einsilbigen Unterhaltung wurden die Pfeile gesenkt und Anna konnte das Boot verlassen. Widerwillig lief sie zu Carl, der ihr ungeduldig die Hand hinhielt.

„Duma, Sie laden das Gepäck ab und warten hier. Wenn alles klappt, bin ich in spätestens drei Tagen wieder hier. Haben Sie verstanden? Es winken ein paar Extrascheinchen, weil Sie uns so gut hierher gebracht haben", sagte Carl beschwingt und lief zu den wartenden Kriegern. Dabei zog er Anna hinter sich her, die Duma einen letzten hilflosen Blick zuwarf.

‚Hat er wirklich gesagt ICH komme zurück und nicht WIR?', dachte Duma. Aber er verwarf den Gedanken wieder und entlud das Boot, so wie besprochen.

Die restlichen Krieger schnappten sich die Kisten und verschwanden. Duma war allein. Er entschied, in der Mitte des Flusses zu warten, dort war er am sichersten aufgehoben. Er traute den Korowai nicht über den Weg. Sein Großvater hatte ihn als Kind immer geärgert, indem er ihm sagte, dass ihn die Menschenfresser Korowai holen würden, wenn er nicht hören würde. Er setzte den Anker und entspannte sich.

Carl war nicht davon überrascht, was er zu sehen bekam. Die Häuser auf den Baumstämmen entsprachen genau den Bildern der Lektüre, die er gelesen hatte. Die Größe des Stammes aber überraschte ihn.

Die Männer und Frauen, nur mit einem Lendenschurz bekleidet, standen Spalier, als Carl und Anna in das Dorf geführt wurden. Vor einer größeren Hütte blieben sie stehen, und ein älterer Mann trat ihm gegenüber. Carl sagte seine Begrüßung auf, und der Mann grinste ihn freundlich an. Dann schlug er ihm auf die Schulter und bat ihn, sich zu setzen. Anna wollte sich losreißen, doch Carl hielt sie eisern fest und zog sie mit auf den Boden, auf den sie sich setzten.

Carl wechselte einige Worte und der Anführer des Dorfes blaffte einige Befehle. Wie eine aufgescheuchte Herde schwärmten die Einwohner aus und ließen sie alleine.

Es dauerte nicht lange, bis Carls Gepäck eintraf. Nach einem weiteren Wortwechsel stand Carl auf und öffnete eine Kiste. Stolz holte er eine glitzernde Perlenkette hervor und reichte sie seinem Gastgeber. Lachend legte der Anführer die Kette um und fragte nach mehr. Carl griff mit zwei Händen abermals in die Kiste und legte mehr als dreißig Ketten und Armbänder vor die Füße des alten Mannes, der überrascht stöhnte.

Anna saß an einem Baumstumpf angelehnt und war vor Erschöpfung eingeschlafen. Die beiden Männer unterhielten sich angeregt. Dann kam Carl zur Sache und erklärte, was er wirklich wollte.

Dem Ältesten stockte der Atem, als er verstand, was der Fremde wollte und schüttelte verneinend den Kopf. Eine konfuse Diskussion begann und die Lautstärke erhöhte sich.

„Ihr wisst, dass wir diesen Kult nicht mehr praktizieren?"

„Ja, das weiß ich, aber ich glaube es nicht."

„Ihr wollt wirklich, dass wir das Ritual wieder aufleben lassen?"

„Ja, das will ich!"

„Was bietet Ihr mir dafür?"

‚Jetzt kommen wir ins Geschäft', dachte Carl und antwortete: „Ich habe auf dem Boot noch mehr Kisten mit Schmuck, der soll Euch gehören und diese Kisten natürlich ebenfalls. In dieser Kiste sind Werkzeuge, die Euch das Arbeiten erleichtern werden. Also, was sagt Ihr?"

„Wer soll das Opfer sein?", erwiderte der Anführer.

Carl zeigte mit dem Finger auf die schlafende Anna.

Sein Gegenüber holte tief Luft und erwiderte: „niemals."

Doch damit hatte Carl gerechnet. Eiskalt sagte er:

„Sie ist vom Geist Khakhua besessen. Ihre Stimme hat er schon aufgefressen und er ist dabei, den Rest zu verspeisen. Ihr müsst sie vor der Krankheit retten. Esst sie, damit alles wieder gut wird."

Den letzten Satz hatte er geschrien und Anna, die aufwachte, blickte in die weit geöffneten Augen des Stammesoberhauptes. Ihre Blicke bohrten sich ineinander und nach mehr als einer Minute zuckte der Kopf des Anführers in Carls Richtung und nickte zustimmend. Dann stand er auf und lief davon.

Carl musste sich beherrschen, um nicht hell aufzulachen, und dachte: ‚Von wegen, praktizieren sie nicht mehr! Aaron, die Rache ist mein. Nur ein Foto, auf dem sie die Kleine verspeisen und du bist den Nobelpreis wieder los'.

Anna lief ein kalter Schauer über den Rücken, als sie Carls Blick sah. Automatisch zog sie ihre Beine zum Körper und fror, obwohl es mehr als 30° C warm war.

Dann kam Leben in das Dorf! Ihnen wurde ein Schlafplatz auf dem Boden zugewiesen, der mit Bananenblättern ausgestattet war. Die Frauen sammelten Holz, und die Männer hoben mit bloßen Händen ein Loch im Boden aus. Anna und Carl wurden Früchte gebracht, die beide genüsslich aufaßen. Carls Laune war so gut, wie schon ewig nicht mehr. Es dauerte lange, bis er einschlief. Anna, von all dem als Kind überfordert, schlief auf der Stelle ein.

Mitten in der Nacht schlichen sich mehrere Krieger zum Schlafplatz der Fremden. Im Mondlicht blitzte die Klinge einer Machete auf und stach erbarmungslos zu. Nur ein kurzes Gurgeln war zu hören, dann trat wieder Stille ein. Geschäftige Hände schnappten den Leichnam und beförderten ihn zu einem Gestell. Dort wurde er aufgehängt und mit kleinen spitzen Klingen bearbeitet. Nach einer gewissen Zeit schaute der Anführer höchstpersönlich nach dem Stand der Ausblutung. Zufrieden erteilte er weitere Befehle. Geschickt wurde zuerst der Kopf abgetrennt und auf einen großen Teller gelegt. Dann machten die Krieger sich daran, die Arme mit den Schulterblättern abzuschneiden. Sie wurden nach hinten gereicht, wo die Frauen die Gliedmaßen in Bananenblätter wickelten. Die Blätter waren mit einer bunten Mischung aus Kräutern vorbehandelt. Weitere Stammesmitglieder hatten den Erdofen schon angefacht und ein Gliedmaß nach dem anderen wanderte in den Ofen. Der Torso wurde geteilt, die Innereien kamen in Tontöpfe und wurden beiseite gestellt. Die ganze Aktion wurde von leisem Singsang des Ältesten begleitet. Nach zwei Stunden war die Arbeit beendet und sie zogen sich zurück.

Der Erdofen verrichtete seine Arbeit, und zur Mittagsstunde versammelten sich alle um den Ofen. Das Festmahl konnte beginnen!

Mit bloßen Händen wurde zuerst die Erde zur Seite geschoben. Mit Stöcken befreiten sie das Fleisch von der glühenden Kohle. Mit geübten Händen wurden die Körperteile entnommen.

In der Mitte des gebildeten Kreises stand der Teller mit dem Kopf. Der Älteste nahm ein Messer und begann die Schädeldecke mit kleinen Schlägen aufzustemmen. Andächtig schaute ihm sein Volk zu, und ein Aufstöhnen erklang, als er das Oberteil der Schädeldecke abhob.

„Khakhua, befreie den Geist von der Krankheit", sagte er würdevoll, während im Hintergrund eine Männerstimme laut lachte.

Mit den Fingern griff der Alte in die Gehirnmasse und aß sie genüsslich auf. Seine Gefolgsleute summten dabei leise und der Mann im Hintergrund grinste. Als das Gehirn verspeist war, gab er das Zeichen zum Beginn des Festmahles. Alle griffen zu den gebratenen Stücken Menschenfleisch und machten sich daran, es genüsslich zu verzehren.

„Komm zu uns", sagte der Älteste und winkte den Mann zu sich. Der stand auf und betrat den Kreis, setzte sich dem Anführer gegenüber. Dankbar nahm er ein Stück Fleisch, das er angeboten bekam und kaute darauf herum.

„Schmeckt besser, als ich dachte", sagte er und nahm ein zweites Stück.

„Roxas, wo hast du das Mädchen hingebracht?"

„In Sicherheit vor euch Wilden, Vater", antwortete die Stimme.

„Das ist gut, mein Sohn".

„Er hätte das Buch richtig lesen sollen! Dann hätte er gewusst, dass wir keine Kinder und Frauen verspeisen. Aber wie Aaron Hunter uns schon sagte, er ist nicht der Klügste. Jetzt ist es für ihn eh zu spät, die Erkenntnis zu erlangen"

„Dieser Scheißkerl dachte wahrhaftig, wir verspeisen Kinder", rief der Älteste.

Roxas fing zu lachen an und sein Vater stimmte mit ein.

— — —

Anna wachte auf und traute ihren Augen nicht!

Sie lag am Ufer, und Duma beugte sich über sie. Ohne Worte warf er das Mädchen über seine Schulter und hievte sie ins Boot. Dann warf er den Motor an und fuhr los, flussabwärts.

Anna gestikulierte wild und zeigte immer wieder zum Ufer zurück.

Duma lachte und sagte:

„Vor dem brauchst du dich nicht mehr zu fürchten. Der Dicke hat seine gerechte Strafe bekommen. Du wirst jetzt bei mir und meiner Mutter bleiben. Da wird es dir besser gehen, mein Kind."

Anna konnte nicht glauben, was sie auf Dumas Lippen abgelesen hatte, ruckartig schaute sie auf ihr Armgelenk, doch das Armband war nicht mehr da!

Duma sagte: „Das brauchst du nicht mehr, du bist jetzt frei."

Anna stand auf, fiel Duma um den Hals und weinte zum ersten Mal in ihrem Leben Tränen der Freude und Erleichterung.

ENDE

Meteor

„Jan, das ist sie, eindeutig!", sagte Lukas aufgeregt und zeigte auf die Unterwasserkamera des Mini-U-Bootes.

„Du hast recht", erwiderte Jan.

„Freust du dich nicht, dass wir sie endlich gefunden haben?"

„Doch doch, alles gut, Lukas. Ich freue mich nach innen."

„Hoffentlich ist der Schatz an Bord", antwortete Lukas und bereitete sich für den Tauchgang vor.

Wenig später hievten sie das Kamera-U-Boot an Bord und checkten gegenseitig die Taucherausrüstung. Immerhin mussten sie in eine Tiefe von sechzig Metern, was schon für Profitaucher etwas Besonderes war. Jan war kein Profi, aber Lukas.

„Glaubst du, der Schatz passt in deine Tasche, oder was hast du damit vor?", fragte Lukas.

Jan antwortete: „Ich werde einige Artefakte mit nach oben nehmen."

Damit war das Thema beendet und beide schauten nochmal nach Norden zur norwegischen Küstenstadt Kristiansand, dann sprangen sie ins Wasser. Lukas musste Jan beim Abtauchen immer wieder bremsen. Aber seine Erfahrung als Sporttaucher half ihm dabei, seine Erregung im Zaum zu halten.

Nach etwas mehr als sechs Minuten erreichten sie das Wrack. Lukas gab das Zeichen, zuerst eine Runde um das Schiff zu drehen, um mögliche Gefahren auszumachen. Wie Lukas vermutete, lag das Wrack direkt an der Kante der Schlucht. Er wusste, dass der Norwegengraben an der Stelle bis zu 700 Meter tief sein konnte. Insofern hatten sie Glück, dass das Schiff am Grat hängengeblieben war, sonst wäre es unerreichbar. Als sie das Wrack umrundet hatten und keine Gefahr bestand, schwammen sie zum Bug. Jan fuhr mit seiner Hand über die Schriftzeichen, die erstaunlicherweise gut erhalten waren.

„Meteor" stand auf der Backbordseite, und Lukas gab das okay-Zeichen zur weiteren Inspektion. Plötzlich hatte er das Gefühl beobachtet zu werden. Panisch schaute er sich um, doch nichts war zu sehen. Lukas konzentrierte sich wieder und steuerte auf das Wrack zu. Sie hatten vereinbart, zuerst zur Brücke zu tauchen und erst danach die Zugänge ins Innere des Schiffes zu überprüfen. Im zweiten Tauchgang wollten sie den Schatz heben. Lukas steuerte auf die Brücke zu. Plötzlich erschien Jan neben ihm, mit einem Messer in der Hand. Lukas war so verblüfft, dass er zu keiner Bewegung fähig war. Mit Entsetzen spürte er, dass die Klinge alle seine Schläuche durchtrennte. Millionen Luftblasen schossen nach oben. Panik überkam Lukas und er hatte Mühe, klar zu denken.

‚Sechzig Meter = sechs Minuten zum Auftauchen. Ich kann es in drei Minuten schaffen', überschlugen sich seine Gedanken. Automatisch begann sein Körper mit dem kontrollierten Aufstieg.

‚Warum?', war die einzige Frage, die er sich ständig stellte, wobei er immerzu auf seine Uhr starrte. Nach vier Minuten durchstieß er die Wasseroberfläche, riss sich die Tauchermaske vom Gesicht und saugte gierig die Luft in seine Lungen.

„Scheiße!", schrie er und hievte sich an Bord. Abrupt schoss eine Wasserfontäne neben dem Schiff in die Höhe und die von der Detonation erzeugte Druckwelle schüttelte das Schiff durcheinander. Lukas konnte sich gerade noch festhalten und atmete tief durch, bis sich die Wasseroberfläche wieder beruhigt hatte.

„Der Irre hat das Schiff in die Luft gesprengt!", rief er und verstand gar nichts mehr. Immer noch unsicher auf seinen Beinen, wankte er zum Echolot und starrte auf den Monitor. Wie er vermutete, sank die „Meteor" in die Tiefe des Grabens auf Nimmerwiedersehen.

Lukas war unsicher, was er als Nächstes machen sollte.

Würde Jan wieder auftauchen? Das bezweifelte er. Die Küstenwache rufen? Doch was sollte er sagen, und vor allem: Wer war überhaupt zuständig? Norwegen oder Dänemark?

Hatte Jan Verwandtschaft? Lukas konnte sich nicht erinnern, je mit ihm darüber gesprochen zu haben.

Irgendwann nahm er seinen Mut zusammen und rief die Küstenwache Norwegens an.

Er hatte sich dafür entschieden, das Ganze als Unfall zu melden - und Jan als vermisst!

Nachdem die Daten aufgenommen waren, machte sich Lukas mit dem Boot auf den Weg zurück. Der Bootsverleiher stellte keine Fragen, und acht Stunden später betrat Lukas seine Wohnung in Hamburg. Völlig fertig von diesem Erlebnis, lief er zur Bar und trank einen doppelten Whisky. Das half ein wenig über den Schmerz hinweg. Er öffnete die Schlafzimmertür.

Überrascht hob er die Augenbrauen, als er einen Brief auf seinem Bett fand. Mit zittrigen Händen öffnete er ihn und erinnerte sich daran, dass Jan, kurz bevor sie zur Schatzsuche aufbrachen, in seinem Schlafzimmer war. Es dauerte etwas, bis sich die Aufregung gelegt hatte und er in der Lage war, den Brief zu öffnen. Ein Schlüssel fiel heraus, als Lukas den Brief umständlich aus dem Umschlag fingerte.

Auf dem Papier stand nur ein Satz in Jans Handschrift: „Lukas, geh bitte in meine Wohnung. Das wird alles erklären."

„Scheißkerl, der hatte alles genau so geplant", fluchte Lukas und warf den Brief auf das Bett.

Plötzlich fiel ihm ein, dass er noch nie bei Jan zu Hause war. Entweder trafen sie sich zu Tauchausflügen im Hotel oder sie hingen hier bei ihm ab.

„Ich weiß ja nicht einmal, wo du Scheißkerl überhaupt wohnst", sagte Lukas und hob den Brief hoch. Auf dem Umschlag stand die Adresse. Der Alkohol auf nüchternen Magen machte sich bemerkbar und Lukas ließ sich auf sein Bett fallen. Seine Gedanken drehten sich im Kreis, doch irgendwann holte sich sein Körper den Schlaf, den er benötigte.

Am nächsten Morgen machte er sich auf den Weg zu der angegebenen Adresse. Diese Gegend Hamburgs war ihm völlig fremd und nicht gerade von der feinen Sorte. Lukas entschied sich, sein Auto auf einer Hauptstraße abzustellen und den Rest des Weges zu Fuß zurückzulegen. Er rümpfte die Nase, als er ausstieg und die schlechte Luft einatmete. Überall lag Müll auf den Straßen und die Menschen starrten ihn in seinen Designerklamotten misstrauisch an. Er wollte schon umkehren, doch die Neugierde siegte. Angewidert blieb er vor dem Haus stehen und holte nach langem Zögern den Schlüssel aus seiner Hosentasche. Im Treppenhaus stank es nach Urin und Millionen anderen unschönen Düften.

Es kostete Lukas eine Menge Überwindung, die Stufen nach oben zu gehen. Im zweiten Obergeschoß las er Jans Namen an der Klingel und steckte den Schlüssel ins Schloss. Quietschend öffnete sich die Tür, Lukas stürzte ins Innere und verschloss die Tür hinter sich. Seine Hand zitterte ein wenig, als er den Lichtschalter betätigte. Der Flur sah normal aus, auch die kleine Küche, in die er kurz hineinblickte, war sauber und unauffällig.

‚Was habe ich denn erwartet?', dachte Lukas und öffnete die Tür zum vermeintlichen Wohnzimmer. Wie angewurzelt blieb er stehen! Das wenige Licht, welches durch die dunklen Vorhänge schimmerte, tauchte das Ganze in eine gespenstische Horrorszene.

Die Wände hingen voll mit ausgeschnittenen Zeitungsartikeln. Der Schrift nach zu urteilen, befanden sich darunter alte Texte, zum Teil mit Schwarzweiß-Bildern. Das Schlimmste an der Szene war der Inhalt der Ausschnitte.

Lukas betrat langsam den Raum und las die Überschriften laut vor:

„Doppelmord aus Habgier. Täter unbekannt. Vergewaltigung einer Sechsjährigen. Fünfzehn Menschen tötete das Ungeheuer. Wie viele noch?"

So ging es immer weiter, gespickt mit hässlichen Bildern von verstümmelten Leibern oder Leichenbergen. Vor dem Bild eines Schiffes blieb Lukas stehen.

„Meteor" mit zweihundert Tonnen Zyankali an Bord gesunken. Für wen war das Gas?", las er laut vor und übersetzte dabei die Schlagzeile vom Englischen ins Deutsche.

„Von wegen Schatz!", fluchte Lukas und fixierte ein Buch, das auf dem Tisch lag. Langsam ging er darauf zu und hob den Zettel auf, der auf dem Buch lag:

„Hallo Lukas,

glaube mir, es tut mir leid, dass ich dich benutzt habe. Wenn du das Buch gelesen hast, wirst du mich verstehen. Ich konnte nicht anders handeln, und du hast damit gar nichts zu tun. Mach dir keine Sorgen, mich wird niemand vermissen, denn ich war der Letzte meiner Familie. Wie du bestimmt schon gemerkt hast, gibt es keinen Schatz, aber ich habe für dich ein Bankkonto errichtet, um den Schaden auszugleichen. Die Kontonummer und das Kennwort findest du auf der letzten Seite des Buches. Bitte lese es, aber besser bei dir zu Hause. Meine Wohnung ist gekündigt und mein Nachmieter wird alles vernichten, was du jetzt siehst. Für Geld macht die Menschheit vieles, ohne Fragen zu stellen. Bitte vergiss die Wohnung, nimm das Buch und lese es. Ich hoffe, dein Wagen wurde nicht gestohlen. Und Lukas, ehrlich, ich mochte dich wirklich, du warst mir ein guter Freund.

Danke für alles!

Jan."

Lukas nahm das Buch an sich und verließ das Apartment fluchtartig. Sein Auto war noch da, aber der Außenspiegel der Beifahrerseite fehlte. Fluchend machte er sich auf den Heimweg.

Nachdem er die Fertigpizza gegessen hatte, setzte er sich auf die Couch und blickte auf das Buch, das vor ihm auf dem Tisch lag. Es kostete ihn mehr Überwindung als gedacht. Doch irgendwann hielt er es in seinen Händen und schlug es auf.

- - -

„Mein Psychologe hat mir geraten, dieses Tagebuch anzulegen. Ich bin skeptisch, aber er vertritt die Meinung, wenn ich meine Träume aufschreiben würde, hätte das eine positive Resonanz auf mein weiteres Leben. Ich finde es verwunderlich, dass ich das Buch ohne Datum führen soll, angeblich würde der positive Effekt dadurch nicht unnötig abgelenkt, sondern man konzentriert sich beim Schreiben und beim Lesen auf das Wesentliche. Ich habe ihm versprochen, dass ich es ausprobiere.

Heute Nacht hatte ich wieder einen Alptraum. Ich musste zusehen, wie eine Irre Gift ins Essen mischte und damit mehr als zwanzig Soldaten vergiftete. Ich konnte die Qualen jedes der Getöteten nicht nur hören. Nein, ich fühlte sie! Und wenn ich sage fühlen, dann meine ich das körperlich. Als ich aufwachte, tat mir alles weh und ich konnte nicht zur Arbeit gehen.

Am Befremdlichsten war aber die Tatsache, dass mir die Freude der unbekannten Frau in meiner Seele guttat. Was sollte ich daraus schließen? Stehe ich etwa auf Schmerzen? Werde ich verrückt? Ich weiß es nicht. Jedenfalls geht es mir nicht gut und ich habe Angst vor der nächsten Nacht."

- - -

„Scheiße, ich war mit einem Verrückten befreundet", stöhnte Lukas und legte das Buch angewidert auf den Tisch. Nachdenklich starrte er auf den Ledereinband und hatte nicht vor, weiterzulesen. Er stand auf und schenkte sich einen Whisky ein. Immer wieder wanderte sein Blick zu dem Buch, es schien ihn zu rufen. Nein, es schrie ihn an: Lese mich, wenn du wissen willst, warum - und dann gab er nach!

- - -

„Nachdem ich zwei Nächte Ruhe hatte, ist es wieder passiert. Diesmal war es besonders schlimm. Ich weiß gar nicht, wie ich das in Worte packen soll. Ich saß auf einem Holzstuhl in einem Keller. An der Decke leuchtete eine Glühbirne und vor mir lag eine Frau an Händen und Füßen gefesselt. Ich konnte ihren Geruch wahrnehmen, sie roch nach Urin. Sie schrie, weinte, wimmerte immer wieder und auch das konnte ich hören. Ich weiß, das klingt unvorstellbar, aber es ist wahr. Plötzlich betrat ein Mann den Raum, in der Hand hielt er eine Axt.

Ich schloss die Augen, denn ich wusste, was jetzt kommen würde. Doch ich wurde überrascht! Plötzlich hielt ich die Axt in der Hand und die Frau starrte mich angsterfüllt an und schrie aus Leibeskräften. Verwirrt gab ich dem Mann die Axt zurück und er fackelte nicht lange. Zuerst hackte er der schreienden Frau den rechten Fuß ab. Ich hielt mir die Ohren zu, aber meine Augen starrten gebannt auf den Blutstrahl, der aus ihrem Beinstumpf schoss. Begierig wartete ich darauf, dass er den anderen Fuß abhackte, und er tat mir den Gefallen! Die Blutlache wurde immer größer, und meine Gier auf mehr Blut wuchs ins Unermessliche. Mittlerweile hielt ich mir die Hände vor den Mund, um nicht freudig zu jauchzen. Derweil schlug der Hüne lachend die Hände der Frau ab. Sie schrie

immer noch - und ich genoss jeden einzelnen Schrei. Plötzlich
hielt ich wieder die Axt in Händen und dieses Mal, ohne zu
zögern, hieb ich mit einem Schlag den Kopf ab. Genüsslich
schaute ich zu, wie der Rumpf noch einmal zitternd
erschlaffte. Der Kopf lag zwischen meinen Beinen und ihre
Augen starrten mich fragend an. Keiner schrie mehr, ich
bückte mich, küsste sie auf den offenen Mund und schloss
sanft ihre Augen. In einem Meer aus Blut reichte ich dem
Mann die Axt und schaute ihm hinterher, als er lachend den
Keller verließ. Schlagartig erwachte ich sitzend in meinem
Bett, schlug die Hände vor mein Gesicht und schluchzte.
Plötzlich wurde mir bewusst, dass ich eine Erektion hatte. Wie
kann man bei so einem Traum einen Steifen bekommen – ich
bin wirklich nicht mehr normal!

Bin gespannt, was mein Psychiater dazu sagen wird.
Unglaublicherweise fühlte ich mich nach diesem Traum
irgendwie gut. Wer soll das verstehen? – Ich jedenfalls nicht.
Ohne Medizin werde ich das bestimmt nicht überleben."

„Mein Psychiater meinte, ich hätte eine sehr seltene
Symphorophilie.

Habe gegoogelt und bekam folgendes Ergebnis angezeigt:

Bei einer Symphorophilie wird der Patient sexuell erregt,
wenn er Unfälle oder Katastrophen mit getöteten Menschen
sieht. Na danke, das also auch noch! Und ich dachte schon, ich
wäre nur normal verrückt."

- — -

Lukas legte das Buch neben sich und wischte die Schweißtropfen von seiner Stirn. Fassungslos starrte er das Buch an und es stierte gnadenlos zurück. Mit zittrigen Händen las er weiter:

- - -

„Die letzten Träume habe ich nicht mehr aufgeschrieben. Aber mir ist etwas aufgefallen. Ich werde das Gefühl nicht los, dass sie mir etwas mitteilen wollen. Doch noch habe ich keinen Zusammenhang gefunden. Mein Seelenklempner hat mir empfohlen, meine Gefühle zu erforschen. Ich glaube langsam der ist selbst nicht ganz dicht. Ich habe beschlossen, Ahnenforschung zu betreiben.

Mit irgendwas Normalem muss ich mich ja beschäftigen, und da die Träume anscheinend alle in der Vergangenheit liegen, finde ich vielleicht einen Zusammenhang.

War in meinem Waisenhaus, doch die wollten mir nichts sagen. War ja klar, hatte keine guten Erinnerungen, aber ich gebe nicht auf.

Unglaublicherweise habe ich heute Nacht von meinem Waisenhaus geträumt. Die Erinnerung war sehr real, als ich auf dem Dachboden vierundzwanzig Stunden ohne Essen und Trinken verbringen musste. Unartigkeit wurde hart bestraft. Die Schwestern zeigten nur dort ihr wahres Gesicht - und es war böse. Wir wurden nicht nur eingesperrt, wir wurden auch oft geschlagen. Schon das kleinste Vergehen wurde bestraft. Ich denke im Nachhinein, dass das nichts mit Disziplin zu tun hatte.

Aber genug davon. Ich habe meine eigenen Probleme.

Auf was ich eigentlich hinauswollte: Ich habe im Traum das Archiv gesehen, mit all den Akten. Nun habe ich einen Plan."

„Es hat nicht funktioniert. Beinahe hätten sie mich erwischt. Aber ich gebe nicht auf."

„Die Träume werden seltsamer, denn die Täter rufen meinen Namen. Woher haben die Ausgeburten der Hölle nur meinen Namen? Ich will das Ganze nicht mehr, ich werde wahnsinnig! Die Scheißtabletten machen mich nur müde und aggressiv."

„Zwei Tage ohne Träume! Doch dann das Unglaubliche, ich kann es nicht in Worte fassen! Ich werde wahnsinnig! Warum nur passiert das alles? Und warum nur mir?

Ich saß auf einer Parkbank bei einem Spielplatz. Neben mir auf der Bank saß eine Mutter, die ein Buch las. Immer wieder blickte sie zu ihrem Jungen, der im Sand spielte. Plötzlich lief der Junge zu seiner Mutter und trank einen Schluck aus der Flasche, die sie ihm hinhielt. Auf einmal drehte sich der Junge zu mir um und starrte mich unverhohlen an.

Überraschend sagte er so laut, dass es seine Mutter hören konnte: „Jan, warum willst du mich und meine Mutter umbringen, wir haben dir doch nichts getan?"

Natürlich starrte mich seine Mutter ebenfalls an und ich konnte nur aufstehen und davonlaufen, mehr ging nicht. Als wäre das nicht schon schlimm genug, hatte der Junge recht. Ich dachte wirklich daran, die beiden umzubringen, einfach so.

Ich habe beschlossen, dieses Erlebnis nicht meinem Seelenklempner mitzuteilen, aus Angst, dass er mich einweisen würde."

„Ich frage mich langsam, ob es nicht besser wäre, mich wegzusperren. Mittlerweile sehe ich schon tote Menschen durch die Stadt laufen, die mich alle vorwurfsvoll anstarren. Es wird nicht mehr lange dauern, bis ich einer von ihnen bin. Ist das vielleicht die Lösung?"

„Heute saß ich am Hafen, als plötzlich eine junge Frau direkt vor mir aus dem Wasser stieg. An und für sich wäre das nichts Besonderes, doch die Frau war eindeutig tot! Woran ich das erkannte? Sie hatte nur ein halbes Gesicht und ich konnte ihre Gehirnmasse sehen. Sie kam auf mich zu, als ob sie mich gesucht hätte.

Plötzlich sagte sie zu mir: „Erlöse uns, Jan".

Dann drehte sie sich um und stieg wieder ins Wasser.

Ich war nicht alleine auf dem Pier, doch ich war der Einzige, der sie gesehen hatte. Ich bin immer noch verwirrt."

„Ich will diesen Scheiß nicht mehr aufschreiben."

„Ich habe es getan! Ja, wirklich! Ich habe meine Akte im Waisenhaus geklaut - und das Beste: ich wurde nicht erwischt! Jetzt kenne ich den Namen meines Vaters. Heute bleibe ich zu Hause und google mich durchs Netz."

„Ich bin fassungslos. Mein angeblicher Vater war ein Mörder! Er hat nicht nur meine Mutter umgebracht. Nein, das reichte ihm nicht! Er tötete noch weitere fünf Frauen. Seine Geschichte liest sich wie eine Horrorstory und wie meine Träume! Bei einem der Mordopfer tötete er auch deren sechsjährigen Sohn. Eine der Frauen zerhackte er mit einem Beil. Ich bin immer noch sprachlos. Soll ich das überhaupt jemandem sagen?"

„Meine ganze Familie bestand aus Mördern und Gewaltverbrechern. Selbst die Frauen schreckten vor nichts zurück. Langsam reift eine Theorie in meinem Gehirn - und die hat kein gutes Ende!"

„Seit zwei Wochen keine Träume mehr, weder in der Nacht, noch am Tag. Bin ich geheilt? Kann ich mir nicht vorstellen. Habe jetzt angefangen, alles zu sammeln, was meine angebliche Familie so angestellt hat. Langsam füllt sich meine Wand und ich befürchte, es wird nicht bei der einen bleiben. Tapeten werde ich keine mehr brauchen... „

„Die Entscheidung ist gefallen. Ich habe meinem Psychiater doch von meiner tollen Familie erzählt. Er fand das sogar gut, doch dann stellte er mir eine Frage, die mich seither immer wieder quält. Bin ich wirklich sein Sohn?

Option 1:   Er verkaufte mich an das Waisenhaus.
Option 2:   Er musste mich loswerden.

Option 3:   *Er gab mich einfach weiter.*

Option 4:   *Ich flüchtete - im Alter von drei Jahren eher*
              unwahrscheinlich!

Die Liste ließe sich unendlich fortsetzen. Doch wie bekomme ich Gewissheit?

„Dank dem Internet bin ich schlauer als vorher. Zumindest, was genetische Bestimmung betrifft. Jetzt muss ich nur noch wissen, wo das Tier, so nenne ich fortan meinen Erzeuger, begraben ist."

- - -

„Verdammte Scheiße", flüsterte Lukas, fassungslos über das, was er bisher gelesen hatte. Draußen war es bereits dunkel und sein Magen hatte sich gemeldet. Hunger verspürte er trotzdem nicht im Geringsten. Die Luft in seiner Wohnung war ihm zu stickig und er schnappte sich seine Jacke. Ziellos streifte er durch die Gassen und versuchte, zu verarbeiten, was er gerade erfahren hatte. Plötzlich hatte er das Gefühl, beobachtet zu werden. Seltsamerweise war es kein ungutes Gefühl. Eher so, als würde ihn jemand anlächeln, ohne dass er die Person sehen konnte. Noch verwirrter, ging er zurück. Auf dem Weg kaufte er sich einen Döner und versuchte, ihn zu essen. Obwohl sein Magen sich nach Nahrung verzehrte, brachte er keinen Bissen hinunter.

Zurück in seiner Wohnung, starrte ihn Jans Tagebuch vorwurfsvoll an. Lukas überlief eine Gänsehaut. Er flüchtete in die Küche, legte den Döner zur Seite und öffnete eine Flasche Sprudel. In einem Zug leerte er das kalte Getränk und lief zurück ins Wohnzimmer. Dunkle Gedanken aus seiner eigenen Vergangenheit kämpften sich ins Licht der Erinnerung zurück.

Doch er unterdrückte sie, wie er es immer tat und wie er es gelernt hatte. Zurück auf dem Sofa, starrte er auf das Tagebuch und konnte nicht anders! Das Buch rief nach ihm - er gehorchte und las weiter.

- - -

„Ich kann immer noch nicht glauben, was ich getan habe. Aber ich habe es getan! Es dauerte drei Wochen, bis ich mich zu der Tat durchringen konnte. Aber jetzt gerade habe ich es getan! Den Spaten habe ich einfach hinter einem Grab versteckt. Ich hoffe, mich hat niemand gesehen. Eigentlich nicht, denn die Gräber von Mördern liegen meist in einer dunklen Ecke. Genau so war es beim Tier - und ich habe gegraben. Dachte nicht, dass es so anstrengend ist und vor allem, dass ich so tief graben musste. Bestimmt werden solche Menschen tiefer begraben, damit sie ja nicht wieder herauskommen. Verdammt, ich habe meinen Humor wieder! Wer hätte das gedacht? Und zwei Knochen habe ich auch mitgenommen. Das müsste reichen für das, was ich vorhabe. Jetzt bin ich froh, dass ich die Kasse im Waisenhaus mitgehen ließ. Die Kohle kann ich gut gebrauchen."

„Ich bin geschockt. Die Gene stimmen tatsächlich überein, das Tier ist mein Vater! Scheiße, jetzt habe ich keine Ausreden mehr. Ich bin einer aus dem Clan der verrückten Andermatts. Somit steht es fest: mein Erzeuger war Roger Andermatt, ein Schweizer.

Erst jetzt wird mir klar, dass ich null Plan habe, was ich mit der Information anfangen soll. Ich werde eine Nacht darüber schlafen.“

„Die Träume sind zurück. Ich befand mich in elitärer Gesellschaft auf einem Schiff. Nachdem ich meinen Stammbaum vor mir liegen hatte, muss es sich um meinen Großvater gehandelt haben. Seine zwei Brüder waren ebenfalls an Bord. Die See war rau, und sie haben von Fässern und dem Geschäft ihres Lebens gesprochen. Alle lachten, plötzlich zog Großvater eine Pistole und erschoss seine beiden Brüder. Danach warf er mir die Waffe zu und ich verstaute sie in meinem Gürtel. Dabei habe ich mir am Lauf die Finger verbrannt. Ohne Worte zu wechseln, half ich ihm, die Leichen über Bord zu werfen. Die See wurde wilder und wilder. Ein Brecher nach dem anderen überzog das Schiff. Trotz des Lärms konnte ich Schreie hören und starrte zu Boden. Durch ein Gatter sah ich Hände, viele Hände, die verzweifelt versuchten, das Gatter anzuheben, während immer mehr Wasser eindrang. Mein Großvater war nicht mehr zu sehen. Die Hände grabschten nach mir. Die Menschen schrien und schrien, immer und immer wieder: „Jan, erlöse uns.“

Als ich aufwachte, war ich klatschnass. Doch das Verrückteste war, dass ich an dem Finger zwei Brandblasen hatte. Brandblasen vom Lauf der Pistole, mit der mein Großvater seine eigenen Brüder erschossen hatte.

„Meteor", schießt mir der Name des Schiffes plötzlich in den Kopf und ich habe die Erleuchtung! Jetzt gerade, als ich diese Zeilen schrieb, wird mir klar, was meine Bestimmung ist. Ab sofort brauche ich kein Tagebuch mehr!

Hallo Lukas, …"

- - -

Mit einem lauten Knall schlug Lukas das Buch zu. Seinen Namen zu lesen irritierte ihn und seine Verunsicherung wuchs. Erinnerungen kamen zurück, böse Erlebnisse! Er begann zu weinen. Sein Nervenzusammenbruch, der erste seit Jahren, dauerte nicht lange, war aber mehr als extrem. Urin tropfte von der Couch auf den Teppich, doch Lukas registrierte es nicht. Erst als das Zittern aufhörte, wankte er ins Badezimmer und kam mit drei Sertralin zurück. Ohne Wasser würgte er die Antidepressiva-Tabletten hinunter und murmelte: „Nicht nur du hast Probleme, Jan - nicht nur du!"

Nach einer weiteren Stunde und dem Reinigen seiner Wohnung sowie seines Körpers fühlte er sich bereit für den Rest des Buches.

- - -

„Hallo Lukas, ich bin froh, dass du das Tagebuch bis hierher gelesen hast.

Wie gesagt, es tut mir leid, dass ich dir das angetan habe. Aber ohne deine Hilfe konnte ich mein Ziel nicht erreichen. Es dauerte nicht lange, bis ich den Ort fand, an dem die „Meteor" kenterte. Mittlerweile weiß ich, dass sich mehrere Tonnen Zyankali an Bord befinden. Es ist sicher, dass die Fässer nicht mehr lange halten werden und in dieser Tiefe eine Umweltkatastrophe passieren wird. Ich will einen Beitrag leisten, etwas zu verhindern, was meine Vorfahren begangen haben. Auf dem Grund des Grabens wird die Katastrophe nicht so schlimm ausfallen, daher muss das Wrack so tief wie möglich sinken. Sie wollten das Zyankali an die SS für deren Konzentrationslager verkaufen.

Aber die eigentliche Fracht waren die Sklaven an Bord.

Mehr als dreihundert Menschen befanden sich im Bauch des Schiffes, als es sank. Die armen Seelen wollten Rache, und da ich der Letzte des Blutes meiner Vorfahren bin, werden sie erst Ruhe geben, wenn ich nicht mehr bin. Daher habe ich zwei Fliegen mit einer Klappe geschlagen: Schiff versenkt und damit eine Umweltkatastrophe verhindert, anschließend die Blutlinie beendet.

Für mich war es ein Segen, als ich dein Profil bei Facebook fand. Genau das, was ich benötigte: einen guten Taucher, der dann zu einem guten Freund wurde. Ohne dich hätte ich es nicht geschafft, und dafür danke ich dir von ganzem Herzen!

Ich hoffe, mein Tod war nicht umsonst und die armen Seelen finden endlich ihre wohlverdiente Ruhe – so wie ich sie jetzt gefunden habe.

Wie versprochen, die Kontonummer. Kumpel, mach was draus!

Danke, und lebe wohl, Lukas. Du warst der einzig echte Freund, den ich in meinem Leben hatte.

Jan"

- - -

Zentnerschwer lag das Buch auf Lukas Schoß. Verzweifelt versuchte er, die bösen Geister zu vertreiben, doch diesmal schafften sie es und Worte formten sich in seinem Kopf. Worte, die er für immer vergessen wollte. Worte, die er tief ins Unterbewusstsein verdrängt hatte!

Irgendwann gab er einfach auf und ergab sich seinem Schicksal.

„Mutter, stimmt das, was Vater gerade gesagt hat?"

„Ja, Lukas! Wir haben dich adoptiert. Deine richtige Mutter wurde von ihrem Mann getötet und auch du hättest sterben sollen. Doch ein Polizist fand dich, bevor es dein Vater tat. Nachdem dein Vater überführt wurde, entschied der zuständige Richter, deinen Vater im Glauben zu lassen, dass du tot bist. Nur der Richter, wir und der Polizist, der dich fand, wissen davon. Leider ist es wahr: dein Vater ist der mehrfache Mörder Roger Andermatt."

Lukas musste lachen und konnte sich fast nicht mehr beruhigen.

„Jan, du hast unwissentlich deinen Halbbruder gefunden, wer hätte das gedacht!", rief er hysterisch und begann wieder zu lachen.

Dann kamen die Träume zurück, böse Träume!

- - -

„Herr Polizist, jetzt kommen Sie doch einmal vorbei. Der Gestank ist nicht mehr auszuhalten!", rief die Stimme ins Telefon.

Wenig später öffneten zwei Feuerwehrleute die Tür und die Polizisten traten ein.

„Scheiße, stinkt das", sagte einer und öffnete das Fenster, welches am nächsten war.

Plötzlich hörte er den spitzen Schrei seiner Kollegin und begab sich zu ihr ins Wohnzimmer.

Zuerst sah er die Leiche, die an einem Strick von der Decke baumelte.

Erste Spuren von Verwesung zersetzten den Körper. Dann sah er die Wand und konnte einen Schrei ebenfalls nicht unterdrücken.

Mit dem Blut des Opfers stand dort geschrieben:

Matthäus 6,13
Führe uns nicht in Versuchung,
sondern erlöse uns von dem Übel.
Denn dein ist das Reich und die Kraft
und die Herrlichkeit. In Ewigkeit!
Amen

ENDE

Sokushinbutsu

„Leon, du bist so still heute, was bedrückt dich?"

„Ähm, sorry Elias, was hast du gesagt?"

„Was ist los, mein Freund? Du bist auf dem Höhepunkt deiner Karriere. Nach diesem Mega-Deal bist du in den Olymp aufgestiegen. Warum freut sich eine Legende nicht?"

„Ist das wirklich das Ziel, das Lebensziel?"

„Wirst du jetzt esoterisch, oder was?

Hey Alter, Party, Frauen, Alkohol - jetzt lass uns abfeiern, Kumpel!"

„Also gut, dann mal los. Auf ins Getümmel – Party, wir kommen!"

„Leute, habt ihr auch so Kopfschmerzen wie ich?"

„Leon, halt die Klappe und mach das Licht aus."

„Das ist die Sonne, Mike, die Sonne."

„Scheiße, ich bin so kaputt. Ich rufe den Zimmerservice an."

„Bestell Kaffee!"

„Willst du mich vergiften? – Wodka wäre perfekt."

„Scheiße, lachen ist nicht gut bei Kopfschmerzen."

„Langsam geht's, und der Kaffee ist echt mega."

„Elias, dich kann man wohl nie abstellen – oder?"

„Nö Mike, ich bin halt immer auf 180, ist doch geil!"

„Leute, ist es das wirklich?"

„Langsam mach ich mir Sorgen, Leon. Was stimmt nicht mit dir?"

„Ist das das erstrebenswerte Lebensziel? Ehrlich Mike und Elias, ihr seid meine besten Freunde. Eher die Einzigen, die ich habe, also wirkliche Freunde. Ist es das, was der Mensch wirklich will? Immer nur auf der Überholspur, immer nur Vollgas. Jetzt eine ehrliche Antwort und kein Gelaber, Jungs."

Stille!

Mike und Elias schauten sich bedrückt an, aber keiner antwortete.

„Seht ihr, was ich meine? Ich nehme mir jetzt eine Auszeit. Ich lass euch zwei jetzt mal machen. Ihr sollt ja auch eine Chance haben."

Leon erhob sich aus seinem Sessel und verließ die Suite. Er würdigte die nackten Mädels keines Blickes, schloss die Tür und verschwand im Hotelaufzug. Seine zwei Freunde waren so überrascht, dass er sie sprachlos zurückließ.

Als plötzlich eine halbnackte Blondine an der Terrassentür stand, vergaßen sie das Gespräch und widmeten sich wieder den Freuden des Lebens – wie es Elias immer nannte.

- - -

„Langsam mache ich mir Sorgen um Leon", sagte Elias zwischen zwei Bissen in sein Croissant.

„Ach, der meldet sich bestimmt bald wieder", antwortete Mike.

„Es ist jetzt schon drei Monate her", erwiderte Elias.

„Ihm wird schon nichts passiert sein."

„Warum macht er das nur? Auf dem Höhepunkt seiner Karriere einfach alles hinschmeißen. Ich könnte das nicht, Bro – du etwa?"

„Bist du verrückt! Keine Chicks mehr, keine Kohle – nee niemals, Alter."

„Welchen Markt machen wir heute unsicher?"

„Stahl, mir ist nach Stahl heute."

„Und warum starrst du dabei zwischen deine Beine? Ach Scheiße, ich Idiot", antwortete Elias lachend.

Schon war Leon vergessen und der Tagesablauf der beiden Broker nahm seinen Lauf.

- - -

„Du siehst gut aus, Leon. Die Auszeit hat dir gutgetan", sagte Elias.

Mike ergänzte: „Wirklich, Bro! Und wie geht's weiter? Wann stößt du wieder zu uns?"

„Tja, genau deshalb wollte ich mit euch sprechen. Ich werde nicht wieder zurückkommen!"

Mike schaute Elias an und schüttelte den Kopf:

„Aber das kannst du doch nicht machen. Auf dem Höhepunkt deiner Karriere! Der Markt vermisst dich, er braucht dich, Leon", erwiderte Elias.

Mike sagte: „Ehrlich Leon, jetzt kapier ich gar nichts mehr."

„Ich kann es euch nur so erklären: Auf meinem spirituellen Weg habe ich viele Dinge ausprobiert. Ich war in Indien, in Tibet, China, Indonesien und dann in Thailand. Bei meiner Reise, bei meinem persönlichen Jakobsweg sozusagen, habe ich Erleuchtung erfahren. Ich habe den wirklichen Sinn des Lebens wahrgenommen, habe ihn gespürt und habe letztendlich meinen Weg gefunden", antwortete Leon begeistert.

„Und was wirst du jetzt machen?"

„Ich werde mich in das Nirvikalpa Samadhi begeben, meinem geistigen Bewusstsein."

„Wirst du jetzt in orangefarbenen Klamotten rumlaufen und nur noch Äpfel essen, wie Steve Jobs damals?"

„Oder wie Luke Skywalker über einem Felsen schweben?"

Lachend antwortete Leon: „Nein, Freunde. Ich begebe mich auf eine Reise in mein Innerstes und werde mich der Nachwelt hinterlassen. Ihr werdet sehen! Doch es wird dauern, bis es soweit ist. Ich werde mich bei euch melden. Doch nun lebt wohl, ich muss noch Vorbereitungen für meine lange Reise treffen."

Leon stand auf, gab seinen Freunden nochmal die Hand und verschwand.

„Ich glaube, er ist durchgedreht", sagte Mike und schüttelte dabei den Kopf.

„Den werden wir nie mehr wiedersehen – oder?", antwortete Elias.

- - -

Acht Jahre später.

„Mike, hast du auch einen Brief bekommen?"

„Ja Elias, habe ich, und ich weiß nicht genau, wie ich damit umgehen soll!"

„Es geht mir auch so. Wir sollten uns treffen. Am besten sofort, oder?"

„Ja, geht klar, Bro."

Hallo Freunde,

wenn ihr diesen Brief in euren Händen haltet, werde ich nicht mehr in der realen Welt existieren. Ihr müsst nicht traurig sein, denn ich wollte es ja genau so. Ich bitte euch um einen letzten Gefallen: Ihr sollt dabei sein, wenn die dreitausend Tage vorbei sind, wenn ich mich auf ewig der Nachwelt präsentiere. Ich habe ein Konto für die Reisekosten angelegt. Vielleicht habt ihr euch ja verzockt und seid pleite. Die Kontodaten findet ihr auf der Rückseite. Ihr fliegt am 24. Mai nach Thailand auf die Insel Koh Samui und übernachtet dort erst einmal.

Mit einem Mietauto geht es dann zu dem kleinen Ort Ban Hua Thanon zum Buddhistischen Kloster Wat Khunarama. Die Mönche werden euch am 26. Mai erwarten.

Seid freundlich zu ihnen, dann sind sie es auch zu euch. Mehr wird nicht verraten. Also, erweist mir bitte die letzte Ehre - und keine Ausreden wegen wichtigen Terminen!

Meldet euch einfach krank, Jungs.

Hoffentlich werden Briefe überhaupt noch zugestellt! Ich denke schon.

*Also, ich zähle auf euch. Und vergesst niemals: Das Glück
liegt in uns, nicht in den Dingen.*

Euer Leon

Elias legte den Brief zur Seite und schaute seinen
Freund Mike fragend an.

„Wir machen das – oder?", fragte er und Mike nickte
zustimmend.

\- \- \-

Mit gemischten Gefühlen standen Mike und Elias vor
dem mehr als beeindruckenden Kloster. Vorsichtig
klopfte Mike an und wartete. Es dauerte, bis die Tür
geöffnet wurde und ein etwa achtjähriger Junge,
gekleidet in eine orangefarbene Robe, sie freundlich
hereinbat. Mike schien die Hitze nicht so viel
auszumachen wie Elias, der aus allen Poren triefte.

Nach unzähligen Stufen betraten sie einen
lichterfüllten Raum, und ihr Führer gab ihnen das
Zeichen zu warten.

„Meinst du, ich darf mich hinsetzen?", fragte Elias
völlig außer Atem.

„Du hättest nicht so fett werden dürfen, Bro",
antwortete Mike grinsend.

Den beiden rutschte das Herz in die Hose, als direkt
hinter ihnen ein Gong erklang. Zwei Mönche traten auf
sie zu und setzten sich wortlos vor ihnen auf den Boden.

Mike musste Elias helfen, aber sie schafften es. Jeder andere hätte über ihre Hilflosigkeit gelächelt, doch die Mönche verzogen keine Miene.

Zwei Augenpaare schauten in zwei gegenüberliegende Augenpaare - und noch immer sagte keiner etwas!

Nach einem weiteren Gongschlag, und einem daraus resultierenden beinahe-Herzinfarkt bei Elias, fing der Ältere der Mönche zu sprechen an.

Die Sprache war ihnen fremd, und sie verstanden kein Wort, warteten aber geduldig. Wie angenommen, begann der jüngere Mönch mit der Übersetzung:

„Herzlich willkommen, Freunde von Chime, dem Unsterblichen, der sich zuvor Leon nannte."

Mike war erstaunt über das fast perfekte Deutsch, das der Mönch sprach und lauschte den Worten des vermeintlichen Oberhauptes, bis der Übersetzer wieder sprach: „Unser Oberhaupt lässt fragen, ob ihr wisst, warum ihr hier seid?"

„Ehrlich gesagt, wissen wir es nicht. Im Brief stand, dass er sich wünscht, dass wir zu euch kommen, genau an diesem Tag, dem 26. Mai", stotterte Mike, sichtlich berührt von der ganzen Zeremonie.

„Das dachten wir uns schon", antwortete der Mönch und zeigte dabei seine strahlend weißen Zähne.

„Gut, dann wollen wir mit der Aufklärung beginnen, wenn ich die Erlaubnis bekomme, es euch kundtun zu dürfen."

Während die Mönche sich untereinander besprachen, wischte sich Elias den Schweiß von der Stirn. Plötzlich standen die Mönche auf, und nur der Dolmetscher blieb zurück.

„Folgt mir, bitte", sagte er.

Wenig später saßen sie in einem kühleren Raum. Elias atmete erleichtert auf, als er sich auf den Kissen niederließ.

Es wurde Wasser mit Früchten gebracht, und Elias trank sein Glas mit einem Zug leer, während Mike nur nachdenklich daran nippte.

„Ich habe die Erlaubnis bekommen, euch einzuweihen. Ihr dürft bei der Öffnung dabei sein, die heute Nachmittag stattfinden wird. Fühlt euch gnädig, denn nur wenigen Lebewesen wird diese Ehre zu teil.

Wisst ihr, was ein Sokushinbutsu ist?"

Mike und Elias schüttelten synchron die Köpfe.

Der Dolmetscher fuhr fort: „Unsere Lehre besagt, dass das höchste Ziel das Paramatma ist. Die Stufe, bei der die Unterscheidung zwischen Wellen und Wasser einfach verschwindet. Die Beurteilung zwischen Erkennen, Erkenntnis und Erkanntem verflüchtigt sich zu einem Ganzen. Besser kann ich es euch nicht erklären. Aber ich denke, ihr habt verstanden, worum es geht. Die höchste Ebene erreicht man mit dem Sokushinbutsu.

Euer Freund hat sich für diesen speziellen, sehr seltenen Weg entschieden."

„Warum ist der Weg so besonders?", unterbrach ihn Mike und bekam zur Antwort:

„Weil dieser Weg sehr qualvoll ist und es keine Garantie gibt, ob er am Ende erfolgreich sein wird. Dreitausend Tage der Vorbereitung müssen durchlitten werden, erst dann wird man sehen können, ob das Nirwana erreicht wurde oder nicht."

„Wie muss ich mir das mit den Qualen vorstellen?", fragte Elias und trank einen kräftigen Schluck.

„Die dreitausend Tage werden in drei je eintausend Tage dauernde Prozesse aufgeteilt. Die ersten eintausend Tage wird sich der Sokushinbutsu nur von Nüssen und Samen der Umgebung des Klosters ernähren. Die einzige Aktivität besteht aus Meditieren und dem Finden des inneren Ichs.

Dabei wird der Körper entsetzlichen Qualen ausgesetzt, um die echte Bereitschaft zu erkennen, sie zu spüren - also richtig zu fühlen. Um deine Frage zu beantworten: Die Meditation findet abwechselnd unter einem eiskalten Wasserfall, oder hier oben direkt in der prallen Sonne satt."

Elias stöhnte und Mike schluckte den Kloß im Hals hinunter.

„Euer Freund hat sich als würdig erwiesen. Danach ging es in die zweite eintausend Tage lange Phase über. Die Nahrung besteht nur noch aus etwas Rinde und Wurzeln von Nadelbäumen. Der Körper wird dabei nicht nur abgemagert, sondern auch extrem entwässert. Am Ende dieser zweiten Phase trinkt der Sokushinbutsu den Tee aus dem Saft des Urushi- Baumes. Normalerweise wird der Saft für die Lackierung von Porzellan oder Möbeln verwendet."

Elias verschluckte sich und schaute den Mönch mit offenem Mund an. Mike übernahm das Reden:

„Ihr habt ihn vergiftet, oder was?"

„Liebe Gäste, es war sein Wille!

Hier wird niemand zu etwas gezwungen. Wenn ihr nichts mehr hören wollt, hindern wir euch nicht am Gehen. Doch wenn ihr das Wunder des Sokushinbutsu sehen und erfahren wollt, müsst ihr weiter zuhören."

Nachdem sich die beiden wieder beruhigt und entschuldigt hatten, fuhr der Mönch fort:

„Der Tee verursacht Erbrechen und starkes Urinieren, somit wird der Körper weiter entwässert. Ebenfalls wird der Körper durch den Tee vergiftet, was Maden gar nicht mögen. Unterstützt wird der Vorgang von stark arsenhaltigem Quellwasser."

Beim Wort „Maden" musste sich Elias übergeben, was ihm mehr als peinlich war.

Der Junge stand plötzlich neben ihm und beseitigte alles mit einem Lächeln auf den Lippen.

„Entschuldigung, aber ich verstehe das Ganze nicht! Warum sollte sich ein Mensch solchen Qualen aussetzen wollen, das ist doch verrückt! Was ist das Ziel?", stammelte Elias.

Der Mönch schloss kurz die Augen, dann blickte er hinaus zur Sonne, drehte sich zu ihnen und sagte:

„Nicht mehr lange, dann wisst ihr es. Bitte folgt mir hier entlang."

Sie liefen wieder über viele Stufen, doch dieses Mal ging es hinab in die Tiefe. Der Gang wurde von Fackeln beleuchtet. Schließlich gelangten sie in einen großen Raum. Es war kalt in dem Gewölbe, und selbst der harte Mike begann zu frösteln.

Vor einem quadratischen, eineinhalb Meter großen Stein blieben sie stehen.

Der Mönch faltete die Hände, beugte kurz den Kopf zu dem Stein - und in dem Moment traf Elias und Mike die Erkenntnis! In der Gruft vor ihnen lag ihr Freund Leon!

Zur Bestätigung sagte der Mönch: „Die dritte eintausend Tage lange Phase findet hier statt. Der Sokushinbutsu geht in die Gruft, begibt sich in den Lotussitz und wir verschließen die Kammer luftdicht. Seht ihr das Loch hier, dort steckt zu Anfang eine Röhre für die Luftzufuhr. Der Sokushinbutsu meldet sich jeden Tag mit dem Läuten einer Glocke, dass er noch am Leben ist. Wenn das Läuten ausbleibt, wird die

Luftzufuhr versiegelt. Ich selbst habe das Röhrchen entfernt und ich bin sehr stolz darauf."

Das war zu viel für Elias! Ehe Mike es verhindern konnte, schlug er ohnmächtig auf dem Boden auf. Als er wieder zu sich kam, lag er auf einer Liege im Schatten einer Wiese. Mike lief vor ihm auf und ab, mit dem Zeigefinger an seinem Mund. Ständig murmelte er: „warum nur?"

Er bemerkte erst, dass Elias wieder bei sich war, als dieser sich aufsetzte und räusperte.

„Warum zum Teufel soll sich ein Mensch sowas antun? Sich bei lebendigem Leibe mumifizieren zu lassen, das ist doch krank!", sagte Elias.

Mike hielt an, schaute ihn an und antwortete: „Ich kapier das auch nicht. Ein Teufelskerl, mit 28 Jahren auf dem Zenit. Dann einfach das Hamsterrad verlassen und sich selbst qualvoll langsam töten. Wo ist der Sinn bei dem Ganzen?"

„Der Sinn ist für einen Ungläubigen schwer zu verstehen. Mit einfachen Worten: Wenn alles erfolgreich verlaufen ist, dann wird Chime zu einem Buddha, dann hat er Nirwana erreicht. Er wird ausgestellt und ist für die Ewigkeit vorhanden. Wenn ihr wollt, kann ich es euch zeigen", sagte eine Stimme aus dem Hintergrund.

Zögernd folgten sie dem Mönch, der in einer großen Halle vor einem Glaskasten stehen blieb. Mit offenem Mund gafften Elias und Mike in das Innere und wollten es nicht glauben! In dem Kasten saß ein Mönch im Schneidersitz, eingehüllt in ein orangenes Gewand. Skurrilerweise hatte die Mumie eine Sonnenbrille auf.

Als ob der Mönch Gedanken lesen könnte, sagte er: „Die Brille haben wir ihm erst kürzlich aufgesetzt. Die Augenhöhlen sahen angsteinflößend aus. Darf ich vorstellen, der Buddha und ehemalige Mönch Luang Phor Daeng Payasilo, im Alter von 79 Jahren verstorben im Jahre 1973."

Mike fand als Erster seine Sprache zurück:

„Wie ist das möglich? Der sieht aus, als würde er schlafen."

„Er hat das Sokushinbutsu perfekt angewendet, er war rein und er war bereit. Buddhisten aus aller Welt verehren ihn, und das wollte euer Freund auch. Das ist das ganze Geheimnis."

„Aber bei der Hitze hier müsste er doch längst verwest sein", flüsterte Elias.

Mike antwortete: „Denk an den Tee, den er getrunken hat."

„Wollt ihr bei der Öffnung dabei sein?"

Ohne auf eine Antwort zu warten, setzte sich der Mönch in Bewegung und sie folgten ihm.

Diesmal waren sie nicht alleine. Die Halle war voll mit Mönchen. Sie mussten sich in eine Ecke drängen.

„Was passiert, wenn der Vorgang gescheitert ist?", flüsterte Mike.

Der Mönch antwortete ebenso leise: „Dann wird er in die Gruft zurückgeschoben und für seinen Mut verehrt."

„Hoffentlich hat es sich für Leon gelohnt", sagte Elias. Dann schwiegen sie, denn die Zeremonie begann.

Fasziniert von den buddhistischen Ritualen, lauschten Mike und Elias ehrfurchtsvoll den Gesängen und Gebeten, obwohl sie kein Wort davon verstanden. Dann, auf dem Höhepunkt, wurde der Deckel ganz pragmatisch mit zwei Stemmeisen geöffnet.

In der völligen Stille spürte man förmlich, wie der Unterdruck ausgeglichen wurde. Das Zischen dauerte nicht lange, und das Beten setzte wieder ein. Ungeduldig trippelte Mike von einem Fuß auf den anderen, während Elias an seinen Fingernägeln kaute.

Als sich einer der Mönche vorbeugte und in die Gruft blickte, war es wieder völlig still. Mike konnte sein Herz schlagen hören und hatte Angst, dass es plötzlich stillstehen würde. Elias hielt die Luft an, so lange wie noch nie in seinem Leben!

Als der Mönch sich aufstellte, schüttelte er leicht den Kopf - und ein kurzes Raunen ging durch die Halle. Keine Gebete mehr, nur Stille beherrschte die Szene. Elias und Mike verstanden auch ohne Worte, dass der Prozess gescheitert war.

Ein Mönch nach dem anderen lief zu der Gruft, blickte kurz hinein, faltete die Hände und verließ schweigend die Halle. Automatisch reihten sich Elias und Mike ein. Sie hielten sich an den Händen und beugten sich gemeinsam nach unten, um von ihrem Freund Abschied zu nehmen. Stumm blickten sie auf einen halbverwesten Leichnam, der einmal ihr bester Freund war. Weinend gingen die beiden nach oben und wurden dort von ihrem Dolmetscher in Empfang genommen.

„Grämt euch nicht, er hat etwas Wundervolles getan. Seine Ideale, sein Ziel waren es mehr als wert.

Auch er wird Pilger haben, die ehrfurchtsvoll auf ihn herabblicken werden. Doch nun entschuldigt mich, ich muss jetzt gehen. Ich wünsche euch ein langes ehrbares Leben."

So schnell, wie er auftauchte, verschwand er wieder. Mike nahm Elias bei der Hand und so liefen beide hinaus in die reale Welt. Als sie ihr Auto, das vor dem Tempel stand, erreichten, bemerkten sie die lange Schlange.

„Ob die hier sind, um Leon zu sehen, oder den Mönch im Glaskasten?", fragte Elias traurig.

Mike antwortete nicht, er stieg ein und sie fuhren los, zurück in ihr Hotel.

Am nächsten Morgen saßen sie zusammen auf der Terrasse des Hotels und frühstückten gemeinsam. Der Tisch war überfüllt mit allen denkbaren Köstlichkeiten.

„Welche Verschwendung, genau wie Leons Anstrengung, ein Sokushinbutsu zu werden", sagte Elias und biss dabei in ein Croissant.

„Unser Leben als Broker ist auch reine Verschwendung", antwortete Mike und sprach damit seine ersten Worte seit gestern Abend.

ENDE

Areal 820

„Major Pawel Popow am Apparat?"

„Ja, Herr Minister."

„Ja, natürlich habe ich verstanden, um was es sich bei der Mission handelt."

„Mein bester Mann wird dabei sein. Er ist der Einzige, der eingeweiht wurde, und er hat sich freiwillig gemeldet."

„Ich versichere Ihnen, dass alles funktionieren wird, Herr Minister."

„Sie werden zufrieden sein."

„Natürlich, immer zu Ihren Diensten, Herr Minister."

Pawel drückte die rote Taste und steckte das Handy in seine Anzugtasche.

„Dieses Arschloch", zischte er zwischen zusammengebissenen Zähnen, dann drehte er sich um und schaute auf die Anzeigetafel des Flughafens.

„Noch zwei Stunden", sagte er und lief zu der einzigen Lounge des Flughafens.

Früher war Sewastopol auf der Halbinsel Krim einer der größten Militärflughäfen in der ehemaligen UdSSR, doch heute standen fast alle Gebäude leer. Eine Landebahn und eine Abfertigungshalle waren noch in Betrieb, der Rest wurde gerade von der Natur zurückgewonnen.

Pawel saß in der Lounge und blickte durch die schmutzigen Scheiben nach draußen.

In seinen Gedanken wünschte er sich das alte Regime zurück. Irgendwie war er in der alten Zeit hängengeblieben. Immerhin wäre er nach den alten Regeln selbst schon Minister, oder zumindest in einer wesentlich höheren Anstellung. Vor allem müsste er sich nicht mit so einem dämlichen Auftrag herumschlagen.

,Wenn die Idioten etwas verheimlichen, dann sollten sie es selbst ausbaden', dachte er und erschrak, als die Stimme aus dem Lautsprecher die Landung eines Flugzeuges aus Moskau ankündigte.

Mit einem Seufzer erhob er sich schwerfällig und lief in die Ankunftszone.

„Major Popow, Unteroffizier Tolja anwesend", sagte ein junger durchtrainierter Mann, der salutierend vor ihm stand.

Pawel musste lächeln und dachte: 'So sah ich auch einmal aus'.

„Hallo, mein Name ist Alexej, Herr Major", rissen ihn die Worte eines Mannes aus seinen Gedanken, der mit ausgestreckter Hand plötzlich vor ihm stand.

„Hallo, Sie sind der Waffenspezialist?", antwortete Pawel und sein Gegenüber nickte.

Die drei Männer liefen gemeinsam an den kleinen Tresen und bestellten Kaffee.

Pawel hatte keine große Lust auf Smalltalk und so saßen die drei eine Stunde stumm beisammen, bis eine weitere Maschine landete.

Zwei Männer traten zu der Gruppe und Pawel ergriff das Wort: „Darf ich vorstellen, das sind der

Bauingenieur Igor Sagan und Dr. Oleg Asimov, Historiker, Ihre Begleiter bei der anstehenden Mission."

Nach dem obligatorischen Händeschütteln machte sich die Gruppe auf den Weg nach draußen. Vor dem Gebäude warteten zwei Militärfahrzeuge und nahmen sie in Empfang.

Nach einer, für russische Verhältnisse, recht kurzen Fahrt und mehreren Ausweiskontrollen, hielten die Jeeps vor einer aufgehübschten Kaserne.

„Balaklava, Ihre neue Heimat für die nächsten Tage, meine Herren. Bitte folgen Sie mir zu Ihren Unterkünften", sagte einer der beiden Fahrer, und die Gruppe setzte sich in Bewegung.

Gemeinsam nahmen sie ein einfaches Abendmahl im Kasino zu sich. Sie waren die einzigen Gäste, was in diesem abgesicherten Bereich, in dem sie sich befanden, normal war. Eigentlich war die Anlage verlassen und aufgegeben, doch sie war immer noch als Hochsicherheitsrisikogebiet eingestuft und wurde dementsprechend bewacht.

„So, meine Herren, ich erkläre Ihnen einmal, was Ihre Aufgabe sein wird.

Wie Sie sicher wissen, befinden wir uns hier im Objekt 825, dem immer noch einer der größten unterirdischen U-Boot-Hafen der Welt. Nach vier Jahren ausgezeichnet geheim gehaltener Bauarbeiten schafften es unsere Genossen, einhundertundzwanzig Tonnen Gestein aus dem Berg Tavros herauszuschaffen und einen sechshundert Meter langen bewässerten Tunnel zu graben. In der Blütezeit wurden hier vierzehn Atom-U-Boote stationiert, allzeit bereit zuzuschlagen. Die Anlage ist so gut gesichert, dass sie problemlos einer Einhundert-Kilotonnen- Atombombe widerstehen kann. Weitere Details erspare ich Ihnen an dieser Stelle. In Ihren Unterkünften befinden sich detaillierte Unterlagen, die wir nach Ihrem Auftrag wieder einziehen werden. Oberste Geheimhaltungsstufe, wie Sie wissen - handeln Sie danach, meine Herren. Die Erkundung der Werft wird aber nicht Ihre Aufgabe sein."

Pawel saugte die überraschten Blicke seiner vier Zuhörer auf und fuhr euphorisch fort:

„Ihr Auftrag lautet – erkunden Sie Arsenal 820."

„Major, mit Verlaub, dort soll es spuken, habe ich gehört", platzte der junge Unteroffizier Tolja ihm ins Wort.

Verärgert hob Pawel seine Augenbrauen und blickte nur stumm zurück.

„Entschuldigung", stammelte Tolja.

„Stattgegeben, und um Ihre Frage zu beantworten: Genau deshalb gehen Sie dort hin."

Wieder ließ Pawel eine Pause, bevor er weitersprach: „Jetzt im Ernst. Die Regierung will wissen, ob die Anlage verseucht ist und ob die Bausubstanz soweit in Ordnung ist. Die Regierung beabsichtigt, die Anlage wieder in Betrieb zu nehmen. Die Entscheidung wird von Ihren einzelnen Urteilen abhängen…

Alexej, als Waffenspeziallist: wenn Sie auf Munitionsdepots stoßen.

Igor, als Bauingenieur: zur Überprüfung der Bausubstanz.

Dr. Asimov, als Geschichtsprofessor: wenn Sie auf pikante Unterlagen stoßen.

Und Unteroffizier Tolja: Sie sind mir für das Wohlergehen der Herren während der Mission verantwortlich. Gibt es Fragen?"

„Ja, ich würde Sie bitten, zukünftig auf meinen Titel zu verzichten, ich bin einfach nur Oleg", antwortete der Historiker.

„Alles klar! Sie haben jetzt zwei Tage Zeit, um die Unterlagen durchzugehen. Am dritten Tag wird Ihre Inspektion beginnen. Die Führung wird Igor übernehmen, da es hauptsächlich um die Bausubstanz geht. Wir denken, dass Sie nach etwa achtundvierzig Stunden zurück sein werden.

Wir erwarten danach den ausgefüllten Fragebogen zurück, damit unser geschätzter Minister eine professionelle Entscheidungsgrundlage in Händen hält. Ach ja, ehe ich es vergesse: Bitte reichen Sie mir Ihre Handys. Sie wissen ja, Geheimhaltung blablabla…"

Nachdem sie ihre Handys abgegeben hatten, verabschiedeten sich Igor und Pawel.

Die drei anderen Männer wollten sich die Beine vertreten und verließen das Kasino. Die Anlage war weitläufiger, als sie dachten. Nach einer Stunde setzten sie sich unter einen der wenigen Bäume.

„Guter Platz, kein Zaun und kein Wachposten zu sehen", sagte Alexej.

Oleg antwortete: „Sag mal Tolja, spukt es dort wirklich?"

Verlegen trat sich Tolja auf seinen eigenen Fuß und wollte zuerst nicht antworten. Dann überwand er sich und sagte: „Ich habe da was läuten hören. Immer wieder verschwinden Lebensmittel aus der Kaserne, und Soldaten sollen ebenfalls schon verschwunden sein."

„Gab es denn keine Untersuchung?"

„Doch, doch! Alle Spuren führten zum Eingangsportal der Bunkeranlage."

„Lass mich raten: Keiner traute sich bisher hinein zu gehen?"

Tolja nickte.

Oleg fragte: „Was noch?"

„Angeblich sollen Untote die Täter sein."

„Zombies?"

„Die Jungs haben entweder zu viel getrunken, oder zu oft Walking Death geschaut."

„Hör auf Alexej, ich glaube, Tolja meint das ernst", fiel Oleg ihm ins Wort.

„Ich hätte euch besser nichts gesagt", stammelte Tolja verlegen.

Oleg legte seinen Arm um ihn und antwortete: „Du bist ja nicht allein."

Auf dem Rückweg flüsterte Alexej in Olegs Ohr: „Und diese Memme soll uns beschützen?"

Oleg sparte sich die Antwort, lief einen Schritt schneller und verwickelte Tolja in ein zwangloses Gespräch.

‚Ich bin wohl der einzig Normale bei dieser Aktion', dachte Alexej.

Am dritten Tag trafen sie sich im Kasino und Igor verteilte markierte Pläne, die er extra kopiert hatte, falls sich jemand verlaufen sollte.

„Hier, meine Herren. In diesen Beuteln befindet sich für jeden ein leichter Strahlenschutzanzug. Wie Sie in Ihren Unterlagen lesen konnten, besteht die Möglichkeit einer minimalen Strahlung durch die damals gelagerten Atomraketen.

Dort, auf den Tischen verteilt, liegen ihre gewünschten Ausrüstungsgegenstände.

Alexej, ein Röntgengerät konnten wir leider nicht auftreiben, da uns die dazu benötigten Träger fehlen."

„Man kann es ja mal versuchen – oder?", scherzte er.

„Ich habe mir erlaubt, die Ausrüstung auf uns aufzuteilen, damit jeder dasselbe Gewicht zu tragen hat", sagte Tolja.

Ohne weitere Worte packten sie die Sachen zusammen, und nach wenigen Minuten standen vier Männer bereit, um die Inspektion zu beginnen.

Pawel höchstpersönlich fuhr die Vier mit einem Kleinbus zum verschlossenen Eingang der Bunkeranlage. Die Fahrt entlang der Bucht dauerte nicht lange und sie stiegen aus. Pawel machte sich am Tor zu schaffen, während Tolja gedankenverloren ins Wasser des Kanals, der nicht verschlossen war, starrte. Quietschend öffnete sich das Tor und alle Fünf traten ein.

„Unteroffizier, haben Sie nichts vergessen?", sagte Pawel.

Tolja zuckte erschrocken zusammen. Er schüttelte das schlechte Gefühl ab und sagte: „Zu eurem Schutz bekommt jeder eine Pistole."

Überrascht schauten ihn die anderen an.

„Ich habe zusätzlich einen Flammenwerfer."

„Und ich werde mein Maschinengewehr mitnehmen, damit fühle ich mich wohler", entgegnete Alexej.

Unsicher nahm Oleg als erster die Pistole mit zwei Fingern und sagte: „Sorry, aber ich hatte noch nie eine echte Waffe in der Hand. Ist das Ding denn gesichert, kann ich das einfach so einstecken?"

„Zeig mal her, unser Held wird sie schon gesichert haben. Ja genau, siehst du den Hebel dort? Wenn du ihn nach unten schiebst, kannst du uns in den Arsch schießen", erwiderte Alexej und gab Oleg die Waffe zurück. Nachdem alles verstaut war, wünschte Pawel ihnen viel Glück und schloss das Tor. Völlige Dunkelheit umgab sie.

„Scheiße, ist das hier dunkel", hörten sie Olegs ängstliche Stimme.

Plötzlich begannen mehrere Lichtpunkte zu flackern und ein bläuliches Licht machte sich vor ihnen breit.

„Die Notbeleuchtung funktioniert", sagte Igor, der seine Hand noch am Lichtschalter hielt.

„Die ersten dreihundert Meter gehen wir am Kanal durch den Haupttunnel, dann wird es spannend", sagte er und übernahm die Führung.

Tolja bildete das Schlusslicht, so hatte es die Auslosung gewollt, die sie gestern Abend bei einem letzten gemeinsamen Glas Wodka veranstalteten. Er hatte damit kein Problem und setze sich langsam in Bewegung.

Nachdem sich seine Augen an das diffuse Licht gewöhnt hatten, nahm er seine Umgebung immer genauer wahr. Der Tunnel, der vor ihnen lag, war fast dreißig Meter breit, davon ein fünfundzwanzig Meter breiter Wasserkanal. Das Tunnelgewölbe war, wie bei fast allen Tunneln der Welt, halbrund. Über ihnen verliefen unter der Decke terrassenförmige Kabelkanäle, belegt mit armdicken Kabeln. Drei Luftleitungen und diverse farblich markierte Rohrleitungen liefen ebenfalls parallel an der Decke entlang. Nicht alle Glühbirnen waren intakt und tauchten die Szene in ein düsteres

Licht. Überall fanden Bewegungen statt und undefinierbare Schatten huschten an den Wänden entlang. Seine Sinne liefen auf Hochtouren, und so war es auch nicht verwunderlich, dass er das Geräusch zuerst wahrnahm!

Schlagartig blieb er stehen und lauschte konzentriert über das Gemurmel seiner Gefolgsleute hinweg. ‚Ein Scharren, als ob jemand mit den Fingernägeln über eine Holzplatte kratzen würde‘, überlegte er und spürte förmlich, wie das Geräusch immer lauter wurde.

„Anhalten, alle an die Wand", rief er.

Doch keiner folgte seinem Befehl.

„Kommen deine Zombies, oder was?", rief Alexej und lachte ihn aus.

Auf einmal schnappte Oleg zu und zog ihn unsanft an die Wand, an der mittlerweile auch die anderen standen. Dann sahen sie die graue Masse, die auf sie zustürmte.

„Igitt, das sind ja Ratten", schrie Alexej.

„Millionen Ratten", ergänzte Igor.

„Geht zurück", sagte Tolja in einem Ton, der keine Widerrede duldete. Er zog sein Gewehr, das über seine Schulter hing, und lief direkt auf die graue Masse zu.

„Was ist denn das für ein Gewehr?", rief Oleg über den immer stärker werdenden Lärm hinweg, dann brauchte er nicht mehr auf eine Antwort zu warten!

Eine drei Meter lange Flamme schoss aus dem Lauf des Gewehres.

Die fürchterlichen Schreie der sterbenden Ratten bohrten sich in ihre Köpfe und mit Entsetzen sahen sie, dass die Spitze der Ratten Tolja bald erreichen würde. Gerade als Oleg aufschreien wollte, geschah das Unfassbare! Die graue Masse änderte ihre Richtung und stürzte sich in den Wasserkanal. Schlagartig wurde es still. Tolja nahm mit zitternden Knien den Finger vom Abzug des Flammenwerfers und hatte Mühe einzuatmen. Oleg war als Erster bei ihm und legte seine Hand auf die Schulter.

„Alles okay! Danke, du hast uns das Leben gerettet", sagte er zwischen mehreren Hustenanfällen.

Es dauerte etwas, bis der Sauerstoff den Ruß in der Luft verdrängte und sie wieder normal atmen konnten.

Tolja blickte auf die vielen kleinen Flammen, die langsam aber sicher erloschen. Er schüttelte sich kurz und sagte: „Scheißviecher, und das nächste Mal folgt ihr meinen Befehlen, ist das klar?"

Ein lautes „ja" erklang und Alexej stammelte eine Entschuldigung. Dann gab Tolja den Befehl weiterzugehen. Spätestens jetzt sahen sie alle den jungen Soldaten mit anderen Augen, immerhin hatte er ihren Arsch gerettet.

Es war ihnen nicht möglich, den Tierleichen auf dem Boden völlig auszuweichen. Mit zusammengebissenen Zähnen und angehaltenem Atem liefen sie mit schmatzenden Geräuschen durch das Meer an Kadavern. Nach mehr als zehn Metern hallten ihre

Schritte wieder normal von der Tunnelwand zurück und alle atmeten erleichtert auf.

Ohne weitere Zwischenfälle liefen sie die nächsten hundert Meter, bis Igor stehenblieb.

Links von ihnen befand sich ein Rolltor. Die Überschrift war eindeutig: „Werkstatt" stand in großen roten Buchstaben auf dem Betonfirst.

Igor nickte und lief weiter. Am vierten Tor blieb er dann wieder stehen.

„Areal 820", las er die Buchstaben laut vor, dabei kramte er die Karte hervor und studierte sie kurz.

„Ah ja, hier", sagte er und lief dabei nach links zu einem geschlossenen Schaltkasten.

„Ihr müsst wissen, dass nur dieses Tor die beiden Anlagen voneinander trennt, falls mal was passieren sollte." Umständlich hebelte er die Blechverkleidung auf und zog mit einem Ruck mehrere Kabel heraus. Bläuliche Funken stoben auseinander, was ihn nicht davon abhielt, zwei Kabel herauszuziehen und miteinander zu verbinden. Mit einem Ruck, begleitet von einem lauten Quietschen, öffnete sich langsam das Tor.

„Na also, weiter geht's!", sagte Igor und ließ die Kabel wieder los.

Der Trupp setzte sich in Bewegung, diesmal langsamer. Tolja fiel auf, dass das Licht in diesem Abschnitt schon brannte. Er überlegte, Igor danach zu fragen, ließ den Gedanken aber wieder fallen und konzentrierte sich auf die Umgebung. Die Luft in den engen Gängen war feuchter als im großen Tunnel. Die Schatten waren verschwunden, als ob sich jedes Getier vor ihnen verkrochen hätte.

„Obwohl der Wasserkanal verschwunden ist, riecht die Luft modriger – oder?", sprach Oleg seine Gedanken aus.

„Wenigstens die Beleuchtung ist hier besser intakt als im Haupttunnel", erwiderte Igor.

„Was war das?", fragte Alexej und blieb stehen.

„Wo?", flüsterte Tolja und folgte Alexejs Zeigefinger.

Ein Schatten huschte in den Seitengang links von ihnen. Tolja zeigte auf sich, dann auf die Stelle, zog seine Pistole und lief an der Wand entlang auf den Eingang zu.

Die anderen verstanden, blieben stehen und verhielten sich ruhig. Alexej und Igor hatten auch ihre Pistolen gezogen und fuchtelten nervös an ihnen herum.

„Passt auf ihr Verrückten! Tolja macht das schon", zischte Oleg.

Als sie zur Stelle blickten, an der Tolja vor einer Sekunde noch stand, sahen sie dort nichts.

„Wo ist er hin?", flüsterte Igor. Doch er erhielt keine Antwort. Stattdessen peitschte das Geräusch eines Schusses durch die Gänge.

„Scheiße", sagte Oleg und kramte umständlich seine Pistole aus der Tasche.

„Alles okay, Jungs. Muss ein Tier gewesen sein. Zumindest lief es auf allen vieren", rief Tolja, der plötzlich neben ihnen stand.

„Hast du mich erschreckt", erwiderte Oleg und steckte die Pistole wieder zurück.

„Dem Schatten nach zu urteilen, vielleicht ein Hund", sagte Tolja.

Keiner antwortete ihm. Schweigend übernahm Igor wieder die Führung und sie gingen weiter. Ein Gang glich dem nächsten, und alle waren sich sicher, ohne Karte den Ausgang nie mehr wieder zu finden.

Nach einer halben Stunde blieb Igor stehen und blickte auf die Karte, dann nickte er und zog ein Messgerät aus der Tasche.

Das Knattern eines Geigerzählers erfüllte den Raum, in dem sie sich befanden. Igor lief mit dem Gerät in Richtung der Eisentür direkt vor ihnen. Das Knattern nahm zu, je näher er der Tür kam.

Er schaltete das Gerät ab, steckte es wieder ein und befahl ihnen, die leichten Strahlenanzüge anzulegen.

Als alle das okay-Zeichen gaben, öffnete er die Tür und sie betraten einen weiteren endlosen Gang.

„Das war die Zufahrt der Atomraketen für die U-Boote", sagte er und zeigte auf die Beschriftung.

Der Gang endete an einer weiteren Tür.

„Sollen wir nicht den Zähler anlassen?", fragte Oleg. Igor antwortete: „nicht nötig."

Er öffnete die Tür und sie betraten eine Halle.

„Seht ihr die Öffnungen an den Wänden links und rechts? Hier wurden die Sprengköpfe gelagert, und dort gehen wir definitiv nicht rein. Los, folgt mir, weiter geht's.

Nach weiteren trostlosen Gängen, Hallen und Mannschaftsräumen blieb Igor plötzlich stehen.

„Hier werden wir übernachten", sagte er und packte den Rucksack mit dem Proviant aus.

Tolja war nicht wohl zu Mute und antwortete: „Muss das so nah bei den radioaktiven Löchern sein?"

„Schau mal da oben an der Decke, das sind gute Löcher, denn die führen aus dem Fels heraus und versorgen uns mit Sauerstoff."

„Und wozu sind die Gitter da am Boden?", fragte Alexej.

„Wenn jemand die Anlage fluten würde, fließt das Wasser in diese Kanäle."

„Zum Schutz der Sprengköpfe?"

„Oder zum Kühlen, je nachdem", antwortete Alexej und nahm den kleinen Spirituskocher in Betrieb.

Während sie mehr oder weniger genüsslich ihren Eintopf schlürften, sah niemand das Augenpaar, das sie seit ihrer Ankunft durch eines der Gitter am Boden beobachtete.

Nach dem Essen machten sie es sich den Umständen entsprechend gemütlich. Igor packte kleinere

Messgeräte aus und begann die Wände damit zu bearbeiten.

„Was machst du da?", fragte Tolja.

„Die Bausubstanz überprüfen", bekam er als Antwort.

Alexej streckte sich und versuchte, an der Wand angelehnt, etwas zu schlafen. Nach einer Stunde gesellten sich Tolja und Igor zu ihm.

Oleg hatte die Karte vor sich ausgebreitet und studierte sie. Die anderen schauten ihm zu, doch niemand sagte etwas.

„Oleg, übernimmst du die erste Wache?", fragte Tolja verschlafen. Ohne die Antwort abzuwarten, fielen ihm die Augen zu und alle drei schliefen.

Oleg stand auf, lief zu seinen Gefährten und löschte alle Lichter, bis auf eines. Mit dem Plan in der Hand ging er zielstrebig zu der Öffnung links neben ihrem Lager. Als er den Eingang des Flures erreicht hatte, stellten sich plötzlich seine Nackenhaare.

Der heimliche Beobachter schloss sofort seine leuchtenden Augen und verharrte in seiner Position.

Oleg blieb stehen und drehte sich um. Angestrengt erfasste er die Umgebung, unterstützt von seinem Scheinwerfer, doch nichts war zu sehen. Er seufzte und verschwand im Flur. Langsam lief er durch die Dunkelheit, dem Kegel seiner Lampe folgend. An einer Wand blieb er stehen. Seine Hand tastete die Wand vor ihm ab, als ob er etwas suchen würde. Dann fand er die kleine Vertiefung im Beton und holte tief Luft. Vorsichtig glitten seine Finger über den fast unsichtbaren Mechanismus. Er fühlte das kalte Metall an seinen Fingern und zog zufrieden die Hand zurück.

„Was soll das? Vögelst du den Beton, oder was?", fragte eine Stimme hinter ihm. Vor Schreck ließ er die Lampe fallen und drehte sich langsam um.

Vor ihm stand Tolja und schaute ihn fragend an.

„Also, ich kann dir das erklären", stammelte Oleg und hob umständlich die Lampe vom Boden auf.

„Erkläre es uns allen nachher, wenn wir weitergehen. Jetzt übernehme ich die nächste Wache. Lass uns zu den anderen in die Halle gehen."

Ohne Widerrede liefen sie zur Halle. Oleg setzte sich zu den anderen, die immer noch schliefen und schloss die Augen.

Unsanft wurde er geweckt. Sechs Augenpaare schauten ihn erwartungsvoll an und Oleg seufzte, stand auf und sagte:

„Also, ich bin ja Historiker, wie ihr wisst, und ich habe geheime Aufzeichnungen gefunden. Areal 820 ist nicht nur das, was es offiziell ist. Es ist auch ein geheimes Forschungslabor. Fragt mich nicht, welche Forschungen. Das weiß ich nicht. Ich habe nur eine Passage gefunden, die den geheimen Eingang preis gibt".

Stille!

Andrej erwiderte zuerst: „So, so eine Forschungsstation. Igor, ist davon nichts in deinen Plänen zu finden?"

„Nein."

„Tolja, du weißt auch nichts davon?"

Wieder erklang ein „nein."

„Dann sollten wir uns das mal ansehen, oder?", sagte Andrej und gab Oleg den Weg frei, um die Führung zu übernehmen.

„Kein Kaffee?", fragte Oleg.

Allgemeines Kopfschütteln erübrigte weiteres Nachfragen. Wenig später standen sie vor der Wand, und Oleg betätigte den Mechanismus.

Ein Zischen erklang und sie gingen alle einen Schritt zurück. Staub rieselte aus mehreren entstandenen Ritzen, und langsam aber sicher öffnete sich ein mehr als sechs Quadratmeter großes Tor. Die mächtige Betonwand fuhr zur Seite, und feuchte Luft, gepaart mit einem süßlichen Geruch, schlug ihnen entgegen. Angewidert musste Tolja husten.

„Riecht nach Tod", sagte Oleg und trat auf die Öffnung zu. Doch bevor er weiterlaufen konnte, stieß ihn Igor zur Seite und trat ein. Ein langer dunkler Gang tat sich vor ihm auf. Furchtlos schritt er hinein. Zögerlich folgten sie ihm.

Je tiefer sie vordrangen, desto penetranter wurde der Geruch. Das Atmen fiel immer schwerer und als Tolja mit dem Gedanken spielte, umzukehren, erschien ein

Licht. Ein großer Raum, gefüllt mit altmodischen Messgeräten, tat sich vor ihnen auf.

„Ein Labor", sagte Alexej und blieb am Eingang stehen.

„Seht mal, hier liegen Teile in einer Flüssigkeit", rief Tolja und fasste nach dem Glas.

„Sieht aus wie eine Niere", sagte Oleg, der unvermittelt neben ihm stand. Vor Schreck hätte Tolja beinahe das Glas fallen lassen.

„He Leute, was ist das?", fragte Igor, der in der Mitte des Labors stand und einen Gegenstand in der Hand hielt.

„Still!", rief Tolja. Alle lauschten.

Ein schleifendes Geräusch erklang und kam immer näher.

„Ratten", flüsterte Oleg, doch keiner antwortete ihm.

Sie konzentrierten sich auf das Geräusch. Auf einmal erklang ein Schrei und mit einem ohrenbetäubenden Knall flog eine Tür zu. Die Leuchten an der Decke flackerten - und schlagartig wurde es hell! Sie mussten ihre Augen schließen und standen hilflos herum, bis der ganze Raum zum Leben erwachte. Sie hörten und spürten, dass sie nicht mehr alleine waren. Igor, immer noch geblendet, zog seine Pistole und begann zu feuern.

Tolja schlug Oleg, der neben ihm stand, zu Boden und schrie: „Aufhören, du Idiot."

Plötzlich strich Oleg mit den Händen über Toljas Gesicht. Verwirrt zog er sich etwas zurück. Seine Augen gewöhnten sich langsam an das Licht. Als er begriff, was er sah, löste sich ein Schrei aus seiner Kehle. Auf allen vieren kroch er unter den Tisch, der vor ihm stand, das hämische Lachen ignorierend. Er wollte nur weg, weg von der fürchterlichen Kreatur!

So schnell, wie alles begonnen hatte, war es wieder vorbei. Das Licht erlosch, und sich entfernende Schritte waren das einzige Geräusch.

Tolja erhob sich und rief: „Igor?"

„Hier", kam die zögerliche Antwort.

„Oleg?"

„Ich lebe", hörte er links von sich.

„Alexej?"

Stille!

Er wiederholte dreimal, doch er erhielt keine Antwort.

„Scheiße, wo ist Alexej?"

„Die Viecher werden ihn doch nicht mitgenommen haben?", stotterte Igor.

„Alle zu mir, sofort!", erklang Toljas Stimme.

Als sie beieinanderstanden, untersuchte er sie mit dem Scheinwerfer.

„Was soll das?", protestierte Igor.

„Ich will wissen, ob wir verletzt sind. Wer weiß, was für Krankheiten wir hier bekommen."

Als feststand, dass keiner verletzt war, erteilte Tolja, wie er es gelernt hatte, Befehle.

„Ab jetzt bleiben wir zusammen. Jeder zieht seine Waffe und entsichert sie. Ich werde den Flammenwerfer aktivieren. Alles verstanden?"

Ohne auf eine Antwort zu warten, fuhr er fort:

„Wir werden jetzt gemeinsam zur Tür gehen.

Igor, du sicherst uns nach hinten ab.

Oleg, du bleibst in der Mitte und sicherst die Seiten. Los!"

Langsam setzten sie sich in Bewegung. Die Lichtpunkte ihrer Scheinwerfer flackerten durch das Labor, doch nichts passierte.

Sie sahen nicht die Augenpaare, die sie gierig beobachteten. Sie bemerkten nicht die Speicheltropfen, die aus den Mündern zu Boden fielen. Auch das Knurren der leeren Mägen hörten sie nicht. Aber sie fühlten, dass sie nicht mehr alleine waren!

Als Tolja die Tür erreichte, gab er Oleg das Zeichen, sie zu öffnen. Oleg legte die Hand auf die Türklinke, und als er sie nach unten drücken wollte, erklang ein markerschütternder Schrei, gefolgt von einem Gurgeln. Dann wurde es wieder still.

Jetzt gab es kein Halten mehr. Oleg drückte die Klinke nach unten und Tolja stürzte aus dem Raum. Er kam nicht weit! Das Bild, das sich ihm bot, würde er nie wieder vergessen. Oleg, der neben ihm stand, stöhnte, als er sah, wie Alexejs Kopf auf seinem Maschinengewehr aufgespießt vor ihnen stand. Frisches

Blut lief über das blaue Metall der AKK. Als Igor zu ihnen kam, musste er sich sofort übergeben.

Langsam zogen sie sich zurück ins Labor. Tolja gab den Befehl alles zu verbarrikadieren, was sie ohne Widerrede sofort in die Tat umsetzten.

Sie stellten alle Tische vor die vier Türen und verschafften sich so in der Mitte des Labors etwas Freiraum. Rücken an Rücken setzten sie sich und atmeten etwas durch.

„Was zur Hölle ist das, Leute?", fragte Tolja.

„Frag doch mal unseren Historiker, vielleicht stand ja was in den Büchern", erwiderte Igor.

„Es stand wirklich etwas in den Unterlagen", stammelte Oleg.

Überrascht antwortete Tolja: „Und was verdammt noch mal stand da? Und vor allem, warum hast du uns davon nichts gesagt?"

„Weil ich es selbst nicht glauben konnte!", schrie Oleg.

„Los, jetzt erzähl schon", sagte Igor und legte ihm die Hand auf die Schulter.

„Es gab einen Unfall in diesem Labor, einen radioaktiven Unfall, denn diese Art von Experimenten wurde hier durchgeführt."

„Ja, und?", unterbrach ihn Tolja.

„Und anstatt die Leute zu retten, wurden sie eingesperrt und dieser Teil der Anlage geflutet."

„Ach, du heilige Scheiße!", raunte Igor.

„Und was machen wir jetzt? Warten, bis sie uns auffressen?", flüsterte er und stand auf.

Er ging auf und ab und brabbelte sinnlose Wortfetzen vor sich hin.

Auf einmal öffnete sich eine Schranktür und in Sekundenschnelle war Igor darin verschwunden!

„Scheiße", stieß Tolja hervor und aktivierte den Flammenwerfer. Wie ein Wahnsinniger feuerte er auf den Schrank. Er ignorierte die Schreie. Erst als ihn Oleg mit Gewalt herumriss, löste sich sein Zeigefinger vom Abzug.

Wie in Zeitlupe öffnete sich die Schranktür und die verkohlte Leiche Igors kippte heraus und landete genau vor Toljas Füßen.

„Ich habe ihn umgebracht", stammelte Tolja und schloss die Augen, als das Licht wieder anging.

Sie trauten ihren Augen nicht! Tolja stöhnte, während Oleg sich die Augen rieb.

„Wir sind nicht mehr alleine", flüsterte Tolja.

„Das sehe ich", antwortete Oleg und erhob sich langsam, behutsam darauf bedacht, nicht zur Waffe zu greifen. Mehr als vierzig Menschen standen an den vier Wänden um sie herum. Mit Entsetzen nahmen sie die Details der Anwesenden auf. Oleg wusste nicht, ob er diese entstellten Monster Lebewesen nennen konnte. In jedem Gesicht befanden sich mehrere dicke, eitrige Geschwüre. Egal, ob Mann, Frau oder Kind. Die Missbildungen waren bei den Kindern am größten.

Einige hatten drei oder sogar vier Beine. Das alles nahm Oleg in weniger als einer Minute auf.

Aus dem Augenwinkel sah er, wie Tolja seine Pistole zog. Mit einem Mal setze sich sein Körper in Bewegung, und eine Millisekunde später hielt er Toljas Pistole in der Hand. Ein Raunen ging durch die Menge. Oleg hob die Waffe in die Luft, sicherte sie und legte sie behutsam zu Boden. Mit der Fußspitze schob er sie mehrere Meter von sich.

Ein Junge bückte sich auf allen vieren hinab, hob sein drittes Bein wie einen Schwanz in die Luft und schnappte sich die Waffe. Blitzschnell verschwand er.

„Du bist niemals Historiker", stammelte Tolja und warf Oleg einen überraschten Blick zu.

„Stimmt, guter Soldat! Doch jetzt bitte nicht die Nerven verlieren. Lass mich bitte machen, was ich machen muss."

Oleg stand auf, streckte sich und rief: „Ich suche Major Doktor Wladislaw Smirnow, weilt er unter euch?"

Wieder ging ein Raunen durch die Menge, und die Wand aus Lebewesen setzte sich in Bewegung. Ein sehr alter Mann trat hervor. Oleg musste seinen Ekel herunterschlucken, als er das Gesicht genauer ansah. Ein Auge war komplett zugewachsen und in seiner linken Wange befand sich die Hand eines Babys. Er öffnete seinen Mund, und ohne Zähne sprach er:

„Wer will das wissen?"

„Großvater, bist du es?"

„Oleg?"

Langsam bewegten sich die ungleichen Männer aufeinander zu und umarmten sich. Es störte Oleg nicht, dass dabei mehrere Geschwüre aufplatzten und ihn die kleine Hand streichelte.

‚Welche schlimmen Experimente wurden hier nur durchgeführt?', dachte er. Tränen liefen ihm übers Gesicht.

Fassungslos starrte Tolja auf die beiden und erhob sich langsam. Der Übermacht bewusst, legte er den Flammenwerfer zur Seite und begann in seinem Rucksack zu kramen.

„Tolja, mach bitte keinen Blödsinn", sagte Oleg.

Dann musste er lächeln, als Tolja den Beutel mit den Lebensmitteln in Händen hielt. Dicke Tränen kullerten über seine Wangen, als er von den Kindern umringt wurde und den Inhalt verteilte. Seine Angst und seinen Ekel hatte er abgeschüttelt. Mitgefühl beherrschte ab sofort sein Handeln.

Als er alle Vorräte verteilt hatte, setzte er sich zu Oleg und dessen Großvater.

„Ja Tolja, ich wusste, auf was ich mich einließ. Die Regierung versucht schon seit Jahren das alles zu vertuschen. Damals ging ein Experiment schief. Einer der Ärzte war mein Großvater. Der Führer dieses Ortes ließ die geheime Anlage hermetisch abriegeln und flutete sie. So wollten sie das Problem vertuschen.

Und ja, ich arbeite für den Geheimdienst. Aber als ich hörte, was das Militär hier vorhat, meldete ich mich freiwillig. Glaube mir, ich wusste nicht wirklich, auf was ich mich da einlasse", beendete er seinen Monolog.

„Und was ist deine Aufgabe?", fragte Tolja.

„Ich soll nachschauen, ob das Problem für alle Zeit erledigt ist, wovon die Armee und der Geheimdienst ausgehen. Sie wollen die Anlage wieder in Betrieb nehmen", antwortete Oleg.

„Und was tun wir jetzt – alle befreien?"

„Ja, genau das tun wir jetzt, und zwar sofort! Wir werden früher als vereinbart am Tor eintreffen und alle herausholen. Ganz Russland soll sehen, was hier angerichtet wurde."

„Willst du uns wirklich ins Licht hinausführen, Oleg? Viele von uns sind hier geboren und waren noch nie draußen im Licht. Wir wissen gar nicht, ob wir die Sonne vertragen und wie unsere Wunden darauf reagieren", sagte Olegs Großvater.

„Wir könnten zum Eingang gehen und Hilfe holen", erwiderte Tolja.

Oleg antwortete: „Gute Idee, lasst uns gleich losgehen, sofort."

Oleg und Tolja führten die Gruppe der Mutanten in Richtung Ausgang, den sie nach drei Stunden und zahlreichen Unterbrechungen erreichten.

Vorsichtig öffnete Tolja das Tor und spähte in die Dunkelheit. Die Bucht lag still und verlassen vor ihm. Er schlängelte sich durch das Tor. Oleg folgte ihm in die Dunkelheit. Erleichtert atmete er auf und sagte: „Wohin sollen wir zuerst gehen?"

Doch Tolja antwortete ihm nicht.

Stattdessen sagte eine ihm bekannte Stimme: „Danke Oleg, für deine Hilfe. Jetzt können wir endlich alles zu Ende führen und das Problem für immer beseitigen."

„Major Popow!", stammelte Oleg.

„Ja, mein Sohn. Hast du gedacht, wir wissen nicht, warum ausgerechnet nur du dich freiwillig gemeldet hast? Uns war klar, dass die Viecher nur einer vertrauten Person folgen würden. Du warst der perfekte Lockvogel."

Dann setzte der Lärm mehrerer Maschinengewehre ein.

„Nein!", schrie Oleg und stürzte sich auf den Major, doch Tolja war schneller. Geschickt packte er den wütenden Oleg und hielt ihn problemlos eisern im Griff.

Die Schüsse wurden weniger, und als sie verklangen, flüsterte Oleg:

„Und du steckst mit drin, Tolja?"

„Ja."

„Und dein Mitgefühl war nur vorgespielt?"

„Ja, natürlich. Ich war entsprechend mental darauf vorbereitet."

„Aber warum Tolja, warum?"

„Die Antwort ist ganz einfach, Oleg. Ich wollte den Befehl meines Großvaters zu Ende führen."

„Was, du bist der Enkel des Unmenschen, der so viel Leid auf dem Gewissen hat?", spuckte Oleg die Worte heraus.

„Ja, und er hat damals richtig gehandelt.

So, wollen doch mal sehen, ob die Jungs ihren Job richtig ausgeführt haben."

Tolja drückte die Mündung seiner Pistole zwischen die Schulterblätter Olegs und sie liefen zu dritt zum Tor.

Ein Offizier salutierte und sprach: „Herr Major, alles zu Ihrer vollsten Zufriedenheit ausgeführt. Was machen wir mit den Toten?"

„Die werden wir später mit dem Radlader in den Kanal befördern", antwortete Popow.

„Herr Major, die Fische werden sich freuen", kam die knappe Antwort. Der Soldat trat zur Seite und öffnete dabei die eiserne Tür.

Popow, Tolja und Oleg traten ein.

Beim Anblick der vielen Leichen auf dem Boden musste Oleg würgen. Mit letzter Kraft hielt er den Brechreiz zurück.

„Saubere Arbeit, jetzt kann die Putzkolonne kommen", sagte der Major.

„Zuerst müssen wir uns noch einem kleinen Problem widmen", erwiderte Tolja und stieß Oleg unsanft von sich. Nach mehreren schwankenden Schritten fiel Oleg genau in den Leichenhaufen. Weinend blickte er sich um, in vollem Bewusstsein, dass seine letzte Stunde geschlagen hatte. Hilfesuchend blickte er um sich und sah in ein Augenpaar, das ihn aus einer Nische, einen Meter entfernt, anblickte. Traurige Kinderaugen!

Dann sah er, was der Kleine in Händen hielt. Es war eine Pistole - seine Pistole!

„So, sag auf Wiedersehen, Oleg. Freu dich doch, dass du nicht alleine beerdigt wirst", lachte Tolja und entsicherte seine Pistole.

Hilflos blickte Oleg zu dem Jungen… dann geschah das Unerwartete! Der Junge warf die Pistole Oleg zu, der wiederum pflückte sie aus der Luft, sprang zur Seite und gab zwei Schüsse ab.

Das alles passierte in weniger als einer Sekunde. Oleg lief schwankend zu seinen Peinigern. Tolja und Popow lagen friedlich nebeneinander, beide mit einem Loch im Schädel.

Der Junge kam aus seinem Versteck, schnappte Oleg bei der Hand und gab ihm zu verstehen, schnellstens zu verschwinden.

Oleg nickte und sah, wie der Junge auf allen vieren ging, sein drittes Bein anhob, in den Tunnel rannte -und folgte ihm. Wenig später waren die beiden in der Dunkelheit verschwunden.

„Sollen wir mal nachschauen?", fragte vor dem Tor ein Soldat ungeduldig seinen Vorgesetzten.

Sie betraten den Tunnel und zogen beide überrascht die Luft ein, was sie sofort mit heftigem Würgen bereuten!

„Scheiße, was ist denn jetzt passiert?", stammelte der Soldat.

Sein Vorgesetzter lächelte und gab den Befehl, das Aufräumkommando kommen zu lassen.

„Mach dir keinen Kopf, Soldat. Die zwei sollten sowieso entsorgt werden. Befehl von ganz oben."

Zwei Radlader fuhren vor und begannen mit ihrer Arbeit.

Ende

Asche

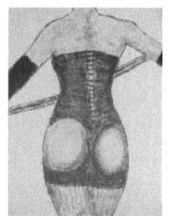

Markus stellte sein Auto auf dem Parkplatz des Friedhofes ab. Neugierig blickte er sich um, dann zog er den Schlüssel ab und verließ den Wagen. So unauffällig wie möglich schlenderte er an der Friedhofsmauer entlang. Sein Ziel lag fast genau vor ihm, und er wechselte die Straßenseite. Als er sich direkt gegenüber seinem Ziel befand, schaute er verstohlen auf das alte Haus. Ein Klinkerschornstein überragte das Walmziegeldach.

‚Ein Bestattungsunternehmen mit Krematorium, direkt an der Friedhofsmauer', dachte Markus.

Ein Schauer lief über seinen Rücken. Seit er in der SM-Szene verkehrte, suchte er immer das ganz Besondere. Erst nach Jahren der Suche, und dem Ausprobieren der verschiedensten Praktiken, stieß er mehr durch Zufall auf diese Adresse. Keiner konnte ihm Details nennen - und genau das machte für ihn den besonderen Reiz aus. Diskretion war das oberste Gebot in der Branche. Deshalb war er jetzt hier an diesem Ort.

Zufrieden begab er sich zu seinem Wagen.

Morgen, am Montag, würde er sein Glück versuchen.

Markus schlief in dieser Nacht sehr gut. Wilde Träume begleiteten ihn. Glücklich und ausgeschlafen duschte er, zog sich anständig an und frühstückte.

Fröhlich pfiff er ein Lied und steuerte den Wagen auf die Autobahn. Nach einer Stunde Fahrt setzte er den Blinker und folgte der Beschilderung zum Friedhof. Diesmal parkte er in einer Seitenstraße. Tief durchatmend, öffnete er die Wagentür und streckte sich. Mit den Händen glättete er seine Hosen, schloss den Wagen ab und lief los. Vor der Eingangstür blieb er kurz stehen, holte tief Luft und drückte die Klinke runter. Eine winzige Glocke erklang. Etwas unsicher ging er auf den leeren Schreibtisch zu und blieb davor stehen. Eine Tür öffnete sich und ein Mann in den Vierzigern kam auf ihn zu.

„Hallo, mein Name ist Udo, mein herzliches Beileid. Setzen Sie sich doch bitte. Was kann ich für Sie tun?"

Markus betrachtete sein Gegenüber und hatte auf einmal das Gefühl in einen Spiegel zu schauen. Er schüttelte den Gedanken ab, setzte sich, faltete die Hände und flüsterte: „Ähm, ich möchte gerne zu Elfriede."

„Oh, einen Moment bitte", antwortete Udo, erhob sich und lief nach hinten auf eine weitere Tür zu. Er steckte den Kopf durch die Tür und wechselte ein paar Worte, bevor er zu Markus zurückkam.

„Entschuldigung, die Chefin kommt gleich, auch wenn sie nicht Elfriede heißt", sagte Udo mit einem schiefen Lächeln.

Als sich nach wenigen Sekunden die Tür öffnete, schauten beide Männer gleichzeitig in diese Richtung.

Udo zog augenblicklich seine Schultern zum Kopf und nahm eine unterwürfige Haltung ein.

Markus hingegen verschlug es die Sprache! Eine geballte Ladung Erotik, gepresst in ein schwarzes hautenges Kleid, perfekt auf 155 Zentimeter verteilte Proportionen, lief lasziv auf sie zu. Er konnte seine aufkommenden Gefühle gerade noch so im Zaum halten. Trotz des Größenunterschiedes malte er sich schon sämtliche Praktiken gedanklich mit ihr aus. Sie blieb lässig vor dem Schreibtisch stehen und schaute Markus direkt in die Augen.

Mit wollüstigen Lippen hauchte sie: „Wen wollen Sie sprechen, Mister?"

„Markus ist mein Name", stammelte er und seine Wangen röteten sich.

„Einen Moment, bitte", raunte sie und drehte sich zu ihrem Angestellten um.

„Wie oft soll ich dir noch sagen, dass du keine Kunden bedienen sollst? Verschwinde für heute, ich kann dich nicht mehr sehen", presste sie die Worte gefährlich zwischen ihren Zähnen hindurch.

Udo zuckte zusammen und machte sich aus dem Staub.

„Darf ich den Wagen mitnehmen?", rief er noch und bekam ein „ja, und jetzt verschwinde" als Antwort.

Blitzartig drehte sie ihren Kopf zu Markus und flüsterte: „So, nun zu dir. Mitkommen!"

Sie stand auf und Markus hechelte hinter ihr her. Er war sich sicher, worum es hier ging und freute sich schon, was gleich passieren würde. Sie führte ihn in ein einfaches Büro und Markus schaute sie enttäuscht an. Er hatte mit etwas anderem gerechnet. Die Tür fiel ins Schloss.

„So, Sie wollen also zu Elfriede", sagte sie und schaute zu ihm auf. Dabei musste sie ihren Kopf nach oben strecken. Markus blickte nach unten und nickte. Dann geschah etwas, mit dem er niemals gerechnet hätte! Das Knie der Frau zuckte nach oben und bohrte sich voll in seine Weichteile. Markus krümmte sich vor Schmerzen und ging zwangsläufig in die Knie. Er war nicht in der Lage zu atmen, und sein Kopf drohte zu zerplatzen.

Er benötigte mehrere Minuten, bis er wieder klar denken konnte. Seine Gefühlswelt war durcheinander. Auf der einen Seite liebte er zu Leiden über alles, aber unvorbereitete Schmerzen, war nicht das, was er wollte. Endlich schnappte er nach Luft und versuchte, sich aufzurichten.

Die Frau saß auf dem Schreibtisch und fixierte ihn.

„Hallo Markus, ich bin Sandra, die Chefin hier. Ich muss Ihnen sagen, dass Sie der gesuchten Person nicht den nötigen Respekt erwiesen haben. Daher die Bestrafung. Und sind wir doch ehrlich, die hast du verdient – oder etwa nicht?"

„Entschuldigung, Sie haben ja völlig recht. Welche Anrede ist angemessen?", presste er hervor.

„So ist es schon besser. Madame Elfriede wäre angemessen", antwortete Sandra.

Sie machte ihm mit einer Handbewegung klar, dass er näherkommen sollte. Dieses Mal vorsichtiger, setzte er sich in Bewegung. Als er vor ihr stand, schnellte ihre Hand blitzschnell nach oben, schnappte ihn an den Haaren und zog ihn auf Augenhöhe.

Jetzt fing für Markus das Spiel an und er genoss den Schmerz auf seiner Kopfhaut.

„Das Grinsen wird dir vergehen, das verspreche ich dir", sagte Sandra und verpasste ihm eine schallende Ohrfeige. Markus stöhnte auf! Ein Gefühl der Wollust durchströmte ihn.

„Na, schon eine Erektion, großer Mann?", fragte Sandra und sah ihn schelmisch an, während sie seine Haare losließ.

„Madame Elfriede arbeitet nur am Wochenende. Freitag um 18 Uhr am Hintereingang des Gebäudes. Die Tür zum Keller wird offen sein. Einzige Bedingung: Diskretion. Keiner wird wissen, wo und bei wem du bist. Hast du das verstanden?"

„Ja, Madame Elfriede. Ich gehorche bedingungslos!"

Sandra gab ihm einen Klaps auf sein Hinterteil und gab ihm zu verstehen, dass die Audienz beendet war.

„Ich glaube, bei dem komme ich dieses Mal auf meine Kosten", sagte Sandra, als die Türglocke das Gehen von Markus bestätigte.

„Ich muss noch zu Uta ins Blumengeschäft", sagte sie plötzlich, lächelte geheimnisvoll und verließ das Beerdigungsinstitut.

— — —

Udo stand vor der vereinbarten Adresse und wartete auf sein Internetdate. Der Name Elfriede ging ihm nicht mehr aus dem Kopf. Er war zwar etwas langsam im Denken, doch ihm fiel auf, dass in letzter Zeit immer mehr Männer nach Elfriede fragten. Ihm war schon bewusst, dass es etwas mit seiner Chefin Sandra zu tun hatte. Doch was? Das konnte er sich einfach nicht vorstellen.

Je länger er wartete, desto eifersüchtiger wurde er auf die Männer. Seine Sandra würde doch nichts mit denen anfangen, niemals!

Nach einer Stunde startete er den Leichenwagen, fluchte und fuhr davon.

„Immer das gleiche mit den Weibern. Erst sind sie scharf drauf, im Leichenwagen zu vögeln, dann kneifen sie", sagte er und fuhr in Richtung Friedhof.

Den Wagen stellte er auf seinen angestammten Platz und kramte umständlich den Schlüssel heraus. Als er es endlich geschafft hatte, schloss er die Tür zum Büro auf und trat ein. Er verschloss die Tür, und ohne das Licht einzuschalten, lief er zu einer eisernen Tür.

Er öffnete sie und trat ein. Kälte empfing ihn und ein leichtes Zittern durchlief seinen Körper. Zielsicher lief er auf ein Sideboard zu, öffnete die obere Schublade und entnahm eine Kerze sowie ein Feuerzeug. Die Kerze stellte er auf den kleinen Beistelltisch und zündete sie an. Das kleine Licht hatte Mühe, bei der Kälte zu brennen, doch sie schaffte es und erhellte den Raum.

Udo lief zu der Wand mit den Schubladen und glitt mit seinen Fingern über die Edelstahlgriffe, bis er innehielt.

Mit einem Ruck, begleitet von einem Zischen, zog er die Schublade ein Stück weit auf. Andächtig öffnete er den Reißverschluss und begutachtete seine Wahl. Das Gesicht eines hübschen Mädchens in den Zwanzigern starrte ihn mit toten Augen an.

Zufrieden mit seiner Wahl, drehte er sich um und kam wenig später mit einer Decke zurück. Als er die Decke auf den Boden gelegt hatte, widmete er sich wieder der Schublade und zog sie vollständig heraus. Das Geräusch des sich öffnenden Reißverschlusses erfüllte die Leichenhalle. Doch das störte Udo nicht im Geringsten.

Es dauert nicht lange, dann lag das tote nackte Mädchen auf der Decke und Udo legte sich neben sie. Langsam streichelte er sanft die Tote.

Mit einer Hand fuhr er ihr zärtlich durch die Haare und flüsterte: „Hallo Sandra, endlich bist du bei mir und wir sind alleine. Was hast du gesagt? Ich soll dich nehmen, jetzt hier und sofort? Liebste, dein Wunsch ist mir Befehl."

Nachdem er sich seiner Kleider entledigt hatte, spreizte er liebevoll die Beine der Toten. Mit einem Stöhnen drang er wenig später in sie ein. Mit jedem Stoß wurde er schneller und sein Stöhnen wurde immer lauter. Nachdem sich sein Samen in die Tote ergossen hatte, rollte er sich von ihr herunter. Schweißgebadet lag er neben ihr und flüsterte: „Sandra, es war wie immer sehr schön mit dir. Oh Sandra, ich liebe dich so sehr."

Er gönnte sich noch eine halbe Stunde, dann begann er mit dem Säubern der Leiche. Nach einer weiteren halben Stunde verließ er den Raum, wie er ihn betreten hatte. Niemand würde je sein Geheimnis erfahren. Auf dem Heimweg musste er wieder an die Männer und an diese Elfriede denken. Er würde schon dahinter kommen, was da los war!

— — —

Markus war aufgeregt wie nie. Heute war Freitag, und er würde ein langes Wochenende mit Madam Elfriede verbringen. Zum tausendsten Mal schaute er auf seine Uhr.

Bewusst ignorierte er alle Anrufe. Dieses Mal sollten seine Bauleiter ihre Probleme selbst lösen. Ihr Projektleiter stand nicht zur Verfügung, er würde nicht an irgendwelche Schallhauben denken - dieses Wochenende nicht!

Pünktlich verließ er das Bürogebäude. Ohne Umwege fuhr er direkt zum Friedhof. Genau um 17:45 parkte er den Wagen drei Straßen weiter. Voller Vorfreude stieg er aus und schlenderte vergnügt auf das alte

Klinkergebäude zu. Unauffällig blickte er sich um und verschwand in der Einfahrt. Die Dämmerung hatte schon eingesetzt und er war sich sicher, dass ihn niemand gesehen hatte. Als er die Rückseite erreichte, sah er die Treppe, die in die Tiefe führte.

Eine Gänsehaut überzog seinen Rücken. Verstohlen blickte er zu der Friedhofsmauer, schüttelte sich kurz, und zwei Stufen auf einmal nehmend, stand er vor der eisernen Tür.

Mit zittriger Hand, in freudiger Erwartung, drückte er die Klinke nach unten. Langsam öffnete er die Tür. Völlige Dunkelheit umgab ihn. Er trat ein und schloss die Tür hinter sich. Er hatte Mühe, seinen Atem zu kontrollieren, ein leichtes Stöhnen entrang sich seiner Kehle.

Als nichts geschah, wagte er mit ausgestreckten Armen einen Schritt nach vorne. Dann sah er einen Lichtschein am Boden, der durch eine verschlossene Tür schien. Behutsam steuerte er auf die Tür zu.

Nach zwei Versuchen fand er endlich die Klinke und drückte sie nach unten. Begleitet von einem hellen Quietschen öffnete er die Tür und erstarrte. Jeder König des Mittelalters wäre neidisch auf die Ausstattung dieser Folterkammer. In der Mitte des Raumes standen zwei Kerzenständer mit je zehn brennenden Kerzen, die den Raum in ein düsteres Halbdunkel tauchten. Trotzdem waren alle Gerätschaften gut zu erkennen.

Dann sah er sie und sein Atem setzte aus!

Ein perfekter Körper, eingehüllt in eine schwarze hautenge Lederkorsage, löste sich vom Hintergrund und betrat anmutig die Mitte des Raumes. Bei jedem Schritt mit ihren Overknee-Stiefeln wippten ihre lockigen langen Haare über ihre zarten Schultern. Ihre Augen, bedeckt mit einer schwarzen Maske, ihre Lippen - blutrot, perfektionierten das Gesamtbild.

Sie schaute ihn grinsend an und genoss seine Blicke. Langsam, wie in Zeitlupe, hob sie ihren linken Arm mit der Peitsche, hielt ihn für Sekunden in der Luft, um ihn dann blitzschnell nach unten zu bewegen. Der Knall der Peitsche löste Markus aus seiner Erstarrung und er ließ sich auf die Knie fallen.

„Madame Elfriede, ich bin Euer, was auch immer Ihr mit mir tun wollt. Ich bin zu allem bereit."

Madame Elfriede lief langsam auf ihn zu. Er konnte ihren Hüftschwung fühlen und als sie vor ihm stand, stöhnte er.

„Ausziehen, sofort! Sonst muss ich dir den Hintern versohlen", sagte sie zu ihm.

Hastig entledigte Markus sich seiner Kleider und blieb in einer demütigen Haltung auf den Knien.

„Also, du wolltest etwas Besonderes – richtig?"

„Ja, Herrin."

„Und wie abgesprochen, weiß niemand, wo du dich befindest?"

„Ja, Herrin."

„Okay, welches Codewort würde dir gefallen?"

„Krematorium wäre doch angebracht."

„Ha, nicht schlecht. Aber wir werden uns auf folgendes Codewort einigen…"

„Ich höre und gehorche, Madam Elfriede."

„…töte mich."

„Wenn das Euer Wille ist, so ist es auch mein Wille."

‚Seltsames Codewort, um die Aktion einvernehmlich abzubrechen, wie es in der BDMS-Szene üblich ist', dachte Markus. Doch dann widmete er seine Aufmerksamkeit wieder der Herrin.

„Zieh die Maske auf und lege den Peniskäfig an."

Markus tat, wie ihm geheißen, dann stand er vor ihr. Gierig sog er den Geruch des Raumes und vor allem ihren Geruch in seine Lungen. Plötzlich klatschte eine Gerte auf seine Wange.

„Habe ich dir erlaubt zu atmen?"

„Nein Herrin, verzeiht mir."

Als er das letzte Wort aussprach, presste sich eine Klammer um seine Brustwarze. Der Schmerz erzeugte eine Wollust in ihm, nach der er sich immer wieder sehnte. Die zweite Klammer schloss sich und wieder durchlief ein Zucken seinen Körper.

„Auf die Knie, sofort!", rief Madame Elfriede und Markus gehorchte.

Sie führte ihn auf allen vieren durch den Raum und erklärte ihm die Geräte und was man damit anfangen konnte. Zwischendurch hieb sie ihm mit der Klatsche ständig auf sein Hinterteil, bis es in der Dunkelheit zu glühen begann. Bei jedem Schlag stieß Markus kleine spitze Schreie aus und zeigte ihr, dass er es genoss.

Vor einem Stuhl aus massivem Eisen blieb sie stehen und sagte:

„Das alles willst du nicht, denn du wolltest etwas Besonderes. Dann setz dich auf diesen Stuhl."

Markus winselte und tat, wie ihm befohlen. Mit geschickten Händen fesselte ihn die Domina und er verschmolz mit dem kalten Gestell.

In freudiger Erwartung verharrte Markus, unfähig, sich über die zu stramme Fesselung zu beschweren. Sein Atem ging schneller und er schloss die Augen.

Ohne Vorwarnung zog seine Herrin die Augenreißverschlüsse der Maske zu. Markus schrie auf, als sich seine Augenbrauen in den Reißverschlüssen verklemmten. Ein hämisches Lachen war die einzige Antwort, die er erhielt.

„So Sklave, du willst Schmerzen ... du bekommst sie auch. Doch habe etwas Geduld", sagte die Domina und er hörte, wie ihre Stiefelabsätze sich klackernd von ihm entfernten.

,Was sie wohl vorhat?', fragte sich Markus und wartete. Es dauerte nicht lange und er hörte das Klackern wieder. Er schärfte seine freien Sinnesorgane und hörte, wie sie etwas unter den Stuhl schob. Abgelenkt von ihrem betörenden Geruch, spürte er plötzlich ein Kitzeln an seinem Anus. Er hielt den Atem an und dachte: ‚Die Sitzfläche hat eine Öffnung, spannend. Was sie wohl einführen wird?'

Er musste unweigerlich aufstöhnen.

„Na, freust du dich schon?", flüsterte Madame Elfriede, entfernte dabei die Klemmen an den Brustwarzen und grub ihre Fingernägel in die Warzenvorhöfe. Markus entglitt ein spitzer Schrei und sein Glied richtete sich auf.

„So ist es brav", vernahm er das Flüstern an seinem Ohr. Gierig sog er ihren Geruch ein, und wieder durchlief ihn ein Schauer der Wollust. Sein Glied, gefangen in einem Gestell, schmerzte, da es sich nicht aufrichten konnte, doch es war ihm egal. Blut lief an ihm herab, aber auch das war ihm egal. Plötzlich strömte ein Schwall warmer Flüssigkeit über seinen Schoß und beißender Harngeruch drang in seine Nase. Aber auch das trieb ihn nur in weitere Höhen der Lust.

Als vier Ohrfeigen auf ihn klatschten, konnte er seine Schreie nicht mehr zurückhalten. Ein Schlag in seine Magengrube ließ ihn verstummen. Es dauerte, bis er wieder normal atmen konnte. Doch er schwebte in einer Wolke der Glückseligkeit!

„Und jetzt machen wir eine Pause, bis wir zum eigentlichen Höhepunkt kommen", sagte die Domina und entfernte sich. Tief durchatmend, kam er aus seiner Lustwolke wieder zurück ins Hier und Jetzt. Gerne hätte er seine Umgebung begutachtet, doch er konnte nichts sehen.

Langsam ebbte das Lustgefühl in ihm immer weiter ab, und nach einer gefühlten Stunde begann er leicht zu frieren. Noch traute er sich nicht, etwas zu sagen. Auf einmal fühlte er wieder etwas an seinem Anus. Irgendetwas versuchte, in ihn einzudringen, als ob etwas wachsen würde. Langsam kam die Wollust zurück und er dachte: ‚Es ist noch nicht vorbei'.

Markus konzentrierte sich während der nächsten Stunde auf das, was da auf ihn zukommen würde. Langsam, aber sicher, suchte sich das Etwas den Weg in seinen Darm. Er konnte sich einfach nicht vorstellen, was es war.

‚Von Madam Elfriede keine Spur', spekulierte er, als er plötzlich das Türschloss hörte.

Wieder die unverkennbaren Schritte. Ehe er etwas erwähnen konnte, wurde ihm grob die Maske vom Gesicht gezerrt. Mit geschlossenen Augen stöhnte er auf.

Langsam öffnete er die Augenlider und sah durch einen roten Schleier. Blut lief aus den herausgerissenen Augenbrauen, aber das störte Markus nicht. Er war froh, endlich wieder sehen zu können.

Sie saß vor ihm und strahlte ihn an. In der Hand hielt sie ein Sandwich und biss herzhaft hinein. Ketchup lief zwischen ihre Finger und tropfte auf ihren Oberschenkel. Als sie seinen lüsternen Blick sah, stand sie auf und ließ ihn den Ketchup abschlecken, dann setzte sie sich wieder und aß es auf.

Wortlos starrten sie sich an, dann spürte er wieder einen Wachstumsschub und stöhnte. Die Herrin stand auf und kam mit einer kleinen Gießkanne zurück.

Hastig schob er seinen Kopf zurück und öffnete seinen Mund.

„Nein, nein! Zuerst bekommt jemand anderes etwas zu trinken", lachte die Herrin und beugte sich unter den Stuhl. Als sie wieder vor seinem Gesichtsfeld erschien, hob sie die Kanne dieses Mal zu seinem Mund.

Die drei Tropfen sog er gierig auf und bettelte nach mehr. Eine Ohrfeige, die ihn beinahe einen Backenzahn gekostet hätte, ließen ihn sofort verstummen.

Sie setzte sich ihm gegenüber, nahm eine entspannte Haltung ein und schloss die Augen.

Abermals spürte er, dass sich etwas in seinem After vorschob. Vorsichtig versuchte er, sich herunterzubeugen, doch die Fesseln waren so fest, dass er nichts sehen konnte. Enttäuscht blickte er sich um, bis er den Spiegel sah.

„Verdammte Scheiße! Was ist das denn?", rief er.

Madame Elfriede öffnete blitzartig ihre Augen.

Langsam stand sie auf und begann lasziv vor ihm auf und ab zu gehen.

„Das ist ein Bambus, er wächst in der Stunde fast einen Zentimeter. Wenn er feucht gehalten wird, noch schneller", sagte sie und blieb vor ihm stehen.

Markus überschlug die Zahlen im Kopf, aber es dauerte länger als gewöhnlich, bis er verstand, was passieren würde, wenn er in dieser Position bleiben würde!

Sie grinste ihn an und raunte: „Genau, Sunnyboy! Morgen Abend wird er ungefähr fünfundzwanzig Zentimeter groß sein, und jeder Zentimeter wird in dir sein. Wenn du Glück hast, lebst du dann noch."

Markus' Gedanken rasten, er konnte sich nicht vorstellen, dass sie es soweit kommen lassen würde. Doch die Zweifel, dass das zum Spiel gehörte, wuchsen.

„Hast du nichts zu sagen? Willst du nicht um dein Leben flehen?", fragte sie und lachte dabei.

Trotz allem konnte er sich ihrer Aura nicht entziehen. Ihr Lächeln ließ ihn an das Gute in Ihr hoffen und er atmete erleichtert auf.

Dann sammelte er sich und erwiderte:

„Herrin, Ihr denkt an das Codewort?"

„Aber natürlich, Sklave! Wie lautet es nochmal?"

„Töte mich."

„Genau das werde ich tun, Sklave."

Schlagartig kamen seine Zweifel zurück, und er zog an den Fesseln.

„Junge, das kannst du vergessen. Ich bin gut darin. Jetzt gönne mir die Freude und fang an zu winseln und zu betteln.

Frustriert presste er seine Lippen zusammen und ärgerte sich über das dämliche Codewort.

Grinsend stand sie vor ihm und schaute zu, wie er versuchte, sich zu befreien. Voller Erschöpfung hörte er irgendwann damit auf. Langsam schmerzte der Bambus. Er wollte sich gar nicht vorstellen, was in einigen Stunden passieren würde!

Die Domina hatte es sich bequem gemacht und gähnte. Markus nickte vor Erschöpfung irgendwann ein. Immer wieder wachte er voller Schmerzen auf, als sich die Pflanze tiefer, Zentimeter für Zentimeter, in seinen Darm bohrte.

— — —

Udo wachte auf und schaute auf die Uhr.

„Schon 17 Uhr! Oh Mann, habe ich lange geschlafen."

Er stand auf und entledigte sich seines Schlafanzuges. Nach der Dusche stand er gut gelaunt in der Küche und bereitete sich eine Mahlzeit zu. Nach dem Essen verfiel er wie immer in Selbstgespräche.

„Vier Einäscherungen sind einfach zu viel an einem Tag, und dann auch noch an einem Freitag. Die ganzen Vorbereitungen und das Aufräumen danach. Ich muss mit Sandra reden, das mach ich nicht mehr mit."

Plötzlich wurde er still und seine Gedanken kreisten um Sandra, seiner Sandra. Ihm fielen die Männer wieder ein, die nach dieser Elfriede fragten.

Abrupt stand er auf und schnappte sich einen Bilderrahmen von der Anrichte. Liebevoll stellte er ihn auf den Tisch. Das Foto zeigte Sandra im Bikini. Er musste daran denken, als er es ihr geklaut hatte. Sie hatte ihn dabei erwischt und ihm einen Klaps auf den Hinterkopf verpasst. Nach langem Betteln durfte er es letztendlich behalten.

Auf einmal erinnerte er sich, dass sie etwas von einem Keller gesagt hatte. Das hatte er gehört, weil er noch eine Zeitlang am Fenster gelauscht hatte. Am Montag, als dieser komische Typ da war.

Lange schaute er auf das Foto, dann sprang er auf und rief: „Ich werde mir mal den Keller anschauen. Immerhin war ich noch nie dort unten."

— — —

Martin jammerte vor Schmerzen. Mit jedem Wachstumsschub der Pflanze wurde es schlimmer. Immer wieder rief er das Codewort „töte mich". Doch die Herrin dachte nicht daran, ihn zu erlösen. Im Gegenteil, sie ergötzte sich an seinem Leiden. Der Schmerz veränderte sich und Martin überlegte, was als nächstes passieren würde. Schlagartig wurde ihm bewusst, dass der Bambus langsam aber sicher seine Darmwand einreißen würde. Die Angst vor dem innerlichen Verbluten raffte seine verbleibende Energie zusammen und er wehrte sich dagegen. Immer und immer wieder kämpfte er gegen die Fesseln an.

Sandra, die ihm immer noch gegenüber saß, verfiel in freudige Erwartung. Bald schon würden ihre Gefühle befriedigt.

„Ja, kämpfe dagegen! Ja, so ist es gut!", rief sie.

Ihre Hand glitt in ihren Schritt. Je mehr sich Martin wehrte, je wilder wurden ihre Bewegungen, die sie mit spitzen Schreien begleitete.

Martin kämpfte einen aussichtslosen Kampf!

Dann spürte er, wie Blut aus seinem Anus lief und musste sich übergeben.

Im selben Augenblick erreichte Sandra ihren Höhepunkt.

Martin gab auf. Mit hängendem Kopf, weinend, spürte er, wie immer mehr Blut aus seinem Körper rann. Die Schmerzen waren unerträglich. Ihm wurde klar, dass er bald schon sterben würde.

„Warum?", flüsterte er und erwartete keine Antwort. Doch er bekam eine: „Weil ich es so will."

— — —

Udo lauschte an der Tür.

‚Was war das? Ein Schrei - und jetzt noch einer.

Was läuft denn da ab?', dachte er und griff beherzt zur Klinke. Mit einem Ruck stieß er die Tür auf und stürmte in den Raum dahinter.

Zu spät sah er die nächste Tür und knallte mit voller Wucht dagegen. Es dauerte einen Moment, bis er sich wieder gefasst hatte. Er drückte die Klinke runter und betrat den Raum. Was er dort sah, überwältigte seinen Verstand!

Zu keiner Bewegung fähig, schaute er zu Sandra und dem Fremden.

Martin schaute auf und stammelte ein: „hilf mir", bevor er wieder in Ohnmacht fiel.

Sandra schnappte sich ein Skalpell, versteckte es hinter ihrem Rücken und ging auf den unerwarteten Besucher zu. Erst jetzt fiel ihr die Ähnlichkeit der beiden Männer auf. Die Größe, die Statur und sogar die Gesichtszüge waren sich sehr ähnlich.

Aber diese Erkenntnis stand nicht im Vordergrund ihres Handelns. Wie konnte sie Udo das erklären?

Als sie vor ihm stand, reckte sie sich auf ihren Zehenspitzen nach oben und schaute Udo in die Augen.

„Hallo Udo, gut dass du kommst. Der Typ dort wollte mich umbringen. Hilfst du mir?", fragte sie.

„Aber Sandra, wie siehst du aus, was ist das hier?", stotterte er.

Sandra erwiderte: „Udo, das wusste ich auch nicht. Der da hat mich gezwungen, das anzuziehen und komische Sachen mit ihm zu machen. Du musst mir glauben, ich brauche deine Hilfe", flüsterte sie ihm ins Ohr.

Markus öffnete seine Augen und sah das Skalpell in Sandras Hand. Mit letzter Kraft schrie er: „pass auf!" Dann schnellte Sandras Hand auf Udos Hals zu.

In letzter Sekunde konnte Udo ihre Hand abwehren, das Skalpell flog durch die Luft. Fluchend hechtete Sandra hinterher und versuchte, es zu erreichen, doch Udo war schneller.

Er packte zu, umklammerte Sandra und zog sie zum Andreaskreuz. Mit voller Wucht knallte er sie gegen das Holzkreuz. Während Sandra nach Luft japste, steckte Udo ihre Hände in die Schlaufen und zog sie fest.

Schwer atmend trat er einen Schritt zurück.

„Du bist so schön, aber warum tust du so etwas?", stotterte er.

Sandra, die wieder bei vollem Bewusstsein war, fluchte, spuckte und trat nach ihm.

Udo stand mit offenem Mund immer noch fassungslos da und blickte sich um. Seine Augen blieben bei Markus hängen. Als er den zusammengesackten Körper genauer betrachtete, ging er einen Schritt auf ihn zu. Entsetzt sah er die Bambuspflanze unter dem Stuhl und schlug seine Hände vor den Mund. Nachdem er sich wieder gefasst hatte, ging er einen Schritt auf Markus zu und legte seine Hand an dessen Hals.

Plötzlich schlug Markus die Augen auf und hob seinen Kopf. Speichel, vermischt mit Blut, lief ihm aus dem Mund, als er mit letzter Kraft flüsterte:

„Töte mich! Mir kann keiner mehr helfen, und dann töte dieses Monster."

„Das kann ich nicht", erwiderte Udo.

„Das kann jeder, du Idiot", schrie Sandra und grinste höhnisch.

„Nimm das Skalpell und schneide mir die Halsschlagader auf. Bitte, ich habe solche Schmerzen", wisperte Markus. Er war mit seiner Kraft am Ende, sein Kopf fiel auf die Brust und aus seinem After schoss ein Schwall dunkelrotes Blut.

Udo überlegte, dann lief er in die Ecke, in der das Skalpell lag. Beiläufig schlug er Sandra ins Gesicht, um ihr Lachen zu unterbinden, was ihm nicht gelang. Als er es gefunden hatte, stellte er sich vor Martin und atmete tief ein. Ohne zu zögern, hob er seinen Kopf und setzte das Skalpell an.

Martin öffnete zum letzten Mal seine Augen und hauchte: „Danke."

Das Blut spritzte Udo direkt ins Gesicht, doch es war ihm egal. Er wusste jetzt, was er als nächstes tun würde. Ohne sich zu säubern, lief er an der lachenden Sandra vorbei und verließ die Folterkammer.

Nach fünf Minuten kam er mit einem Strick zurück. „Oh prima, Fesselspiele! Da stehe ich drauf", rief Sandra und lachte wieder ihr hämisches Lachen.

Udo stellte sich vor sie und sagte: „Entschuldigung, Liebste."

Dann schlug er ihr so lange ins Gesicht, bis ihr Körper ohnmächtig zusammensackte.

Er löste ihre Handschellen, legte sie auf den Boden und fesselte sie mit dem Seil. Zufrieden stand er auf, schaute auf die Uhr und nickte. Völlig emotionslos legte er Sandra über seine Schultern, drehte sich zu Markus um und sagte: „Ruhe in Frieden, Fremder."

Mit dem Fuß warf er beide Kerzenständer um und ging aus dem Keller. Die Flammen fanden genug Nahrung - wenig später brannte der Keller!

Udo interessierte das nicht. Er stieg die Stufen nach oben und steuerte auf das Gebäude hinter dem Institut zu, das Gebäude mit dem Schornstein.

Sanft legte er Sandra auf ein Förderband und lief zur Steuerung des Krematoriums. Nachdem er einige Schalter umgelegt hatte, betrachtete er die Anzeigetafel.

Zufrieden, und mit sich im Reinen, lief er zu Sandra.

„Jetzt ist es soweit, Liebste", sagte er.

Während er sich zu ihr auf das Band legte, pfiff er ein fröhliches Kinderlied.

Er stützte seinen Ellenbogen auf den Kopf und betrachtete Sandras Gesicht. Lächelnd tätschelte er vorsichtig ihre Wangen. Als sie die Augen aufschlug, wurde sein Lächeln breiter.

Sandra begriff sofort, wo sie sich befand und schrie: „Nein."

Sanft verschloss Udo mit seinen Lippen ihren Mund, dann setzte sich das Förderband in Bewegung. Verzweifelt versuchte Sandra, sich zu befreien.

Udo hielt sie fest, bis sie in die Anlage eingefahren waren. Als sich das Schott schloss, strömte heiße Luft auf sie herab.

Udo löste sich von Sandra und sagte:

„Jetzt sind wir für immer vereint, Liebste."

Die Luft wurde heißer, dann strömte das Gas in die Anlage und die Selbstentzündung setzte ein. Mehr als 1.000° C verrichteten ihre Arbeit.

Nach eineinhalb Stunden blieben zwei kleine Häufchen Asche übrig, die sich mit den Verbrennungsrückständen des bis auf die Grundmauern abgebrannten Gebäudes vermischten.

Eine leichte Brise blies die Asche sanft in die Höhe und verteilte sie gleichmäßig über den Friedhof.

Ende

Highgate Cemetery

„Hallo, und guten Abend! Hier ist euer Harry Flint mit den Ausgehtipps für heute Abend. Die Nacht wird angenehm in Archway London. Für die Verliebten, die das Besondere suchen, empfehle ich heute einen Spaziergang durch Highgate Cemetery, unserem berühmten Friedhof. Gemeinsam vor dem Mausoleum von George Michael kuscheln. Für die Nerds unter euch, das Grab von Douglas Adams. Oder Karl Marx, dem Oberkommunisten, einen Besuch abstatten. Vielleicht schaut ihr auch nach, ob Michael Faraday noch in seinem Käfig liegt.

Genug, genug! Jetzt im Ernst: Drei Stationen mit der U-Bahn zu unseren Nachbarn nach Camden Town, dann zehn Minuten zu Fuß und ihr steht vor dem angesagtesten Club Londons. „Fest Camden" ist nicht nur ein cooler Club, nein - dort gibt es auch was zu futtern und ein Kabarett und, und, und... Musiktechnisch wird hier alles geboten. Also, auf geht's zum Fest, Leute!"

Marko schaltete das Radio ab. Er hatte genug gehört. Sein Plan stand fest. Harrys Tipps waren immer die Besten. Keine Stunde später kam er aus dem Badezimmer und stellte sich vor den Spiegel. Er war zufrieden mit dem, was er sah und zwinkerte sich selbst zu.

Dann ließ er seinen Blick noch einmal durch die Wohnung wandern. Das Appartement war wie immer Tipp-Topp aufgeräumt.

Er hatte nicht vor, heute Nacht alleine zu schlafen. Salopp drehte er sich um, schnappte nach dem Schlüssel und verließ seine Wohnung.

Nach zwanzig Minuten U-Bahnfahrt sog er die frische angenehme Nachtluft in seine Lungen und folgte der Gruppe Jugendlicher. Von weitem konnte er den Club schon sehen, und seine Vorfreude wuchs. Im Restaurant nahm er einen kleinen Imbiss zu sich und checkte die Lage. Eine bildhübsche, perfekt gebaute Schwarzhaarige stach aus der Menge heraus. Sie schien alleine zu sein. Er behielt sie im Auge. Plötzlich trafen sich ihre Blicke. Marko war sofort gefangen von ihrer Ausstrahlung und konnte seine Augen nicht mehr von ihr lassen.

Ihre pechschwarzen Haare und die dunkelgrünen Augen wurden durch den blutroten Lippenstift und den weißlichen Teint perfekt in Szene gesetzt. Mit wippenden Hüften steuerte sie direkt auf ihn zu. Es hatte den Anschein, dass der Jäger seine Beute gefunden hatte. Selbstsicher blieb sie vor ihm stehen und sagte: „Hallo, hübscher junger Mann, warum starren Sie mich so unanständig an?" Dabei zeigte sie mit einem entwaffnenden Lächeln ihre perfekten schneeweißen Zähne.

Es dauerte etwas, bis sich Marko gefangen hatte, dann erwiderte er galant: „Einer solchen Schönheit kann man sich nicht entziehen."

Mit einem schelmischen Grinsen zog sie ihn in den Club. Ausgelassen bewegten sie ihre Körper zur Musik, bis zum Morgengrauen. Leicht beschwipst knutschten sie in der U-Bahn wie zwei Teenager. Marko schloss seine Wohnungstür auf und trug Tatiana über die Schwelle.

„Starker Mann, jetzt will ich dich, und zwar sofort hier im Flur", hauchte Tatiana. Wie zwei wilde Tiere fielen sie übereinander her und verloren sich dabei.

Irgendwann wachte Marko auf und schloss seine Augen gleich wieder. Sein Kopf brummte und sein Rücken schmerzte. Er ließ sich Zeit, um richtig wach zu werden und startete einen neuen Versuch. Langsam erhob er sich und öffnete seine Augen. Tief Luft holend sammelte er seine Kräfte, dann fiel ihm plötzlich ein, was sich in der letzten Nacht abgespielt hatte. Grinsend schaute er sich um, doch seine Traumprinzessin lag nicht, wie erhofft, neben ihm. Etwas enttäuscht roch er auch keinen frischen Kaffee. Er erhob sich und betrat das Badezimmer. Als er die Buchstaben am Spiegel sah, verflog die Enttäuschung wieder. Schneller als erhofft, kam sie zurück.

Mit rotem Lippenstift stand geschrieben: „Danke für die befriedigende Nacht, du Hengst." Das war alles.

Keine Telefonnummer, keinen Nachnamen und auch sonst kein Hinweis zu ihrer Identität. Erst jetzt sah er im Spiegel, dass sein Hals mit blutigen Kratzspuren übersät war.

Abrupt fiel ihm sein schmerzender Rücken ein und er drehte sich um. Überall Kratz- und Bisswunden, die mit einer Kruste belegt waren.

„Dieses wilde Biest", sagte er zu seinem Spiegelbild. Mit hängendem Kopf erledigte er seine Morgentoilette und ging in die Dusche.

„Scheiße, brennt das", fluchte er mehrmals. Beim Abtrocknen rissen einige Krusten ab und Blut benetzte das Handtuch. Als er die Tropfen seines Blutes auf dem Boden sah, wurde er plötzlich erregt.

Kopfschüttelnd beendete er die Zeremonie, zog sich einen schwarzen Hoodie und eine ebenfalls schwarze Unterhose an und begab sich in die Küchenecke. Während des Frühstücks schlug er auf einmal mit der Faust so hart auf den Tisch, dass seine Kaffeetasse beinahe umkippte.

„Verdammt, wie soll ich sie finden?", rief er verzweifelt. Dann hatte er eine Idee. Er spritzte auf, schnappte sich Papier und Bleistift, lief ins Badezimmer und schrieb die Botschaft nieder. Zufrieden setzte er sich wieder an den Beistelltisch und blickte angestrengt auf die Buchstaben.

„So so, ein Anagramm, wie teuflisch. Ich begehre dieses Weib", flüsterte er und machte sich daran, das Rätsel zu lösen.

Nach mehreren Stunden zerknüllte er das Papier und warf es unter lautem Fluchen in die Ecke. Mit aufgestütztem Kopf saß er da und überlegte, wie er sie wiedersehen könnte. Jedes Gespräch, jeden Wortfetzen analysierte er, doch nichts deutete darauf hin, wo sie herkam, oder wer sie war. Keinen Nachnamen, einfach nichts hatte sie von sich preisgegeben. Noch einmal ging er jedes Gespräch Wort für Wort durch, bis er unvermittelt grinste.

„Hab ich dich", sagte er und holte sein Tablet. Nachdem seine Finger über die virtuelle Tastatur flogen, lehnte er sich zurück und las laut vor:

„Ein Nachkomme der Gräfin Elisabeth Báthory. Mal sehen, was Wikipedia dazu sagt: Ihre Verurteilung als Serienmörderin im Jahr 1611 gab Anlass zur Legende der Blutgräfin. Mehr als achtzig Mädchen soll sie umgebracht haben, nachdem sie sie grausam gefoltert hatte. Im Blut der Toten soll sie gebadet haben."

Fassungslos stand er auf und ging auf und ab. Immer wieder sagte er „das gibt's doch nicht" vor sich hin. Als sich der Tag dem Ende zuneigte, blieb er stehen. Seine Schultern sackten nach unten, und er bot einen jämmerlichen Anblick. Mit schlurfenden Schritten schleppte er sich ins Bett und schlief auf der Stelle ein.

Gnadenlos schrillte der Wecker. Jeder Versuch, ihn zu zertrümmern, misslang. Gähnend stand Marko auf und ging ins Bad. Schlecht gelaunt zog er sich an, schlürfte einen Kaffee und machte sich auf den Weg zur Arbeit. Im Büro angekommen, ignorierte er die Blicke seiner Kollegen. Missmutig schaltete er den Computer ein und nahm das erste Telefonat entgegen. Der Kunde bemerkte sofort seine schlechte Laune und bot an, später nochmal anzurufen. Marko knallte den Hörer auf und lief zur Kaffeeküche. Alle machten ihm Platz und die Frauen kicherten, als sie sich davon machten.

„He, du Miesepeter!", sagte eine Stimme neben ihm.

Blitzschnell drehte sich Marko um, hob die Hand zu einer Ohrfeige, ließ es aber dann doch sein, als er seinen Kollegen Peter erkannte, der ihm gegenüber saß.

„War 'ne wilde Nacht, oder?", fragte Peter und zeigte auf Markos Hals.

„Ja, ja, lass mich in Ruhe", erwiderte Marko und schenkte sich einen Kaffee ein.

„Hast du's nicht gebracht, oder was?", fragte Peter und bereute es sofort! Der Inhalt von Markos Becher schlug ihm ins Gesicht.

„He, du Arschloch!" rief Peter. Als er wieder sehen konnte, war Marko verschwunden.

Wütend, mit stampfenden Schritten, verließ Marko das Gebäude und machte sich auf den Heimweg.

„Ich muss sie vergessen, ich muss", sagte er immer wieder vor sich hin. Zu Hause angekommen, schaltete er den Fernseher ein und zappte durch das Vormittagsprogramm. Bei der Aufarbeitung eines Verkehrsunfalles blieb er hängen. Mehrere Leichen lagen zerstreut auf der Straße und eine Überwachungskamera zeigte, wie eine der Leichen von einem Sattelschlepper überrollt wurde. Marko sah aufmerksam zu und spürte plötzlich, wie sein eigenes Blut in Wallung geriet. Als die erste Nahaufnahme einer toten Frau auf dem Bildschirm erschien, bekam er eine Erektion. Fassungslos starrte er abwechselnd auf den Bildschirm und auf die Beule in seiner Jogginghose. Mit zittrigen Händen schaltete er den Fernseher aus und schloss die Augen. Nachdem er drei Mal tief durchgeatmet hatte, erhob er sich, zog sich an und verließ die Wohnung.

Ziellos lief er durch die Straßen. Jeder schwarzhaarigen Frau lief er hinterher, tippte auf ihre Schulter und zog sich enttäuscht zurück. Immer aufdringlicher wurde seine Suche, bis ihn ein Mann zur Rede stellte. Erst jetzt wurde ihm sein abnormales Verhalten bewusst. Er entschuldigte sich und ging wieder nach Hause. Tatiana wollte ihm trotzdem nicht mehr aus dem Kopf gehen.

Am nächsten Morgen meldete er sich krank. Die ganze Nacht hatte er nur von Tatiana geträumt. Ihr Gesicht schwebte vor seinem inneren Auge. Egal, ob seine Augen offen oder geschlossen waren.

Erschöpft legte er sich auf das Sofa und schaltete die Flimmerkiste ein. Nachdem er bei einem Kanal mit Dokumentationen über Operationen hängenblieb, schaute er gebannt auf den Bildschirm. Als das Skalpell in die Haut eindrang, bekam er eine Gänsehaut. Fasziniert folgte er der angeblich echten Operation. Als das Herz herausgenommen wurde, konnte er ein Aufstöhnen nicht unterdrücken. Plötzlich bekam er Durst und drückte die Pausentaste. Ohne es zu bemerken, suchte er so lange im Getränkeschrank, bis er einen tiefroten Wein gefunden hatte. Er nahm einen kräftigen Schluck. Dabei tropfte ein wenig auf seinen Handrücken. Blitzschnell hob er die Hand zum Mund und leckte sie gierig ab. Ohne weiter nachzudenken, legte er sich wieder auf die Couch und drückte auf Play. Das zu ersetzende Herz wurde in eine Schale gelegt und schlug einfach weiter. Als die Schale sich langsam mit Blut füllte, bekam er wieder eine Erektion. Automatisch glitt seine Hand in die Hose, während sein Blick an der nächsten Szene hing. Ohne sich dessen bewusst zu sein, sabberte er vor sich hin. Als die Doku zu Ende war, zappte er hastig zu den nächsten blutigen Bildern.

Er erwachte mitten in der Nacht. Die Flasche Rotwein lag geleert am Boden, der Fernseher lief und Marko musste dringend pinkeln. Die Spermaflecken ignorierend, erhob er sich und wankte zur Toilette. Als er dann vor dem Spiegel stand und sein Ebenbild sah, wurde ihm schlecht. Nachdem er sich ins Waschbecken erbrochen hatte, sah er sich wieder tief in die Augen.

„So kann es nicht weitergehen", hauchte er und schleppte sich in sein Bett. Doch auch diese Nacht war geprägt von der schwarzhaarigen Schönheit. Sein Verlangen nach ihr wurde immer stärker!

Am nächsten Morgen versuchte er, die Gedanken in seinem Kopf in einen Käfig zu sperren. Er duschte und lief aus dem Haus. Mit Mühe unterdrückte er den Drang, den schwarzhaarigen Frauen nachzustellen. Nach zwei Stunden hielt er es nicht mehr aus und sprach eine an. Zu seiner Überraschung verwickelte sie ihn in ein längeres Gespräch. Sie setzten sich auf eine der vielen Bänke im Park und plauderten. Eigentlich redete fast nur sie. Aber endlich bekam Marko die Ablenkung, die er benötigte. Der Tag neigte sich dem Ende zu und sie verabredeten sich zum Essen. Marko war hin- und hergerissen. Sie war nicht unbedingt hässlich, aber sie war nicht Tatiana!

Zuerst wollte er nicht zu der Verabredung gehen, doch sein Magen knurrte und er musste etwas essen. Er kam etwas zu spät, doch sie hatte auf ihn gewartet. Marko hatte Mühe, seine Gedanken im Griff zu halten. Nach dem zweiten Glas Rotwein verließen sie das Lokal und bummelten durch den Park. Die warme Luft roch nach Sommer, und sie ließen sich auf einer Bank abseits des Hauptweges nieder. Ohne Umschweife legte sie ihren Arm über seine Schulter und sie küssten sich. Sie war etwas ungeschickt und biss sich in ihre Unterlippe.
„Sorry", hauchte sie. Als Marko das Blut sah, begann er zu zittern. Alles in ihm lechzte danach, ihre Lippen abzulecken. Bevor sie ein Taschentuch hervorholen konnte, stürzte er sich auf sie. Sie hatte keine Chance,

sich zur Wehr zu setzen. Wie ein Tier fiel er über sie her und leckte ihr Gesicht und ihren Hals ab. Gierig sah er die Adern an ihrem Hals, wie hypnotisiert folgte er dem Pulsschlag. Die Ohrfeige ignorierend, bohrte er seine Zähne in ihren Hals und begann zu saugen.

Sie schrie - und ihre Schreie wurden erhört! Plötzlich standen mehrere Personen um sie herum und kräftige Hände zogen ihn von seinem Opfer weg. Er wehrte sich, bis er einen Schlag mitten in sein Gesicht bekam. Benommen lag er am Boden und fuhr mit der Hand durch sein Gesicht.

Als sein Blick an seinen blutverschmierten Händen hängenblieb, lächelte er und leckte sie genüsslich ab.

„Was bist du denn für ein Perverser?", fragte jemand hinter ihm. Nachdem Marko jeden Tropfen abgeleckt hatte, erhob er sich. Die Menge machte ihm Platz, von seiner Begleitung keine Spur mehr. Als er die Sirenen der Polizei hörte, erwachte er aus seinem Blutrausch.

Blitzschnell drehte er sich um, fand eine Lücke in der Menschenmenge und stürzte davon. Die nach ihm packenden Hände griffen ins Leere. Marko rannte, verlor einen Schuh und rannte weiter, raus aus dem Park, in die belebte Einkaufsstraße. Er zog auch den linken Schuh aus und machte sich etwas frisch. Zielsicher steuerte er ein Bekleidungsgeschäft an, fuhr mit der Rolltreppe nach oben, schnappte sich ein paar Sachen und verschwand in der Umkleidekabine. Schnell zog er die neuen Sachen an, riss die Etiketten ab und bündelte seine alten Sachen. Freundlich drückte er der verdutzten Verkäuferin ein fürstliches Trinkgeld und die Etiketten in die Hand und lief mit ihr zur Kasse.

Er bezahlte, drückte ihr die alten Sachen in die Hand und flüsterte ihr ins Ohr: „Beziehungsprobleme. Danke für Ihr Verständnis."

Ziellos irrte er durch die Einkaufspassage und versuchte zu verstehen, was er getan hatte.

„Das bin nicht ich", flüsterte er immer wieder vor sich hin. „Was hat Tatiana nur aus mir gemacht?"

In seiner Wohnung angekommen, ging er zuerst duschen. Danach stocherte er lustlos in einem Fertigmenü herum und warf es letztendlich in die Mülltonne. Auf dem Weg zum Sofa blieb er stehen und überlegte. Er drehte sich um, schnappte sich sein Tablet und googelte.

„Blut trinken", gab er in Wikipedia ein und las das Ergebnis laut vor:

„Aus medizinischer Sicht gibt es eine mögliche Diagnose für die selbsternannten Vampire: Das Renfield-Syndrom. Menschen, die an dieser Krankheit leiden, verspüren den Drang Blut zu trinken. Der Name dieser Krankheit bezieht sich auf R.M. Renfield, einer Romanfigur aus „Dracula" von Bram Stoker."

Verwirrt starrte er auf den Bildschirm.

„Bin ich ein Vampir?", stotterte er.

Millionen Gedanken schossen ihm durch den Kopf. Dann fiel ihm die Blutgräfin wieder ein und er sprang auf. Er lief in die Küche und kam mit einem scharfen Messer zurück. In der anderen Hand hielt er ein Glas und legte beides vor sich auf den Tisch. Nachdem er tief durchgeatmet hatte, hob er das Messer, und ohne weiter zu überlegen, schnitt er sich in den Handballen.

Das Glas fing das Blut auf und Marko spürte wieder den Druck zwischen seinen Schenkeln. Er wartete, bis der letzte Tropfen im Glas verschwand.

Mit starrem Blick auf das Glas überlegte er, ob er es wirklich tun sollte. Seine Erektion drückte gegen die zu enge Hose, und eine Gänsehaut bedeckte seinen Körper.

Abrupt griff er zu und leerte es in einem Zug. Mit einem lauten Knall stellte er es auf den Tisch zurück und wartete, wartete auf den Brechreiz. Doch nichts geschah – eher das Gegenteil! Das Verlangen nach mehr meldete sich.

Marko stand auf, wankte ins Schlafzimmer und verließ es in den nächsten achtundvierzig Stunden nur, um zur Toilette zu gehen.

Er spürte das Verlangen, dass immer mächtiger in ihm wurde. Hartnäckig wehrte er sich dagegen, doch die Gegenwehr begann langsam, aber sicher, zu bröckeln. Die Gier, das unbändige Verlangen nach Tatiana, brannte in seiner Seele. Doch das andere Bedürfnis zehrte ebenfalls in seinem Inneren.

Der Kampf dauerte. Doch das Neue in ihm, das Tier, wie er es nannte, wurde immer stärker und stärker. Fieberschübe schwächten seinen Körper zusehends, doch Marko gab nicht auf. Er kämpfte und versuchte verzweifelt, die Herrschaft über seinen Geist zu behalten. Doch dann riss die erste Kette, die er dem Tier angelegt hatte.

Erschrocken riss er die Augen auf, doch es war zu spät. Eine Träne lief über seine glühende Wange, dann schloss er die Augen. Er hatte den Kampf verloren!

Verängstigt, und emotional völlig am Ende, zog er sich im Geiste in eine Ecke zurück und verharrte bewegungslos. Das Tier übernahm die Kontrolle - und Markos Körper erhob sich. Mit durchgeschwitzten Klamotten verließ er das Schlafzimmer. Seine Blase erleichterte sich auf dem Weg in die Küche, dem Tier war das egal. Mit einer grinsenden Fratze begab er sich in den Flur. Gehetzt schaute das Tier sich um, doch niemand bemerkte es. Als er die Straße betrat, starrte er in die Augen einer Frau, die ihm den Weg versperrte. Er fletschte die Zähne und die Frau begann zu laufen. Ohne sich umzudrehen, verschwand sie um die nächste Ecke. Grunzend setzte er seinen Weg fort. Im Schatten der Dämmerung erreichte er den Park. Die wenigen Menschen, die ihm begegneten, gingen ihm aus dem Weg. Einer drückte ihm einen Zehnpfundschein in die Hand und lief ebenfalls schnell weiter.

Sein Aussehen unterschied sich nicht von dem des Penners, der unweit von ihm Zeitungen auf einer Bank auslegte. Sabbernd zog er sich hinter einen Busch zurück und beobachtete den Mann, der sein Nachtlager aufschlug. Mit der Hand fühlte er den Griff des Messers in seiner Hosentasche und seine Erregung wuchs!

Marko öffnete die Augen und erschrak. Schlagartig wurde ihm bewusst, was gleich passieren würde!

„Nein", flüsterte er und mobilisierte seine letzten Kraftreserven. Blitzartig versuchte er, die Kontrolle zurückzuerobern, doch er versagte kläglich. Ohne auf seinen Angriff zu reagieren, setzte das Tier zu einem Sprung an. Ehe der Landstreicher sich wehren konnte, saß das Tier auf ihm und rammte das Messer mitten in sein Herz. Mit der anderen Hand hielt er dem Mann den Mund zu, bis der Glanz in seinen Augen erlosch. Marko musste mit ansehen, wie das Monster in ihm das Messer ansetzte und den Brustkorb aufschlitzte. Mit einem Jaulen hielt er das zuckende Herz des Mannes in seiner Hand. Gierig biss er hinein - und wenig später verschlang er es. Marko hielt sich die Ohren zu, gefangen in seinem eigenen Körper, doch plötzlich kamen seine Kräfte zurück. Unsicher, was gerade mit ihm passierte, hielt er inne, während das Tier weiterhin wie wild immer wieder das Messer in den Toten bohrte. Dazwischen beugte es sich immer wieder herab und leckte wollüstig das Blut auf. Marko, immer noch verwirrt, spürte die neue Kraft, dann handelte er. Das Tier in ihm jaulte kurz auf, doch diesmal hatte es keine Chance. Marko übernahm wieder die Kontrolle über seinen Körper. Zuerst ließ er das Messer fallen, dann stand er auf und schaute sich um.

Niemand war zu sehen, doch was er sah, brachte ihn zum Würgen. Er musste hier weg, so schnell wie möglich, das war ihm klar.

Er verschmolz mit der Dunkelheit und befand sich wenige Minuten später auf der anderen Seite des Parks. An einem Brunnen säuberte er sich, so gut es ging.

„Ich muss in meine Wohnung", flüsterte er, als eine Stimme hinter ihm sagte: „Nein, das musst du nicht."

Marko erstarrte, die Stimme erkannte er sofort! Blitzschnell drehte er sich um - und wahrhaftig, da stand sie direkt vor ihm!

„Du bist nun bereit, folge deiner inneren Stimme, sie wird dich zu mir führen", sagte Tatiana und löste sich in Luft auf. Markos Herz brannte, als sie verschwand und er begann zu weinen. Das sehnsüchtige Gefühl, sie wieder zu sehen, machte sich in ihm breit. Es wuchs und wuchs, nahm übermächtige Züge an und er lief los. Die Sehnsucht zerriss ihn regelrecht und er lief immer schneller. Seine Umgebung war ihm egal, sein Ziel unbekannt. Er ließ sich leiten, immer weiter und weiter rannte er, bis seine Flanken zu stechen anfingen. Atem holend lehnte er sich an das Gitter eines eisernen Tores. Es war nicht einfach, dem Drang weiterzugehen standzuhalten. Doch sein Körper benötigte eine Pause. Er hörte nicht, wie die Kirchturmuhr in seiner Nähe zwölf Uhr schlug.

Und er sah nicht, was über dem Tor stand, das er öffnete und eintrat. Ohne das Denkmal von Karl Marx eines Blickes zu würdigen, lief er immer weiter, seinem Ziel entgegen!

Er spürte, dass es nicht mehr weit war und wäre beinahe über den Grabstein von Douglas Adams gestolpert. Das Mausoleum von George Michael ließ er links liegen und steuerte auf ein kleineres, älteres Gebäude zu. Das hölzerne Tor stand einen Spalt breit offen und er trat ein.

Da stand sie vor ihm, zwischen den steinernen Särgen längst vergangener Seelen, erhellt vom Vollmond, der durch die Öffnungen schien! Er war nicht in der Lage, einen Freudenschrei zu unterdrücken und wollte loslaufen, doch etwas hinderte ihn daran. Gierig verschlang er Tatianas perfekten Körper in dem hautengen Lederkostüm, das sie trug. Erst jetzt fiel ihm das Diadem auf ihrem Kopf auf, doch dieses Detail verschwand wieder. Zurück blieb die Gier, die Gier nach ihrem Körper, ihren Lippen, ihrer Zunge!

„Hallo Marko, schön, dass du mich gefunden hast", hauchte sie ihm entgegen.

„Ich will dich", rief er und setzte sich in Bewegung.

Als er vor ihr stand, zitterte sein ganzer Körper. Vorsichtig wanderte seine Hand auf sie zu und berührte sie sanft an ihrem Hals.

Sie lächelte und entblößte ihre Zähne. Marko sah die spitzen langen Eckzähne und strahlte über das ganze Gesicht.

„Nimm mich", flüsterte er und reckte seinen Hals in ihre Richtung.

Tatiana schlug ihre Zähne in seinen Hals und begann sein Blut auszusaugen. Dabei liebkoste sie ihn an seinem Oberkörper, sodass er lustvoll aufstöhnte.

Als ihn seine Beine nicht mehr trugen, ließ sie von ihm ab und legte ihn vorsichtig auf einen Steinsarg.

„Siehst du, ich habe dich nicht angelogen, als ich dir sagte, ich bin ein Nachkomme der Blutgräfin", sagte sie und streichelte zärtlich seine Genitalien.

Lächelnd sah er in ihr Gesicht, Millionen Glückshormone überfluteten ihn und er schloss die Augen - für immer.

— — —

„Hallo, und guten Morgen! Ich bin es, euer Harry Flint. Habt ihr schon gehört, was heute Nacht auf dem berüchtigten Friedhof Highgate Cemetery passiert ist? Die Leiche eines jungen Mannes wurde dort gefunden. Was ist so unglaublich daran, fragt ihr? Das kann ich euch sagen. Der Junge war blutleer. Ihr habt richtig gehört, kein Tropfen befand sich in seinem Körper und auch sonst war das Blut verschwunden.

Sind die alten Geschichten doch wahr? Hatten diese Verrückten, David Farrant und Sean Manchester, damals recht, als sie mehrere Leichen ausgruben und sie mit Holzkreuzen pfählten.

Damals stürmten mehr als einhundert Wahnsinnige den Friedhof, um ihn von den Vampiren zu befreien.

Leute, Leute! Ich frage mich, was wohl George Michael dazu sagen würde?

So, zurück zum Alltag. Das Wetter heute wird durchwachsen, nehmt einen Schirm mit, wie immer in London.

Und nun die Titelmusik zur Serie „The Vampire Diaries."

Ende

Metro

Thomas drückte Diana an sich, die die Geste wohlwollend aufnahm. Er wusste, dass sie unter einer leichten Klaustrophobie litt, während sie auf den Metroeingang zuschritten. Für Diana öffnete sich das Tor zur Hölle, und sie atmete mehrmals tief ein und aus. Die Berührung tat gut und ihre Selbstsicherheit gewann langsam aber sicher die Oberhand. Verstohlen blickte sie sich um, doch niemand ihrer Klassenkameraden hatte etwas bemerkt. Die meisten waren fröhlich gestimmt durch die Tatsache, dass sie zum Louvre unterwegs waren.

‚Diese blöden Intellektuellen', dachte sie und wünschte sich, mit Thomas auf dem Eiffelturm zu stehen. Doch dieser Ausflug stand erst morgen auf dem Programm. Sie waren das einzige Liebespaar der Abschlussklasse aus Kaiserslautern. Nach diesem Ausflug würden sich ihre Wege trennen und der Ernst des Lebens würde beginnen, wie ihre Mutter immer zu sagen pflegte. Diana würde mit Thomas zuerst ein Jahr Pause machen und durch die Welt bummeln. Sie musste lächeln, als sie daran dachte, wie ihre Eltern reagieren würden, denn sie wussten noch nichts von ihren Plänen. Nach der Abschlussfahrt würde sie mit ihnen darüber reden.

Gefallen würde ihnen das sicherlich nicht, doch Diana war fest entschlossen, es durchzuziehen. Nichts würde sie davon abhalten, mit Thomas an ihrer Seite war sie unschlagbar.

In ihre Gedanken vertieft, hatte sie gar nicht bemerkt, dass sie schon am Bahnsteig angekommen waren. Erleichtert stellte sie fest, dass es ziemlich hell und geräumig war.

Thomas zog sie auf die Seite und küsste sie. Zwei ihrer Freundinnen kicherten, was ihn dazu veranlasste, sich von der Gruppe zu entfernen. Hinter einer Werbetafel drückte er sie leidenschaftlich an die Wand. Auf einmal gab die Wand nach und sie fanden sich eng umschlungen auf dem Boden wieder. Kichernd rappelten sie sich auf, als die vermeintliche Tür, durch die sie gestolpert waren, mit einem lauten Knall zuflog. Dunkelheit umgab sie. Schlagartig kam Dianas Angst zurück! Sie konnte einen Aufschrei nicht unterdrücken, ihre Hände suchten verzweifelt nach Thomas. Dann fand sie, wonach sie suchte und drückte die Hand ganz fest. Doch irgendetwas stimmte nicht, stimmte ganz und gar nicht.

Das Ratschen eines Feuerzeuges erhellte die Szene und dieses Mal schrie Diana nicht mehr alleine. Thomas hätte vor lauter Schreck beinahe sein Feuerzeug fallen lassen. Er brauchte einen Moment, bis das Zittern aufhörte.

Diana klammerte sich an ihn und er hatte Mühe, das kleine Rädchen am Feuerzeug zu bewegen, doch er schaffte es.

„Lass deine Augen zu, Diana", sagte er so sicher, wie es seine Stimme zuließ. Langsam gewöhnten sich seine

Augen an das kleine Licht und er blickte sich um. Diana zitterte am ganzen Körper und erschwerte sein Vorhaben. Dann sah er die Tür, ignorierte, was er sonst noch sah und setzte sich in Bewegung.

„Wo willst du hin?", schluchzte Diana.

Er antwortete: „Zur Tür, und dann nichts wie raus hier."

Eng umschlungen erreichten sie die Tür. Thomas suchte nach der Klinke, doch es war keine da! Fluchend führte er das Feuerzeug an der Zarge entlang, in der Hoffnung, eine andere Konstruktion zu finden, womit die Tür sich öffnen ließ. Enttäuscht musste er feststellen, dass die Tür keine Scharniere besaß und auch sonst nichts auf eine Lösung hindeutete.

„Verdammte Scheiße", fluchte er und löschte das Licht. In völliger Dunkelheit standen sie da und wussten nicht, was sie tun sollten.

Plötzlich packte ihn die Wut und er trat gegen die Tür. Diana verstand und hämmerte mit beiden Fäusten dagegen. In ihrer Verzweiflung begannen sie zusätzlich um Hilfe zu rufen.

Nach mehr als fünf Minuten, und mit Schmerzen in Händen und Füßen, gaben sie auf und lauschten. Doch nichts tat sich.

„Wie kann das sein, dass uns niemand hört?", fragte Thomas.

„Keine Ahnung, hier kommen wir jedenfalls nicht raus", stammelte Diana und drückte Thomas' Hand so fest, dass er vor Schmerzen das Gesicht verzog.

„Was sollen wir jetzt nur machen?", flüsterte Diana mit Tränen in den Augen.

„Ruhig bleiben, das ist jetzt das Wichtigste. Lass uns sparsam mit dem Feuerzeug umgehen. Ich schaue jetzt in diese Richtung und du in die andere. Dann mache ich kurz das Licht an. Es wird bestimmt einen Gang geben, also Augen zu und auf mein Kommando aufmachen", sagte Thomas.

Das Licht flackerte kurz auf und beide schrien, als sie die Augen öffneten! Thomas fiel das Feuerzeug zu Boden und er bückte sich, um es aufzuheben. Diana erschrak, als sie ihn nicht mehr spürte und schlug wie verrückt um sich. Getroffen, schnappte Thomas nach Luft, seine Hand schloss sich um das Feuerzeug, und er atmete erleichtert auf.

Er stand auf, schlang seine Arme um Diana und redete beruhigend auf sie ein.

„Totenschädel, Skelette - überall", stöhnte Diana.

Thomas antwortete: „Aber sie sind alle tot, Diana. Sie können uns nichts tun."

„Hast du es nicht gesehen? Sie lachen, sie lachen uns aus. Ich will hier raus!", schrie sie.

Es dauerte lange, bis sie schluchzend in seinen Armen lag. Immer wieder sprach er beruhigend auf sie ein, dabei streichelte er ihr sanft über das Haar. Seine

Gedanken versuchten, ihre Situation einzuschätzen. Er hatte einen Gang gesehen, der nach wenigen Metern einen Bogen nach links machte. Die Schädel fielen ihm wieder ein und eine Gänsehaut jagte über seinen Rücken. Diana hatte recht, sie grinsten. Mit einem Mal dachte er an die letzte Geschichtsunterrichtsstunde. „Katakomben von Paris" war eines der Themen. Er erinnerte sich an Millionen Tote, die hier unten vergraben waren.

„Scheiße", stöhnte er.

Diana, noch zitternd in seinen Armen, fragte: „Was hast du gesagt?"

Er antwortete: „Nichts! Wie sieht es aus? Ich habe einen Gang auf meiner Seite gesehen, sollen wir ein Stück gehen?"

Diana nickte, bis sie bemerkte, dass Thomas sie gar nicht sehen konnte. „Ja, aber in der Mitte des Ganges", stammelte sie.

Thomas drehte den Zündmechanismus und das Gas entzündete sich. Er drehte die Flamme so klein wie möglich. Eng umschlungen gingen sie einige Schritte. Als sie um die Biegung liefen, wurde es auf einmal heller.

Ungläubig schaute sich Thomas um, doch er konnte zuerst keine Lichtquelle erkennen. Urplötzlich erfasste sein Gehirn, woher das Licht kam - und seine Nackenhaare stellten sich!

„Täusche ich mich, oder leuchtet es aus den Augenhöhlen der Totenschädel an den Wänden?", wisperte Diana.

Thomas gab keine Antwort. Er schob sie sanft weiter, auf eine weitere Biegung zu. Er ließ die Gaszufuhr am Feuerzeug los, es war hell genug.

Vor ihnen öffnete sich der Durchgang zu einer riesigen Halle. Automatisch blieben sie stehen und schauten sich um. Die runde Halle hatte einen Durchmesser von mehr als hundert Metern und eine Höhe von etwa zehn Metern. Die Wände und die Decke bestanden ausschließlich aus Totenschädel. Ein rötliches Licht erhellte die Halle bis in den letzten Winkel.

„Das sind mehr als dreißig Ausgänge", flüsterte Diana.

Thomas hörte gar nicht zu. Sein Blick fokussierte sich auf den grauen Bach, der mitten durch die Halle lief. Diana folgte seinem Blick und erstarrte.

„Das ist kein Wasser, das sind Ratten, Millionen Ratten!", wisperte sie.

Thomas verstärkte den Druck auf ihre Schulter, doch er konnte es nicht verhindern! Diana begann zu schreien. Das Echo ihrer Schreie hallte durch die Unterwelt, und plötzlich bewegte sich der Bach nicht mehr! Millionen Ratten hoben ihre Köpfe und schwarze leblose Augen blickten sie an. Ohne ein ersichtliches Kommando setzte sich die Masse wieder in Bewegung.

Doch sie verließen ihren eingeschlagenen Weg und kamen direkt auf sie zu!

„Los, klettere hoch, sofort!", schrie Thomas und hob Diana in die Höhe. Ohne nachzudenken, krallte sich Diana fest und zog sich nach oben.

Thomas tat es ihr gleich.

„Blick nur nach unten, Diana", rief Thomas über das schnarrende Geräusch hinweg. Zu spät! Diana sah zur Wand. Ihre rechte Hand steckte direkt im Maul eines Schädels. Sie schrie und ließ los, doch Thomas hatte damit gerechnet. Blitzschnell schnappte er zu und fing Diana auf. Nur wenige Zentimeter über dem Boden hielt er sie fest. Die Rücken der Ratten berührten ihre Schuhe, schnell zog sie die Beine an. Langsam zog sie sich an Thomas hoch und klammerte sich an seinem Rücken fest. Schwer atmend hielt sich Thomas fest. Seine Hände schmerzten und er war sich sicher, nicht mehr lange durchzuhalten. Doch dann geschah das Unerwartete! Es wurde still! Keine Ratte war zu sehen, als hätten sie sich in Luft aufgelöst.

Erleichtert stiegen sie nach unten. Auf zitternden Beinen liefen sie auf die Mitte der Halle zu.

„Welchen Gang nehmen wir?", fragte Diana.

Die Entscheidung wurde ihnen abgenommen. Das Licht veränderte sich, es begann zu flackern und wurde blutrot. Diana sah es zuerst und schlug ihre Hände vor den Mund. Aus den Augen der Schädel floss eine Flüssigkeit.

„Blut", sagte Thomas und bekam seinen Mund nicht mehr zu. Wieder veränderte sich der Raum. Stimmen erklangen. Schmerzvolle Schreie wechselten sich mit einem fürchterlichen Weinen ab. Als der Knall einer Peitsche ertönte, zuckten beide erschrocken zusammen.

Mit zittrigen Fingern deutete Diana in eine der Öffnungen gegenüber. Kinder erschienen. In Lumpen gehüllt und mit Ketten aneinandergefesselt, stolperten sie in die Halle. Zwanzig Minderjährige schleppten sich immer weiter, angetrieben vom Hall der Peitsche eines Aufsehers. Zu keiner Bewegung fähig, standen sie da und beobachteten, bis sie der Aufseher erblickte.

„Was wollt ihr hier? Haltet euch fern, das Pack ist krank", rief er ihnen zu. Die Karawane bog ab, und wenig später war sie in einem der Gänge verschwunden.

Erst jetzt bemerkten sie, dass sie knöcheltief in einer roten Flüssigkeit standen.

„Das Blut…", sagte Thomas. Weiter kam er nicht. Ein fürchterliches Lachen erklang. Sie mussten sich die Ohren zuhalten. Als sie sahen, woher das Geräusch kam, musste Diana sich übergeben.

In Blut stehend, starrte Thomas auf die Totenschädel, die ihre Unterkiefer im Takt des Lachens bewegten. Sein Gehirn konnte das alles nicht mehr begreifen. Dem Wahnsinn nahe, sah er nicht die Gestalt, die sich auf sie zu bewegte.

So plötzlich, wie das Lachen angefangen hatte, hörte es auf. Diana nahm ihre Hände von den Ohren und erschrak.

Ein in Lumpen gehüllter, völlig entstellter Mann stand vor ihr. Sein Körper war übersät mit schwarzen Beulen. Aus einigen lief der Eiter herab.

Er öffnete seinen zahnlosen Mund und nuschelte etwas auf Französisch. Diana ging einen Schritt zurück und zog Thomas mit sich. Durch die Bewegung kam er wieder zu sich und sah erst jetzt den Mann, der ungeniert nach Dianas Brust greifen wollte. Blitzartig schlug er nach der Hand.

Verwirrt drehte sich der Mann um und brachte sich direkt vor Thomas in Position. Fauler Atem schlug ihm entgegen, und Thomas ging einen Schritt zurück. Viel zu spät sah er den Dolch, den der Mann in Händen hielt. Ohne den Hauch einer Chance bohrte sich der Stahl der Klinge bis zum Schaft in seine Brust.

Ungläubig starrte er an sich hinab. Blut lief aus der Wunde. Langsam drehte er seinen Kopf zu Diana, die mit geöffnetem Mund ungläubig neben ihm stand.

Ihm wurde schwindelig und er ging auf die Knie. Vom Täter keine Spur mehr! Er drehte sich auf den Rücken und starrte zur Decke.

Dann geschah alles gleichzeitig! Das Lachen erklang, und die Ratten kamen zurück. Diana musste hilflos zusehen, wie die Flut der Ratten in weniger als einer Sekunde Thomas mit sich rissen.

Diana stand da, in völliger Stille, alleine! Sie wusste nicht, wie lange sie so dastand. Eigentlich wusste sie gar nichts mehr! Ein Jammern erklang und erweckte ihre Aufmerksamkeit. Mit wirrem Blick starrte sie auf eine alte Frau, die auf sie zu kroch.

Diana verlor vollends die Fassung! Schreiend sprang sie mit einem Satz über die Frau und rannte in einen der Gänge. Ihr war alles egal, sie wollte nur überleben. Von ihren Instinkten angetrieben, lief sie immer schneller und schneller, bis sie das Gleichgewicht verlor und hart auf dem Boden aufschlug. Benommen blieb sie mehrere Minuten liegen. Schluchzend raffte sie sich auf, wischte sich die Tränen aus den Augen und schaute sich verwirrt um. Schlagartig fiel ihr ein, was sie gerade durchlebt hatte. Oder war das alles gar nicht passiert! Ein Blick zurück auf die Wand voller Totenschädel, die sie höhnisch grinsend anblickten, belehrte sie eines Besseren. Gehetzt schaute sie in die andere Richtung. Der Gang machte eine Biegung, und das wenige vorhandene Licht wechselte von Rot zu Weiß. Als sie loslaufen wollte, blickte sie nach unten und sah, worüber sie gestolpert war. Eine Stoffpuppe lag zwischen ihren Füßen. Sie konnte dem Drang, sich zu bücken und die Puppe aufzuheben, nicht widerstehen.

Eine Gänsehaut lief ihr über den Rücken und ein Schwall Tränen schoss aus ihren Augen, als sie die Puppe wiedererkannte.

„Das ist ja die Puppe meiner toten Zwillingsschwester Dolores", flüsterte sie fassungslos.

„Ja, und du bist schuld an meinem Tod", sagte eine bekannte Stimme hinter ihr. Automatisch drehte Diana sich um und schaute direkt in die Augen ihrer Zwillingsschwester. Die Arme in die Hüften gestemmt, stand ein zehnjähriges Mädchen vor ihr.

„Aber, wie kann das sein?", stammelte sie.

„Nicht genug, dass du mich getötet hast, jetzt willst du mir auch noch meine Puppe wegnehmen", sagte das Mädchen und streckte die Hand nach der Puppe aus.

„Es war ein Unfall, ich konnte nichts dafür", stotterte Diana und reichte ihr die Puppe.

Erschrocken starrte sie auf ihre Schwester, die mittlerweile ihre Puppe an sich genommen hatte. Doch was war das? Ihre Schwester begann sich zu verwandeln. Sie wurde immer größer und größer!

Als der Prozess abgeschlossen war, stand ihr Vater vor ihr! Er hob die Hand, um sie zu schlagen. Das war zu viel!

Schreiend lief Diana auf das weiße Licht zu. Nach mehreren Metern endete der Gang, und sie knallte mit voller Wucht gegen eine Tür. Der Druck ihres Körpers hebelte die Tür aus den Angeln und sie flog ein Stück durch die Luft, bis sie auf dem Boden einer weiteren Höhle aufschlug. Als sie sich aufraffte, blickte sie sich um. Schürfwunden am ganzen Körper bluteten und ihr war schwindelig. Sie erkannte, dass sie in einer großen

Höhle gelandet war, eher ein Gang. Und das Erfreuliche daran waren kahle Wände und keine Totenschädel mehr.

Erleichtert traute sie sich auszuatmen, als ein Brummen erklang. Das Brummen kam näher - und es wurde zunehmend heller.

Erst jetzt sah sie die Schienen, zwischen denen sie stand. Doch es war zu spät!

- - -

Ein dumpfer Schlag zwang den Lokführer der Metro von seiner Zeitung aufzublicken.

„Was war das?", sagte er zu sich selbst und starrte durch die blutverschmierte Scheibe.

„Scheiß Ratten! Werden immer größer. Jetzt muss ich den Wagen auch noch sauber machen, so eine Scheiße", brummte er und widmete sich wieder seiner Zeitung.

ENDE

Nachtschicht

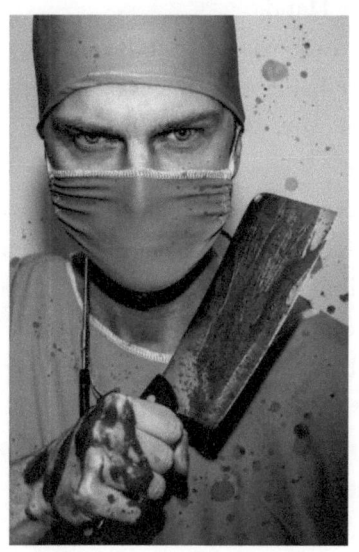

„Stefan, das ist nicht dein Ernst", lachte Moni.

„Du hast wirklich noch keinen einzigen Horrorfilm gesehen?", fragte Freddy nach, und Stefan verzog sich beleidigt in die letzte Ecke der Krankenhauskantine. Seine Medizinkollegen konnten es nicht fassen und verfolgten ihn. Stefan wurde umringt und mit jeder Menge Fragen bombardiert. Irgendwann reichte es ihm und er hob die Hand.

Moni, Freddy, Chris und Sandra schwiegen.

„Leute, wir haben das Staatsexamen geschafft und arbeiten jetzt als Assistenzärzte hier an diesem Krankenhaus. Vielleicht werden wir hierbleiben, vielleicht auch nicht. Was ich damit sagen will: jeder von euch hat ein Manko. Meines ist nun mal das Ignorieren von Horrorfilmen jeglicher Art. Natürlich kenne ich Freddy Krüger, Halloween oder Freitag der 13. und wie sie noch alle heißen. Aber ich mag diese Art von Filmen einfach nicht. Bitte akzeptiert das und ich verspreche, eure Probleme nicht ans schwarze Brett zu nageln", sagte er in die Runde.

„Musst du nicht demnächst Nachtschicht in der Pathologie schieben?", fragte Sandra breit grinsend. Stefan sparte sich eine Antwort und aß einfach weiter. Als das Lachen verebbte, wurde es still am Tisch der Nachwuchsärzte.

„Dieser Haufen soll uns mal beerben?", fragte ein Oberarzt.

Sein Gegenüber antwortete: „Wir sind verloren."
„Eher die zukünftigen Patienten", erwiderte ein Dritter am Tisch, und alle drei konnten das Lachen nicht unterdrücken.

- - -

Stefan war aufgeregt. Heute hatte er seine erste Nachtschicht in der Pathologie, kein Traumjob. Zu allem Übel befand sich noch eine Leiche, die auf eine Autopsie wartete, auf dem Tisch. Dr. Lektor, der Pathologe des Krankenhauses, bat ihn, die Obduktion alleine durchzuführen, da er heute unabkömmlich war.

„Unabkömmlich! Der geile Bock! Schwester Sigrid wird er vögeln", flüsterte Stefan vor sich hin und drückte auf den Aufzugsknopf. Im Kellergeschoss angekommen, atmete Stefan tief durch und lief den endlosen Gang entlang. An der Tür mit der Aufschrift *Pathologie Dr. Lektor* blieb er stehen und fingerte umständlich in seiner Kitteltasche. Endlich fand er den Schlüssel und steckte ihn ins Schloss. Überrascht zog er die Augenbrauen nach oben, als er feststellte, dass die Tür nicht abgeschlossen war.

„Anscheinend hat er sein Hirn schon raus gevögelt", raunte er und trat ein. Die Notbeleuchtung tauchte den Raum in ein gespenstisches Licht.

Eine Gänsehaut lief über Stefans Rücken und er tastete suchend nach dem Lichtschalter. Erleichtert atmete er auf, als das grelle Licht jeden Winkel des

Raumes erhellte. Langsam lief er nach links und öffnete den Spind. Behutsam legte er die Schürze um und griff nach den Handschuhen. Mit einem Aufschrei ließ er sie zu Boden fallen! Ungläubig starrte er auf die blutverschmierten Kunststoffhandschuhe zu seinen Füßen.

„Ist der denn noch zu retten! Lässt so eine Sauerei zurück. Diesen Vollidioten werde ich morgen beim Chef melden", sagte er und entfernte die Sauerei.

Stinksauer zog er die vorschriftsmäßige Kleidung an und begab sich zu der Leiche. Zuerst griff er nach dem Klemmbrett und las den Namen des Toten laut vor. Dann schritt er zum Fußende und verglich den Namen auf dem Zettel, der am großen Zeh der Leiche hing.

„Korrekt", sagte er zu sich selbst und richtete sein Werkzeug. Die Knochensäge würde er benötigen, da der Arme durch einen Schuss in die Brust getötet wurde.

„Ich tippe, dass die Kugel noch im Herz oder Rückenmark hängt. Das wird einfach", hat der Herr Doktor gesagt, äffte er Dr. Lektor nach.

Er sammelte sich und schlug die Plane weg. Mit einem Stift markierte er die Schnittstellen.

Das Diktiergerät lief automatisch mit, und er griff nach dem Skalpell. Das scharfe Messer drang in die Haut ein und er zog es langsam in einer Linie entlang. Der Tote war noch nicht so lange aus dem Leben geschieden, so dass der Vorgang ziemlich blutig wurde. Die Schale unter dem Tisch füllte sich mit der roten

Flüssigkeit, während Stefan mit dem zweiten Schnitt begann. Danach zog er langsam die Haut auseinander, bis der Brustkorb zur Weiterbearbeitung frei lag. Stefan konnte die Kugel noch nicht sehen und griff zur Knochensäge. Gerade, als er anfangen wollte, das Brustbein durchzusägen, hörte er ein Klopfen. Irritiert legte er die Säge zur Seite und lauschte.

„Was soll das?", flüsterte er und lief auf das Geräusch zu. Es kam eindeutig aus einer der Kühlschubladen. Schnell sah Stefan, dass an einer der Schubkästen die Anzeige nicht stimmen konnte.

„20° C", raunte er und schnappte beherzt nach dem Griff. Langsam zog er die Schublade heraus. Genau wie er dachte, kamen zwei Füße zum Vorschein. Er hielt inne, da der obligatorische Zettel am Zeh fehlte. Stefan überlegte sich den nächsten Schritt genau und entschied sich, die Temperatur an der Leiche selbst zu prüfen. Mit zittrigen Fingern griff er in die Leichenmulde. Ein Gedanke setzte sich in seinem Kopf fest: Sollte hier wirklich jemand zum Leben erweckt worden sein, von dem man dachte, er sei tot?

Als seine Finger den Knöchel erreicht hatten, spürte er sofort, dass der Körper zu warm war. Schnell zog er die Hand zurück und riss mit der anderen den Schiebewagen auf. Hastig griff er zur Plane, zog sie zurück und erstarrte.

Eine Frau in einem weißen Gewand lag in der Eisenwanne. Sie hatte eine Maske wie im Film „Scream" auf ihrem Gesicht und in der Hand hielt sie ein überdimensionales Messer. Mit einem Schrei verschaffte er sich Luft. Als die Person ihren Arm heben wollte, reagierte Stefan sofort. Mit beiden Händen drückte er den Wagen wieder zurück in die Wand. Blitzschnell arretierte er die Schublade und stellte den Blitzfroster auf -5° C. Mit pochendem Herzen trat er einen Schritt zurück. Völlig verwirrt blickte er sich um. Ein Klopfen lenkte seine Augen zurück zu der Schublade. Stefan wusste nicht, was er tun sollte. Völlig überfordert mit der Situation entleerte sich seine Blase. Sein ganzer Körper zitterte und er war auf dem besten Weg, seinen Verstand zu verlieren. Ein fürchterliches Lachen erklang, und Stefan sah sich um. Auf einem der Tische erhob sich etwas und sein Unterkiefer klappte nach unten. Eine vermeintliche Leiche warf die Plane zur Seite und setzte sich auf. Sie trug einen Hut und war im Gesicht schrecklich entstellt. Die unnatürlich langen Fingernägel sah er nicht mehr.

Jegliche Vernunft existierte nicht mehr und Stefan reagierte, ohne zu denken. Er hastete zu seinem Werkzeugwagen, schnappte nach der Schere und rannte los. Er schloss die Augen und stach zu. Immer und immer wieder stach er die Spitze der Schere in den Körper. Er zählte nicht mit, und erst ein weiteres Geräusch ließ ihn innehalten.

Stefan drehte sich um und wollte seinen Augen nicht trauen! Aus dem Nebenzimmer trat eine Gestalt mit einer Eishockeymaske und einem Messer. Lachend kam sie auf Stefan zu - der sich aus seiner Schockstarre löste. Mit unglaublicher Geschwindigkeit rannte er zu seinem Tisch und schnappte die Knochensäge. Ohne sich im Klaren zu sein, was er tat, rannte er auf die Person zu und stürzte sich auf sie. Mit der Knochensäge schlug er genau auf den Hals und traf sofort die Schlagader. Eine Blutfontäne spritzte ihm ins Gesicht. Zu spät schloss er seinen Mund. Er drehte sich um und kotzte Blut. Langsam erhob er sich und kam wankend zum Stehen. Mit wirrem Blick starrte er an sich herab. Überall klebte Blut an ihm. Sein Verstand versuchte, wieder Herr über sein Gehirn zu werden, doch es war zu spät. Stefan war nicht mehr in der Lage, einen klaren Gedanken zu fassen. Der Überlebensinstinkt hatte die volle Kontrolle und meldete sich, als wieder ein Geräusch erklang.

Wie ein wildes Tier blickte er sich um. Schnell war die Quelle lokalisiert - der Abfallschrank!

Sabbernd lief er auf den Schrank zu. Im Vorbeigehen griff er nach dem Hammer. Er positionierte sich vor der Schranktür und hob das Werkzeug in die Höhe. Blitzschnell zog er mit der anderen Hand die Tür auf und schaute in eine Gasmaske. Der Hammer sauste herunter und traf genau zwischen die beiden Glasaugen der Maske, die zersplitterten. Stefan hob den Hammer und schlug zu. Sein Herz raste, sein Puls drohte zu explodieren, als plötzlich ein Klingeln erklang.

„Das Telefon", stotterte Stefan und hielt inne. Er schleppte sich zu dem einzigen Stuhl und ließ sich kraftlos darauf fallen. Die Chromfüße ächzten unter dem Gewicht, doch das hörte Stefan nicht. Nur das Klingeln erreichte sein Gehirn. Langsam sammelte sich sein Verstand. Lange saß er mit geschlossenen Augen auf dem Stuhl. Das Klingeln hatte längst aufgehört, als er plötzlich die Augen aufriss. Seine Körperfunktionen befanden sich fast im Normalbereich, nur sein Schädel brummte unaufhörlich, als ob tausend Bienen sich darin eingenistet hätten. Er schüttelte den Kopf, und es wurde etwas besser.

„Was ist nur mit mir los?", stammelte er und sah an sich herab. Als er das viele Blut entdeckte, erschrak er und sein Puls schoss wieder in die Höhe.

Dann erblickte er den Hammer auf dem Boden und stieß einen spitzen Schrei aus.

Als er die Füße eines Menschen aus dem Abfallraum ragen sah, begann er zu zittern. Es dauerte, bis er in der Lage war, sich zu erheben. Wankend schritt er auf die Füße zu. Eine Person lag blutüberströmt auf dem Boden zwischen Abfalltüten. Als er die Hände sah, schrie er, denn den Ring an der rechten Hand kannte er. Stefan schlug die Hände vor sein Gesicht und stotterte: „Sandra, nein das kann nicht sein!"

Es kostete ihn unglaubliche Überwindung in die Hocke zu gehen, doch er brauchte Gewissheit. Auf Knien kroch er in den Raum und schob vorsichtig die

Müllbeutel zur Seite. Dann hatte er Gewissheit! Tränen kullerten über sein Gesicht zu Boden und vermischten sich mit dem Blut.

Zärtlich fuhr er mit der Hand über ihre Haare. Trotz ihres zertrümmerten Gesichtes erkannte er sie. Dann traf es ihn wie ein Blitzschlag, eine Welt brach in ihm zusammen. Er stand auf, lief zu der Person am Boden und zog die Eishockeymaske vom Gesicht.

„Chris", hauchte er. Er drehte sich um, lief zur nächsten Person und riss den Hut von der mit Blut überströmten Leiche. Mit dem Hut streifte er gleichzeitig eine Maske ab.

Stefan schrie: „Freddy!"

Mit einem Satz war er an der Schublade. Es dauerte, bis er den Verschluss öffnen konnte. Er zog die Eisenwanne heraus und erstarrte.

Ein Messer steckte in der Brust der Frau. Stefan wusste sofort, dass beim Zustoßen der Schublade die Frau sich quasi selbst erstochen hatte. Die Maske war heruntergerutscht und er flüsterte: „Moni."

Mit hängenden Schultern schlurfte er zum Stuhl und setzte sich. Die Gedanken rasten wild in seinem Kopf. Ein Wort nach dem anderen blieb zurück, bis sich ein Satz gebildet hatte: „Sie wollten mich nur erschrecken - und jetzt habe ich alle getötet!"

Lange saß er zusammengesunken auf dem Stuhl. Als die Sonne sich langsam ihren Weg durch die

Kellerfenster suchte, stand er plötzlich auf, lief zum Tisch und griff zum Skalpell. Mit geübter Routine schnitt er sich beide Pulsadern auf, setzte sich wieder hin und wartete.

Hinter ihm lief das eingeschaltete Diktiergerät weiter....

ENDE

Sieben

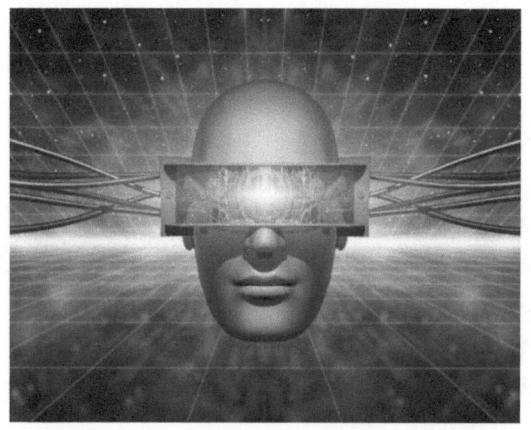

„Hast du schon davon gehört?", fragte Tom und hüpfte dabei aufgeregt hin und her.

„Was denn, du Nervensäge?", scherzte Wolle.

„Ich sag nur „Sieben", erwiderte Tom und wartete auf Wolles Antwort.

„Du meinst die special-Edition von Surrogate?"

„Genau, das verbotene Spiel im Spiel."

„Ja, und?"

„Ich kann es besorgen."

„Echt jetzt, so mit allem?"

„Jepp, VR-Helm, Spezialspielanzug und einem Zugang."

„Du meinst zwei Zugangscodes?"

„Ja klar, Bro."

„Glaub ich dir nicht."

Tom stand auf und lief in sein Spielzimmer. Als er zurückkam, warf er ein Paket vor Wolles Füße und grinste dabei wie ein kleiner Junge.

„Morgen, 15 Uhr, startet ein Spiel. Ich habe für uns Startplätze reserviert."

„Wirklich? Und da drinnen ist so ein Spezialanzug?"

„Jepp! Wie du weißt, sind die Emotionsbereiche streng voneinander getrennt. Es gibt Sex-, Sport- und jede Menge andere Anzüge, aber der hier ist besonders. Alle Emotionsbereiche sind integriert und voll funktionsfähig. Alter, das wird ein Spaß."

„Herausforderung angenommen, Tom. Morgen werden wir sehen, wer hier das Weichei ist", erwiderte Wolle, schnappte das Paket und verschwand.

Zu Hause legte er den Anzug neben seinen Spielplatz und ging in die Küche. Wenig später kam er mit einer Mikrowellen-Pizza und einem Energiegetränk zurück. Mit geübten Fingern schlüpfte er inkognito ins Darknet und sammelte Informationen. Nach einer Stunde lehnte er sich zurück und ließ die Hinweise auf sich wirken. Wirklich viel war es nicht. Immerhin wusste er, dass es sich um die Sieben Todsünden handelte und es um das Töten von Personen ging. Nicht von realen Personen, sondern Spielern aus dem Spiel Surrogate.

‚Surrogate, mein zweites ich, der Film aus dem Jahre 2010', dachte er und schüttelte den Kopf. Alle, die er kannte, hatten einen Account in diesem Spiel. Fast jeder auf der Welt spielte dieses real live-Spiel. Dort konnte man sich seine Träume verwirklichen, in dieser Welt war alles möglich.

Mit einigen Tricks und für viel Geld gekauften Spezialcodes, sogenannten Cheats, hatte er es zu einem skrupellosen Geschäftsführer eines bekannten Nahrungsmittelkonzerns gebracht.
Einer Metropolregion, mit mehr als drei Millionen Einwohnern, hatte er die einzige Wasserquelle abgenommen. Nachdem er einige hundert Bewohner verdursten ließ, konnte er so viel Geld verlangen, wie er

wollte. Dadurch wurde er reich und stieg zum Big Boss auf. Skrupel hatte er keine, es war ja nur ein Spiel!

Tom hatte es nur zum zweitklassigen Formel 1-Rennfahrer geschafft.

‚Wer ist hier der Loser?‘, dachte er und ließ sich auf die Couch fallen. Wenig später war er eingeschlafen. Von Alpträumen geplagt, wachte er mehrmals auf, bis er sich aufraffte und endlich in sein Bett schlurfte.

Im echten Leben waren er und Tom Arbeitskollegen in einer Bank und best friends. Eigentlich wollten sie den morgigen Samstag im Club verbringen und etwas für untenrum suchen. Doch das war nicht das erste Mal, dass das Wochenende anders verlaufen würde. Wolle hatte damit kein Problem. Das Spiel würde ihnen Spaß machen. Vielleicht war es ja schneller vorbei als gedacht, wer weiß das schon. All diese Gedanken gingen ihm beim Frühstück durch den Kopf.

Die Kopfschmerzen duschte er weg und ging einkaufen. Mit einem Döner saß er mittags an seinem Rechner und kümmerte sich um seine virtuelle Firma. Nachdem er fünf Mitarbeiter gefeuert und einem Selbstmordattentäter entkommen war, beauftragte er eine Killerin, um sich dann ein Nickerchen zu gönnen.

Um 14 Uhr klingelte sein Handy.

„Na, ausgeschlafen?", rief Tom. Wolle antwortete mit einem ausgiebigen Gähnen.

„Es ist schon 14 Uhr. Los, leg den Anzug an!", sagte Tom.

Wolle erwiderte: „Immer langsam, warum jetzt schon?"

„Weil ich vergessen habe, dass es eine 45-minütige Einweisung gibt."

„Okay, jetzt lass mich erst was essen. In fünfzehn Minuten bin ich online", antwortete Wolle und legte auf.

Fünfzehn Minuten später startete er seinen Spezialrechner, schlüpfte in den Anzug und legte den VR-Helm bereit. Auf seinem Handy öffnete er einen privaten Chat mit Tom und schrieb:

„Bin bereit, Bro."

„Alles klar, pass auf! Egal, was passiert, wir ziehen das durch", antwortete Tom.

Sie flachsten noch hin und her, bis Tom schrieb:

„Hol den Helm raus. Darin befindet sich ein Code. Geh ins Spiel und begib dich zum Rathaus."

Wolle setzte den Helm auf und loggte sich in „Surrogate" ein. Er wählte das Rathaus als Eingangsportal und startete das Spiel. Am Eingang angekommen, begrüßte er zwei flüchtige Bekannte und wartete auf weitere Instruktionen. Er musste nicht lange warten. Vor seinen geistigen Augen erschienen Schriftzeichen.

„Folge dem weißen Kaninchen."

Wolle grinste. ‚Der Matrix-Joke geht immer', dachte er und schaute sich um. Eine heiße Braut mit einem

Tattoo erweckte seine Aufmerksamkeit. Als er näher kam, sah er, dass es sich bei dem Tattoo auf ihrer Schulter um einen weißen Hai handelte. Enttäuscht sah er sich weiter um. Ein übergewichtiger Mann mit einem zu kurzen Shirt lief an ihm vorbei. Beinahe hätte er das Tattoo des Hasen auf dem Bauch des Mannes nicht gesehen. Kopfschüttelnd folgte er ihm ins Rathaus. Ohne von ihm Notiz zu nehmen, lief der Kerl in den Keller durch dunkle Gänge, bis er plötzlich stehenblieb und sich umdrehte.

„Stehenbleiben", sagte er und zeigte auf ein Zahlenschloss an der Tür rechts neben sich.

Wolle verstand und gab den Code ein. Das Schloss öffnete sich und er zog die Tür auf. Beim Hineingehen bemerkte er, dass der Mann sich in Luft aufgelöst hatte. Beherzt trat er ein. Schummriges Licht erfüllte den Raum, in dem sich schon sechs Personen aufhielten.

Er erkannte Tom sofort, doch die anderen waren ihm gänzlich unbekannt. Zwei Phantasiewesen und eine zierliche Frau standen neben zwei normal aussehenden Männern. Tom grinste ihm zu, als sich an der Wand etwas tat. Ein Monitor hatte sich eingeschaltet und Schriftzeichen materialisierten sich. Immer wieder veränderte sich das Bild, bis nur noch eine große schwarze Sieben zu sehen war. Auf einmal begann die Zahl an mehreren Stellen zu bluten. Bis die Zahl in einem Meer aus Blut versank.

Eine gespenstische Stimme erklang: „Hallo, ihr Spieler. Karl, Momo, Drag, Vald, Eddie, Wolle und Tom. Auf eurem Anzug befindet sich ein Code auf der Innenseite des rechten Daumens. Autorisiert euch dort an diesem Terminal, einer nach dem anderen."

Jeder tat wie befohlen, und die Stimme fuhr in ihrem leidenschaftslosen Tonfall fort:

„Hiermit seid ihr im Spiel. Die AGB's habt ihr soeben akzeptiert, wir sind für nichts verantwortlich."

Ein höllisches Lachen unterbrach den Redefluss.

„Ich erkläre euch jetzt die Spielregeln.

Ihr werdet eure persönliche Interpretation der Sieben Todsünden präsentieren. Ein Algorithmus wird die Brutalitätsrate und die Passgenauigkeit der Aufgabe berechnen. Die Werte werden addiert und ein Ranking ermittelt. Je blutiger, je böser und grausamer eure Interpretation, je mehr Punkte wird es geben.

Für jede Sünde habt ihr sechzig Minuten Zeit. Rechts oben läuft euer Countdown. Nachdem die Zeit abgelaufen ist, berechnet das Programm euer Ergebnis. Das dauert in der Regel fünf Minuten, dann wird der aktuelle Spielstand angezeigt. An Ort und Stelle geht es danach sofort weiter. Ihr werdet euch in dieser Runde nie mehr wiedersehen. Das Spiel ist in dem Augenblick beendet, wenn der Sieger feststeht.

Ihr fragt euch, woher die Opfer kommen? Das ist ganz einfach. Ihr dürft jede Person im Spiel Surrogate für eure Darstellung benutzen. Ihr dürft mit ihnen machen, was ihr wollt. Aber beachtet: Sie können und werden sich wehren, und das werdet ihr spüren. Auch im Spiel will niemand getötet werden. Ihr werdet ebenfalls eure Emotionen spüren, die um ein Vielfaches durch den speziellen Anzug verstärkt werden. Schlagt euch mit der flachen Hand auf euren Oberschenkel."

Nur Wolle war schlau genug, nicht zu fest zu schlagen. Trotzdem war der Schmerz nicht von schlechten Eltern. Eines der Phantasiewesen wälzte sich am Boden und Tom lachte es schamlos aus.

Die kleine zierliche Frau starrte Tom feindselig an, der sofort aufhörte und sich ein wenig zurückzog. Wolle bekam eine Gänsehaut.

‚Vor der muss ich mich in acht nehmen', dachte er und konzentrierte sich auf die Stimme.

„Alles ist erlaubt! Lasst eurer Phantasie freien Lauf und beginnt mit dem Töten – wir sind ja nur in einem Spiel – oder?

Eine Info zum Abschied: Wer aussteigen will, muss nur den roten Knopf am Gürtel des Anzuges drücken. Aber Achtung, der Abgang wird schmerzvoll sein!"

Mit einem lauten Lachen endete die Ansage und eine Buchstabenreihe erschien im Innern des VR-Helmes:

Lasst die Spiele beginnen.

Die erste Todsünde lautet:

Superbia - Hochmut, Stolz, Übermut, Eitelkeit.

Der Countdown läuft.

Vor Wolles Augen startete eine Zahlenreihe mit Sekundenanzeige. Verwirrt sah er sich um, doch er war alleine. Alle anderen hatten den Raum verlassen. Ratlos stand er da und sammelte seine Gedanken.

‚Was assoziiert man mit Hochmut?', hämmerte es in seinem Kopf und er begann zu schwitzen. Der Anzug tat sein Werk und verstärkte seine Körperreaktion. Fieberhaft überlegte er, was er tun sollte. Er ließ sich die Spielregeln noch einmal durch den Kopf gehen, dann setzte er sich in Bewegung. Ein Block weiter befand sich sein Firmensitz, sein Ziel. Ohne zu grüßen, betrat er das Gebäude und fuhr mit dem Aufzug in das Obergeschoß. Mit schnellen Schritten stand er vor seinem Schreibtisch.

45:03 zeigte der Countdown, und er schwitzte weiter. Mit zittrigen Fingern öffnete er das Geheimfach in der Schublade und holte eine Waffe heraus. Er wiegte die kleine handliche Sig Sauer 938 Rosewood in seiner Hand. Zufrieden steckte er sie in die Innentasche seines Jacketts. Eine Packung Patronen verstaute er ebenfalls, dann lief er los.

40:17 flimmerte die Anzeige - und er beeilte sich. Sein Ziel war nicht mehr weit. Als er das Gebäude durch den Hinterausgang auf das Firmengelände verlassen hatte, steuerte er nach rechts, dann wieder nach links, bis er vor einer Tür mit der Aufschrift Labor stehenblieb. Mit seinem Ausweis öffnete er das Schloss und trat ein. Schnell fand er, wonach er suchte. Er schnappte sich eine kleine Flasche mit der Aufschrift „Salzsäure" und verließ das Labor.

33:32 zeigte die Anzeige - und er rannte los. Als er den Aufzug im dritten Stock verließ, stieß er sich sein Knie an der Tür. Nur mit Mühe konnte er einen Schrei unterdrücken. Tränen schossen in seine Augen und ein kleiner See entstand im VR-Helm. Humpelnd lief er weiter, hob den Helm kurz an und betrat ein Büro. Hektisch schaute er sich um, doch seine Zielperson war nicht an ihrem Platz.

„Angelina! Wo verdammt nochmal ist Angelina?", rief er, und alle starrten ihn erschrocken an.

„In der Teeküche", stotterte jemand, und Wolle rannte los. Dann sah er sie!

,22:41, genug Zeit', dachte er und sagte:

„Angelina, mitkommen, sofort!"

Eine bildhübsche Kopie von Angelina Jolie drehte sich zu ihm um. „Was soll das?", sagte sie.

Wolle handelte. Er zog die Pistole und hielt sie zwischen ihre Augen. Ohne weitere Worte verließen sie die Teeküche und begaben sich in das nächste Zimmer. Als die zwei Anwesenden die Waffe sahen, rannten sie aus dem Zimmer, und Wolle war mit Angelina alleine. Ohne weiter zu überlegen, streckte er sie mit einem gezielten Schlag auf den Kopf nieder. Er legte sie auf den Rücken und setzte sich auf sie. Seine Hand zitterte, als er die Flasche mit der Säure öffnete. Skrupel überkamen ihn.

‚Ist das moralisch richtig, was ich hier tue?', fragte eine Stimme in seinem Kopf. Eine andere antwortete: „Warum denn nicht? Ist doch nur ein Spiel."

Angelina kam langsam zu sich und die Uhr lief und lief. Hin- und hergerissen, was er als Nächstes tun sollte, verrannen die Sekunden.

Als Wolle an Tom und sein dämliches Siegergrinsen dachte, raffte er sich auf und schüttete die Salzsäure in Angelinas Gesicht. Sie wehrte sich! Jede Bewegung von ihr verursachte Schmerzen, die kaum auszuhalten waren. Zusätzlich drang der Geruch des verbrannten Fleisches in seine Nase. Leichte Rauchschwaden zogen an seinem Gesicht vorbei und er drehte angewidert den Kopf zur Seite.

Schweißüberströmt drückte er sie zu Boden. Erst, als die Säureflasche leer war, wurden ihre Bewegungen weniger. Der Geruch zwang ihn, aufzustehen. Am ganzen Körper zitternd, stand er da und starrte auf sein Werk. Angelina lebte noch, doch die Säure hatte einen Weg durch ihre Augen ins Gehirn gefunden. Der Anblick war mehr als widerlich und er war sich sicher, dass es nicht mehr lange dauern würde, bis sie aus dem virtuellen Leben ausschied. Jemand riss die Tür auf. Wolle drehte sich blitzschnell um und sah den Sicherheitsmann. Er fackelte nicht lange, hob die Waffe und feuerte ihm in den Kopf.

„So, du Weib. Jetzt wirst du durch deinen Hochmut sterben, eitles Miststück", sagte er - und die Uhr zeigte 08:56 an.

Er steckte die Waffe ein und drehte sich um. Erst jetzt wurde ihm bewusst, dass er seine Person in diesem Spiel nie wieder benutzen könnte. Das Gefühl der Macht über Leben und Tod beflügelte ihn und wischte diese und alle anderen Gedanken zur Seite.

„Zeit zum Handeln", flüsterte er und machte sich daran zu verschwinden. Hier war er nicht mehr sicher. Wie in jedem Spiel gab es eine Art Polizei. Sie war nicht so ausgeprägt wie im echten Leben, aber es gab sie.

Er hastete durch das Treppenhaus aus dem Gebäude und verschwand im Park. Auf einer Bank nahm er Platz und reflektierte, was er gerade getan hatte.

‚Es ist einfacher, als man denkt, einen Menschen zu töten', dachte er.

‚Ob ich es im realen Leben auch könnte?', schoss es ihm durch den Kopf - und ein Zittern der Erregung durchlief seinen Körper.

Die Uhr blieb stehen bei 00:00. Er hielt den Atem an!

Spieler, ihr habt fünf Minuten Pause, dann werden wir die Reihenfolge bekanntgeben.

Wolle wartete, sein Atem ging immer schneller. Vor Aufregung bemerkte er die Anzeige auf dem

Handydisplay nicht. Tom versuchte, ihn zu kontaktieren, doch Wolle war voll im Spiel. Millionen Gedanken schossen ihm durch den Kopf. Dann kam endlich Leben in die Anzeige:

1. Platz Eddie
2. Platz Drag
3. Platz Momo
4. Platz Karl
5. Platz Wolle
6. Platz Vald
7. Platz Tom

„Scheiße, nur Platz 5", murmelte er und ließ enttäuscht seine Schultern hängen.

„Immerhin besser als Tom", sagte er sarkastisch und versuchte, sich zu beruhigen.

Die Anzeige veränderte sich, sein Puls stieg.

Lasst die Spiele weitergehen.
Die zweite Todsünde lautet:
Avaritia - Habgier, Geiz.
Der Countdown läuft.

Wolle lachte laut und vergaß völlig, dass er sich in einem Park befand und die Leute ihn schon komisch anstarrten. Als er es registrierte, stand er auf und schlug sich mit der flachen Hand auf die Stirn.

Laut fluchend versuchte er den Schmerz weg zu atmen. Mit zusammengebissenen Zähnen raunte er: „Ich darf das nicht mehr vergessen."

Langsam setzte er sich wieder hin und nahm im echten Leben den Helm ab. Seine Finger flogen über die Tastatur, sein Grinsen wurde breiter. Im Cheat-Fenster las er das Ergebnis des Codes ab, das den genauen Standort der Person, die er im Spiel suchte, anzeigte. Mit einem weiteren Code löste sich sein Spiel-Avatar auf und erschien genau an der Stelle, die er eingegeben hatte.

„Cheats sind doch was Geiles! Egal, was sie kosten", sagte er und setzte den Helm wieder auf.

Sein Avatar stand vor einem unscheinbaren Gebäude. Mit der Faust schlug er dreimal gegen die Tür. Es dauerte etwas, bis sie sich öffnete.

„Lass mich rein, ich hab ein Geschäft für Al", flüsterte er der unsichtbaren Person zu. Die Tür öffnete sich und er schlüpfte hinein.

„Da entlang und dann die Treppe hoch", sagte eine Stimme.

Wolle antwortete: „Bin ja nicht zum ersten Mal hier."

Nach vierundzwanzig Stufen stand er vor einer vergoldeten Tür. Sie war offen, und er trat ein. Ein Mann stand hinter einem Schreibtisch aus purem Elfenbein und begrüßte ihn freundlich.

„Hallo Wolle, welches Geschäft schlägst du mir dieses Mal vor?"

„Eines, bei dem du sehr reich werden wirst."

„Ach, ich bin doch schon reich. Aber du weißt ja, jeder Cent zählt."

Wolle setzte sich unaufgefordert hin, und sein Gegenüber tat es ihm gleich.

Mit gefalteten Händen und gierigen Augen blickte Al über den Schreibtisch.

Wolle griff in sein Jackett, holte die Pistole heraus und zielte auf den Kopf.

„Nicht den Knopf drücken Al, sonst ist es schnell vorbei", sagte Wolle.

Al antwortete: „Du wirst mich doch nicht erschießen?"

„Nein, mein Freund", erwiderte Wolle und stand auf. Langsam ging er um den Schreibtisch. Dabei hatte er die vier Zahlen im Blick - 40:23, genug Zeit.

Ohne Vorwarnung schlug er zu und Al fiel ohnmächtig zu Boden. Wolle schaute sich um und lächelte, als er fand, wonach er suchte.

Es dauerte nicht lange, dann hatte er Al mit mehreren Verlängerungskabeln an seinen Sessel gefesselt. Als sein Gefangener zu sich kam, sah er vor sich eine Schatulle voller Kleingeld. Daneben lag ein Stapel Geldscheine. Verwundert sah er zu Wolle, der gerade einen Geldschein zusammenrollte.

Als er bemerkte, dass Al wach wurde, sagte er:

„Du liebst doch dein Geld, Al?"

„Ja", kränkste er.

„Dann werde ich dich jetzt glücklich machen, mein Freund", erwiderte Wolle und steckte den zusammengerollten Geldschein in sein linkes Ohr. Gemütlich fing er an, weitere Geldscheine zu rollen. Nach kurzer Zeit befanden sich Geldscheine in beiden Ohren und in beiden Nasenlöchern.

„30:11 – oh, ich vertrödele mich", sagte er. Doch Al konnte ihn nicht hören. Immer noch völlig überrascht, starrte er zu Wolle, der seine Hand in die Schatulle steckte.

„So, und nun schön den Mund aufmachen", sagte er und hielt eine Handvoll Kleingeld vor Al's Nase.

„Bist du jetzt verrückt geworden, oder was?", schrie Al und versuchte, sich zu befreien.

„Okay, dann halt auf die harte Tour", rief Wolle, schnappte sich den Tacker auf dem Schreibtisch und schlug Al damit die Vorderzähne ein.

Blitzschnell legte er den Tacker zurück, ergriff Al's Haare und riss seinen Kopf zurück. Die Hand mit den Geldstücken ballte er zur Faust und schlug seinem Opfer in den Magen.

Al stöhnte und schnappte nach Luft. Genau darauf hatte Wolle gewartet und ließ die Geldstücke in seinen Mund fallen. Al versuchte die Münzen auszuspucken, doch Wolle kannte keine Gnade. Mit der flachen Hand drückte er den Unterkiefer nach oben und sagte: „Schluck, du Luder."

Es dauerte nicht lange, bis sich eine der Münzen in die Luftröhre verirrte. Verzweifelt versuchte Al die Münzen auszuspucken, doch Wolle gab keinen Millimeter nach. Lächelnd schaute er Al in die Augen und saugte gierig dessen Angst vorm Sterben ein.

„Das macht ja Spaß", sagte er und sah mit Genuss, wie sich der Todeskampf dem Ende näherte. Er gönnte sich zwei Minuten und ergötzte sich an den toten Augen seines Opfers. Die Uhr zeigte 22:22. Wolle löste die Fesseln und ließ den Toten zu Boden fallen.

Dann öffnete er den Gürtel, zog ihm die Hosen herunter und drehte ihn auf den Bauch. In seiner Hand hielt er ein großes Bündel gerollter Scheine und steckte sie Al, mit den Worten: „dass ja alles drinnen bleibt", in den After.

„Die Habgier wurde dir zum Verhängnis, mein Freund", rief er und trat zurück, um sein Meisterwerk zu betrachten.

19:25 zeigte der Countdown. Wolle zog seinen VR-Helm ab. Erst jetzt bemerkte er, dass sein Körper zitterte. Er biss die Zähne zusammen und öffnete das Cheat-Fenster. Nach mehreren Anläufen drückte er die Entertaste und sackte erschöpft zusammen. Sein Spiel-Avatar befand sich an einem sicheren Ort.

Immer noch zitterten seine Hände und er starrte sie fassungslos an.

„Oh Mann, was ist los mit mir?", flüsterte er und versuchte, sich hinzustellen. Erst beim vierten Mal funktionierte es und er schwankte zur Toilette. Der Würgereiz kam unerwartet, und schnell gab er es auf, dagegen anzukämpfen. Benommen spülte er, wankte in die Küche, schnappte sich eine Flasche Wasser und schleppte sich an seinen Spielplatz. Ihm fiel die Uhr wieder ein! Hastig trank er die Flasche leer und setzte den Helm auf. Die Uhr stand auf 00:00, und er wartete auf das Ergebnis. Ein Flimmern setzte ein und gebannt starrte er ins schwarze Nichts, bis Buchstaben erschienen.

1. Platz Eddie
2. Platz Wolle
3. Platz Tom
4. Platz Karl
5. Platz Drag
6. Platz Vald
7. Platz Momo

Um sich über das Ergebnis zu freuen, fehlte ihm die Zeit, da sich die Anzeige änderte:

Lasst die Spiele weitergehen.
Die dritte Todsünde lautet:
Luxuria - Wollust, Ausschweifungen.
Der Countdown läuft.

Wolle schaltete sofort in den Spielmodus. Das Zittern war vergessen und er überlegte fieberhaft, wie er es dieses Mal angehen würde.

„Wen töte ich als Nächstes - und vor allem, wie?", flüsterte er vor sich hin. Seine Gedanken sammelten sich, und dann fiel ihm die Lösung ein.

„Biljka, die Unersättliche", raunte er, zog den Helm ab und die Finger flogen über die Tastatur. Als er die Anzeige sah, grinste er und setzte den Helm wieder auf. Sein Avatar löste sich auf und erschien vor einem schillernden Palast. Er trat ein, zog die Pistole und erschoss die Dame an der Empfangstheke.

Ein wohliger Schauer durchlief seinen Körper und er dachte: ‚Langsam macht das Töten richtig Spaß'.

Mit schnellen Schritten stieg er die Treppe nach oben und steuerte zielsicher auf eine kunstvoll verzierte Tür zu. Mit einer Hand riss er sie auf, mit der anderen hielt er die Pistole hoch und trat ein.

Eine Frau lag auf dem Bett, umringt von drei Männern, und alle waren nackt.

„Na, wieder besonders geil heute, Biljka?", sagte er und erschoss einen der Männer. Keiner bewegte sich mehr und lachend sah Wolle zu, wie die Erektion der Männer nachließ.

„Schlappschwänze", rief er und erschoss die beiden. „Wer bist du und was willst du?", fragte Biljka kühl und zog sich das Laken über.

„Aufstehen, Lady", antwortete Wolle und hielt ihr das kalte Metall der Pistole an die Schläfe. Er zog sie in den Nebenraum und blickte sich um.

„Ah, da ist es ja, das heiße Gerät. Hinsetzen!", blaffte er und Biljka gehorchte. Mit schnellen Handgriffen hatte er sie auf einem Bock festgebunden.

„Premium Double Trouble 3000, die ultimative Fickmaschine", las er laut vom Etikett ab und fuhr fort: „Genau das Richtige für dich." Er setzte den Doppel-Adapter auf und führte die beiden Dildos an der entsprechenden Stelle ein. Dann setzte er die Maschine in Gang und trat einen Schritt zurück.

Biljka konnte ein Stöhnen nicht unterdrücken.

„So, das tut dir also gut! Dann wollen wir mal die Schlagzahl erhöhen", sagte Wolle und drehte den Schalter auf höchste Geschwindigkeit.

39:13 zeigte die Uhr, und Wolle grinste.

„He, das tut langsam weh", rief Biljka.

Er antwortete: „Soll es ja, denn du wirst jetzt zu Tode gefickt, du Nymphomanin."

Nach fünf Minuten lief Biljka Blut aus dem After. Wolle fing an zu kichern. Als das Blut auch aus der Ritze lief, bekam er eine Erektion.

Biljka schrie vor Schmerzen und versuchte, sich von ihren Fesseln zu befreien. Lustvoll stöhnte Wolle und starrte gebannt zu. Langsam wurden ihre Bewegungen weniger und Schaum trat aus ihrem Mund. Gnadenlos hämmerte die Maschine die beiden Dildos in ihren

Körper, der mittlerweile erschlafft auf dem Bock hing. Biljkas Augen waren weit geöffnet und ihre Pupillen starrten leblos an die Zimmerdecke.

22:58 zeigte die Uhr, und Wolle hatte Mühe, sich von dem Anblick zu lösen. Stimmen holten ihn zurück. Er lief zum Fenster. An der Regenrinne hangelte er sich nach unten und lief auf den Parkplatz. Schnell hatte er ein Auto gefunden, das nicht abgeschlossen war. Als ob er das schon immer getan hätte, zog er eine Packung Taschentücher aus der Hose, steuerte den Wagen in die richtige Position und zog die Handbremse an.

Lässig stieg er aus, öffnete den Tankdeckel und steckte die Taschentücher in die Öffnung. Mit einem Feuerzeug entzündete er das Papier und schob es in den Tank. Blitzschnell löste er die Handbremse und trat zurück. Der Wagen rollte den kleinen Hügel hinab, direkt auf den Palast zu. Kurz bevor er die Eingangstür erreichte, schoss eine Flamme aus dem Tankstutzen. Der Wagen raste durch die Tür in das Gebäude und explodierte in einer Feuerwolke. Im Nu stand das ganze Haus in Flammen.

„Hier wird es keine Völlerei mehr geben", rief er, drehte sich um und lief pfeifend davon.

Diesmal verließ er das Spiel nicht. Er hatte Angst, die Anzeige zu verpassen.

‚Zorn wird die nächste Todsünde sein', dachte er und postwendend fiel ihm ein, wer sein nächstes Opfer sein würde.

Hätte er einen Spiegel gehabt, hätte er gesehen, wie sein Gesicht vor Zorn rot anlief. Beim Nachladen der Pistole fiel ihm eine Patrone herunter, was seine Wut zusätzlich anstachelte. Auf die Anzeige wartend, steuerte er auf sein neues Ziel zu.

1. Platz Wolle
2. Platz Tom
3. Platz Eddie
4. Platz Vald
5. Platz Drag
6. ~~Platz Karl~~
7. ~~Platz Momo~~

Sich dessen bewusst, dass er den ersten Platz belegte, las er die nächsten Zeilen:

Lasst die Spiele weitergehen.
Die vierte Todsünde lautet:
Ira - Zorn, Wut.
Der Countdown läuft.

Wolle stand vor dem Gebäude und klingelte. Ohne Rücksprache erklang der Türsummer und er trat ein.

„Was willst du hier, Wolle?", fragte eine hübsche Blondine, sichtlich genervt.

„Meine Ex-Freundin besuchen", antwortete er, strahlte über das ganze Gesicht und trat unaufgefordert ein.

— — —

Die Telefone in der Zentrale der Firma Surrogate liefen heiß. „Alarmstufe rot" stand in großen Buchstaben auf dem riesigen Monitor an der Wand.

Mehrere Programmierer erfüllten den Raum zusätzlich mit großem Lärm, während sie auf den Tastaturen klimperten.

„Seit wann geht das so?", fragte der Polizist über den Lärm hinweg.

Der CEO der Firma stand ihm gegenüber und antwortete: „Das versuchen wir gerade herauszufinden."

„Können wir in einen ruhigeren Raum gehen, Sir?", erwiderte der Polizist genervt und folgte dem Firmenboss in einen Nebenraum.

„Jetzt nochmal! Wir wurden gerufen, weil angeblich mehrere Irre in Ihrem Spiel herumlaufen und einen virtuellen Mord nach dem anderen begehen?"

„Ja, das wissen wir, und wir haben auch schon eine Philosophie."

„Eine was?"

„Wir glauben, dass es sich um ein Unterprogramm handelt, das man „Sieben" nennt."

„Ja, und weiter?"

„Wir wurden gehackt und uns wurde dieses Programm untergejubelt. Wir haben schon versucht, mit Anonymus zusammen das Virus zu entfernen."

„Was ist das für ein Spiel?"

„Soweit wir herausgefunden haben, geht es um die Sieben Todsünden. Wer es schafft, die anspruchsvollste Tötung zu jeder Sünde darzustellen, gewinnt am Ende das Spiel."

„Ist ja widerlich, ist Ihnen das schon öfter passiert?"

„Ja, Officer. Aber bisher wurde es nie zu Ende gespielt, und es gab nur wenig Schaden. Doch dieses Mal sind Mitspieler am Werk, die nicht normal sein können. Glauben Sie mir, wir hätten Sie sonst nicht gerufen."

Der Polizist straffte sich und antwortete:

„Okay, dann Namen und Adresse der Spieler."

Der Firmenchef trat sich selbst auf den Fuß und stammelte betreten: „Das können wir nicht. Datenschutz - Sie verstehen?"

Es war ihm sichtlich mehr als peinlich, doch er hatte keine Wahl. Liebend gerne würde er die Daten weitergeben, aber das Gesetz verbot es ihm.

„Der Schaden, der Ihnen zugefügt wird, interessiert Sie nicht?", antwortete der Polizist.

„Verdammt, ich darf und kann nicht! Wir wurden schon öfter diesbezüglich angezeigt. Daraufhin haben wir ein spezielles Verschlüsselungssystem eingebaut."

„Das heißt, Sie wissen es nicht?", antwortete der Polizist und ließ die Schultern hängen.

„Ja und nein", stotterte der CEO.

„Jetzt kapier ich gar nichts mehr!"

„Die Firma, die für die Verschlüsselung verantwortlich ist, kann es. Aber nur, wenn sie von einem Staatsanwalt schriftlich beauftragt wird", antwortete der Firmenchef.

„Reicht das, was passiert, nicht aus?"

„Ich denke ja, aber ich weiß es nicht, Officer."

„Gut, dann her mit der Adresse der Firma", sagte der Polizist, schnappte sich die Visitenkarte und verschwand.

Niedergeschlagen setzte sich der CEO auf den Sessel und vergrub das Gesicht in seinen Händen. Erschrocken sprang er auf, als die Tür aufgerissen wurde.

„Wir haben den Anruf eines jungen Mannes. Er fand seine Freundin in einem Sexanzug. Sie ist tot und ihre Geschlechtsteile..." Er stockte, biss sich auf die Unterlippe und vollendete den Satz: „...sind verstümmelt oder überstrapaziert. Ich weiß nicht, wie ich es ausdrücken soll."

„Scheiße", antwortete der CEO und versank in seinem Sessel. Der Mann verließ das Zimmer und hörte, wie sein Chef flüsterte: „Das ist das Ende."

— — —

„Bist du heute alleine?", fragte Wolle.

Die Blondine antwortete: „Hör zu, akzeptiere es endlich und lass mich im echten und in diesem Leben in Ruhe, kapiert?"

„Kein Problem, du bist mich gleich wieder los."

„Was willst du?"

„Ich will dich töten", rief Wolle und zog die Waffe.

Erschrocken schrie die Frau auf und versuchte, ins Nebenzimmer zu entkommen, doch Wolle hatte es geahnt und versperrte ihr den Weg.

„Wolle, mach kein Scheiß! Das hier ist nicht real, okay?", stotterte sie.

„Das weiß ich, Ex-Liebling", schrie er vor Zorn und schlug ihr ins Gesicht. Blutverschmiert lag sie am Boden, und er trat ihr mit voller Wucht in den Bauch. Er fesselte sie, hilflos und vor Schmerzen stöhnend, mit den Gardinenkordeln auf einen Stuhl. Zufrieden ging er in die Küche und kam mit dem Messerblock zurück. Auf dem Weg zurück hatte er sich einen Schal geschnappt und knebelte sie damit.

Dann setzte er sich ihr gegenüber und wartete, bis sie die Augen aufschlug. Die Uhr lief, doch Wolle war so in seine Wut vertieft, dass er den Countdown völlig vergaß. Hass stand in seinen Augen, und gierig wartete er, bis es soweit war. Langsam kam sie zu sich und erfasste die Szene. Als sie den Messerblock vor sich stehen sah, war es mit der Selbstbeherrschung vorbei.

Ihr Überlebenstrieb ließ keinen Spielraum zu. Selbst im Spiel versuchte sie nur eines - zu überleben!

Wolle grinste, schnappte sich das kleine Beil aus dem Messerblock und warf den Rest zu Boden. Mit eiserner Hand hielt er ihren Daumen fest und legte ihn auf das Holz des Messerblockes. Ohne Vorwarnung schlug er zu, und ihr Daumen flog zu Boden.

Blut spritzte aus dem Stumpf, und er blickte ihr in die Augen. Voller Zorn schrie er: „Das war für das Fremdgehen mit Mike."

Fassungslos starrte die blonde Frau auf den Stumpf an ihrer Hand und bemerkte dabei nicht, dass Wolle den anderen Daumen ebenfalls abhackte.

„Und das für deine Fickerei mit Henry, du Schlampe", schrie er und seine Halsschlagader pulsierte, als ob sie gleich platzen würde. Voller Jähzorn zog er ihre Hand auf das blutige Holz und schlug wieder zu. Die Hand fiel zu Boden, das Blut schoss aus der Wunde. Wolle lachte wie ein Wahnsinniger, dann bemerkte er den Countdown.

05:34 - „Scheiße", flüsterte er und hob das Beil.

Erst beim dritten Schlag trennte sich der Kopf vom Körper. Völlig außer Atem hechelte er:

„Und das war für die Haare im Waschbecken."

Erschöpft trat er einen Schritt zurück. Sein Puls raste vor Wut und er hatte Mühe, sich unter Kontrolle zu halten.

01:01 stand auf der Uhr.

„Der Zorn ist besiegt."

Erschöpft setzte er sich auf den Stuhl und starrte die kopflose Leiche an.

‚Ist es wirklich nur ein Spiel?', dachte er und schloss seine Augen.

Wirre Gedanken rasten durch sein Gehirn. Er wusste nicht mehr, was real war und was nicht! Ihm fiel die Anzeige ein und er öffnete seine Augen:

1. Platz Wolle
2. Platz Tom
3. Platz Vald
4. Platz Drag
5. Platz Eddie
6. Platz Karl
7. Platz Momo

Lasst die Spiele weitergehen.
Die fünfte Todsünde lautet:
Gula - Völlerei, Maßlosigkeit.
Der Countdown läuft.

Erschöpft las er die Zeilen, doch er stand nicht auf. Der Wahnsinn in seinem Blick wurde stärker, dann setzte der Mordtrieb wieder ein und gewann die Oberhand. Er sprang auf, lief zum Kleiderschrank und holte sich frische Klamotten.

„Na ja, wenigstens bei der Größe bleibst du bei deinem Beuteschema", sagte er und machte sich auf den Weg nach draußen.

Immer noch verwirrt und orientierungslos, lief er durch die Straßen.

50:13 zeigte die Uhr und ihm wurde bewusst, dass er wertvolle Zeit verschwendete.

Gehetzt blickte er sich um, auf der Suche nach einem Opfer. Dann sah er ihn! In einem Restaurant direkt am Fenster saßen zwei Männer. Einer dicker als der andere - genau sein Beuteschema! Wolle suchte den Hinterausgang und fand ihn problemlos. Außer den beiden gab es keine Gäste, und das Küchenpersonal bestand nur aus zwei Personen. Wolle zog die Pistole - und die zwei verstanden sofort! Als er alleine war, zog er eine Schürze über und betrat das Restaurant. Zielstrebig ging er zu den beiden Gästen und stellte sich als Küchenchef vor. Es benötigte nur etwas Überredungskunst, gespickt mit einigen Schmeicheleien, bis sich einer der beiden erhob und ihm in die Küche folgte.

In der Küche machte er kurzen Prozess. Ehe der Gast reagieren konnte, befanden sich gleich drei Messer in seinem Körper, alle in der Nähe des Herzens. Blutend sackte der Mann zu Boden. Mit großen Augen schaute er zum grinsenden Wolle, dann schloss er für immer die Augen!

41:27 - genug Zeit! Mit einem Messer schnitt er ein Stück aus dem Bauch des Toten. Die Flammen des Gasherdes brannten - und das Stück Menschenfleisch landete in der Pfanne!

Um 35:52 nahm er das gebratene Fleisch heraus und drapierte es auf einen Teller. Mit einer silbernen Schüssel deckte er es ab.

„Dir wird gleich das Fressen vergehen", sagte er und lief in das Restaurant. Sein Gast wartete schon auf die verheißungsvolle Spezialität. Wolle stellte den Teller auf den Tisch und nahm die silberne Haube ab.

„Oh, das duftet aber köstlich! Darf ich ohne meinen Kumpel schon anfangen?", fragte er und griff zum Besteck.

„Bon Appetit", antwortete Wolle und schaute genüsslich zu, wie ein Bissen nach dem anderen im Schlund verschwand.

Geduldig hatte er gewartet, doch die Uhr lief. Als sie bei 15:01 stand, verschwand endlich der letzte Bissen.

Nach einem Rülpser sagte der Gast: „Jetzt müssen Sie mir aber endlich verraten, welche Köstlichkeit ich zu mir genommen habe."

„Aber gerne doch, würden Sie mich in die Küche begleiten?", erwiderte Wolle und folgte ihm. Da immer noch keine Gäste anwesend waren, zog er schon die Pistole, hielt sich aber zurück. Die Schwingtür öffnete sich und Wolle zeigte nach links.

Schlagartig blieb der Mann stehen. Als er seinen Freund blutüberströmt am Boden liegen sah, wurde ihm schlecht.

Als er dann registrierte, dass am Bauch ein Stück Fleisch fehlte, öffneten sich alle Schließmuskeln. Mit einem Stöhnen versuchte er sich umzudrehen, dann spürte er den kalten Lauf der Pistole in seinem Nacken.

Der Schweiß lief ihm aus allen Poren und er stammelte: „warum?"

Mehr konnte er nicht mehr sagen! Das Ganze war zu viel für sein schwaches Herz und er sackte zu Boden.

„Eine Patrone gespart", sagte Wolle und trat einen Schritt zurück.

05:22 - las er die Uhr ab und sagte:

„Schluss mit der Völlerei, ihr zwei gefräßigen Monster. Aufgabe erfüllt." Dabei lachte er wie ein Verrückter und war sich nicht mehr sicher, ob er schon dem Wahnsinn verfallen war. Als er sich beruhigt hatte, wartete er auf den Countdown:

1. Platz Tom
2. Platz Wolle
3. ~~Platz Vald~~
4. ~~Platz Drag~~
5. ~~Platz Eddie~~
6. ~~Platz Karl~~
7. ~~Platz Momo~~

„Hallo, hallo, dann waren es nur noch zwei", flüsterte Wolle. Innerlich begann er aber zu kochen. Der zweite Platz war für ihn immer der erste Verlierer - und Verlierer wollte er nicht sein! Er verließ das Restaurant und ging in einen Park. Auf einer Bank ließ er sich nieder und reflektierte, was in den letzten Stunden passiert war.

War das gut, was er tat? Oder war es das nicht? Es ist doch nur ein Spiel, aber ist es auch richtig? Er fand keine Antwort auf diese Fragen und stellte fest, dass sein Avatar zitterte. Diese Unruhe setzte sich in seinem ganzen Körper fort. Als die Anzeige erschien, beruhigte er sich wieder:

Lasst die Spiele weitergehen.
Die sechste Todsünde lautet:
Invidia - Neid, Missgunst, Eifersucht.
Der Countdown läuft.

Die Unruhe und die mahnenden Stimmen verschwanden schlagartig. Auf Anhieb war er wieder im Spiel und überlegte, wer sein neues Opfer sein würde. Wer war der Mensch, auf den er am meisten eifersüchtig war? Auf einmal bildete sich ein Name in seinem Kopf und seine Mundwinkel hoben sich.

Er zog den Helm ab und öffnete das Cheat-Fenster. Er tippte *Martin* ein und wartete. Das System suchte die Person im Spiel, doch sie fand sie nicht.

„Scheiße", fluchte Wolle und griff zum Handy. Den Chat mit Tom drückte er weg und wählte eine Nummer. Nach dem dritten Läuten meldete sich eine Männerstimme: „Hallo, Wolle."

„Hallo, Bruderherz."

„Was willst du?"

„Würdest du mal kurz in Surrogate kommen? Ich will dir etwas zeigen."

„Du weißt, dass ich mich dort nicht so oft aufhalte. Das reale Leben ist mir lieber."

„Ja, ich weiß, aber es ist wichtig. Es würde mir sehr viel bedeuten."

Sein Bruder seufzte und erwiderte: „Wann und wo?"

„In fünf Minuten in meiner Suite. Ich schick dir die Koordinaten - und danke, Bruderherz."

Wolles Pupillen weiteten sich, als er sich vorstellte, was er gleich tun würde. Jegliche vernünftigen Gedanken waren verschwunden, nur die Gier zum Töten war geblieben. Jeder, der ihn jetzt an seinem Platz gesehen hätte, wäre erschrocken zurückgewichen. Er griff wieder zur Tastatur und materialisierte sich in seiner Suite. Im Werkzeugschrank schnappte er sich eine Wäscheleine und legte sie griffbereit unter ein Kissen. Er musste nicht lange warten, bis es klingelte. Beschwörend hielt er das Tier in sich zurück und öffnete.

„Ehrlich, wenn du keinen wichtigen Grund hast, dann bin ich echt sauer, Wolfgang", sagte sein Bruder, als er zur Tür hereinkam. Dann brach es aus Wolle heraus! Ohne zu zögern, schlug er mit dem Griff der Pistole auf den Kopf seines Opfers. Erst als Martin am Boden lag, schloss er lässig mit dem Fuß die Eingangstür.

Er zog den Ohnmächtigen aus und fesselte ihn mit der Wäscheleine. Als Martin langsam aufwachte, saß er am Boden, angelehnt an die Wand, und starrte seinen Bruder verständnislos an.

„Was soll der Scheiß, du Idiot?", fluchte er.

Aber Wolle ließ sich nicht provozieren.

Als die Uhr 35:00 anzeigte, säuberte er sich mit einem japanischen Küchenmesser die Fingernägel. Dabei verletzte er sich mit dem extrem scharfen Messer. Lächelnd beobachtete er, wie sein Blut langsam den Finger hinab lief. Fasziniert hob er den Arm nach oben und verfolgte den Weg des Blutes immer weiter, bis es am Ellenbogen zu Boden tropfte.

„Bist du jetzt wahnsinnig geworden?", murmelte Martin fassungslos.

Blitzschnell sprang Wolle nach vorne und rammte das Messer in den rechten Oberarm seines Bruders.

„Das ist für die besseren Noten, die du in der Schule hattest."

Ehe Martin etwas entgegnen konnte, schrie Wolle: „Und das dafür, dass du mir die erste Freundin ausgespannt hast."

Dabei rammte er das Messer in den anderen Arm.

„Das hier ist für die Tatsache, dass du dich bei Mutter immer eingeschleimt hast."

So ging es fünfzehn Minuten weiter, bis Wolle sich völlig außer Atem zurückzog.

Sein Bruder war längst in sich zusammengesackt, nur noch ein Hauch von Leben befand sich in seinem Körper.

„Warum?", wisperte er.

Wolle schrie aus Leibeskräften: „Weil ich dich hasse! Doch jetzt hatte ich meine Rache und mein Neid gegen dich ist erloschen, geliebter Bruder".

Dabei rammte er das Messer bis zum Griff in die Brust seines Opfers.

Hechelnd zog er sich wieder zurück, der Wahnsinn hatte ihn fest gepackt und ein irres Lachen erscholl aus seiner Kehle. Nach mehr als zehn Minuten ging das Lachen in ein Schluchzen über. Irgendwann stand Wolle auf und atmete tief durch.

„Ich habe meine Berufung gefunden. Ich bin ein Mörder, ein verrückter Mörder", sprudelten die Worte aus ihm heraus. Dann erlosch die Uhr.

Er ließ sich grinsend auf die Couch nieder und wartete auf das Ergebnis:

1. Platz Wolle
2. Platz Tom
3. Platz Vald

4. Platz Drag

~~5. Platz Eddie~~

~~6. Platz Karl~~

~~7. Platz Momo~~

„Ha Tom, du Loser! So soll es bleiben, mein Freund. Ich werde das Spiel gewinnen! Ich, denn ich bin der König der Mörder. Und ich weiß auch schon, wie ich ganz sicher gewinnen werde, denn Gott gewinnt immer."

Lasst die Spiele weitergehen.
Die siebte Todsünde lautet:
Acedia - Faulheit, Ignoranz, Feigheit.
Der Countdown läuft.

Wolle riss sich den Helm herunter und schrieb einige Zeilen in das Cheat-Fenster.

Grinsend lehnte er sich zurück und flüsterte: „Jaka wird es beenden, denn Gott ist dieses Mal zu faul, es selbst zu tun. „

Er hatte Jaka erst vor kurzem kennengelernt. Sie war eine Auftragskillerin im Spiel. Keiner kannte ihre wahre Identität, doch das war ihm egal. Er grinste bei dem Gedanken an ihren Namen.

Er stammte aus einer SF-Romanreihe und passte perfekt zu Ihr. Genüsslich lehnte er sich zurück und wartete.

— — —

Jaka las die Botschaft, und sie las auch die Belohnung. Zufrieden schnalzte sie mit der Zunge und setzte ihren Spezialcomputer in Gang. Es dauerte genau zehn Sekunden, bis sie die Zielperson lokalisiert hatte.

Weitere zehn Sekunden, um sich ins Spiel einzuloggen. Keine fünf Meter vor ihr stand die Zielperson und schaute sich gehetzt um. Mit schwingenden Hüften, und einem Lächeln auf ihren Lippen, lief sie auf den Ahnungslosen zu.

— — —

„Verflixt, wie viele Beweise brauchen Sie denn noch?", schrie der Polizist den hageren Bürokraten an, der vor ihm stand.

„Ohne richterlichen Beschluss geht das nicht", antwortete er immer wieder ruhig und sachlich.

„Herr Kommissar, da ist der CEO von Surrogate am Telefon und will Sie sprechen", sagte eine Polizistin und reichte ihm das Handy.

„Was ist?", blaffte er ins Telefon.

„Schalten Sie den Lautsprecher ein", krächzte die Stimme und der Kommissar tat es.

„Paul, hör zu. Du musst die Namen preisgeben. Es gibt schon zwei Tote und zwei Verrückte sind immer noch unterwegs. Die beiden sind auch im realen Leben gefährlich."

„Wie viele Tote gibt es bisher?"

„Mehr als fünfzig. Und du hast richtig verstanden, auch zwei reale! Bitte gib die Namen raus. Es sind nur zwei. Ich schicke dir die Kennung auf deinen Rechner – bitte, denk an das Spiel, an die Zukunft. Das könnte unser Ende bedeuten, Paul!"

Stille trat ein. Pauls Gesichtsfarbe war aschfahl und der Kommissar stampfte mit seinem Fuß auf. Das war das Startsignal für Paul. Blitzschnell saß er an seinem Laptop und bearbeitete die Tastatur.

Das Telefon meldete sich noch einmal: „Officer, bitte kümmern Sie sich auch um die Opfer."

„Oh, nein Freunde, das ist euer Problem. Aber ich habe eine Frage: Wenn die Person im Spiel angegriffen wird, warum loggt sie sich nicht einfach aus?"

Der Kommissar wartete gespannt auf eine Antwort.

„Nur wenn die Anzahl der Spieler in einer Szene gemeinsam beschließen aufzuhören, funktioniert das. Eine Szene wird zu Ende gespielt, erst dann kann man das Portal zum Ausgang benutzen", entgegnete der CEO.

„Dann haben die Opfer also keine Chance?", fragte der Kommissar.

Aber er bekam keine Antwort mehr und legte auf. Nach fünf zähen Minuten überreichte Paul ihm einen Zettel mit zwei Adressen.

„Jetzt geht's endlich los", rief der Polizist und rannte aus dem Büro.

— — —

33:33 zeigte die Uhr und die Luft in Wolles Suite flimmerte. Zwei Personen materialisierten sich. Er lag entspannt auf der Couch und grinste vergnügt, als er in das überraschte Gesicht seines Gastes sah.

„Jaka, hier ist dein Lohn. Teufelsweib, willst du noch mehr verdienen?", sagte Wolle zu der Lady im Kampfanzug, die den gefesselten Tom festhielt.

„Was hast du zu bieten?", fragte sie.

Wolle antwortete: „Alles, was ich im Surrogate angeschafft habe und im realen Leben noch 20.000 EURO zusätzlich."

„Hört sich gut an", antwortete sie.

Dann sah sie die Leiche eines Mannes in der Ecke auf dem Boden sitzen.

„Du musst Tom für mich töten, denn ich habe keine Lust dazu. Weißt du, ich bin einfach zu bequem dazu", sagte Wolle und nahm eine schlaffe Haltung ein.

‚In was bin ich da nur rein geraten', dachte Jaka und überlegte ihren nächsten Schritt genau.

„He Wolle, mach keinen Scheiß! Wir haben schon genug Schaden angerichtet. Lass uns aufhören, ich gebe auf. Du hast gewonnen", sagte Tom und gab ihr damit Zeit zum Überlegen.

Wolle spritzte auf und lief auf Tom zu. Mit ausgestrecktem Zeigefinger schrie er:

„Aufgeben ist keine Option! Wenn schon, will ich richtig gewinnen. Ich werde dich töten lassen und die letzte Aufgabe damit erfüllen. So, wie es das Spiel verlangt!"

Jaka verstand langsam, um was es sich handelte, und wurde unruhig.

„Jaka, leg ihn hin und schneide ihm den Pimmel ab. Ich möchte zusehen, wie er verblutet."

„Für sowas musst du noch draufzahlen", erwiderte sie und spannte ihre Muskeln an. Die Situation verlangte ihre volle Aufmerksamkeit. Keine Chance abzuhauen, ohne dass es der Wahnsinnige bemerken würde. Sie musste Zeit gewinnen!

„Wolle, bist du verrückt geworden?", flüsterte Tom und erntete eine Ohrfeige von Wolle.

„Ich spüre die Schmerzen in meiner Hand, dann hast du größere Schmerzen. Das macht mich ja geil – aber halt! Meine Aufgabe ist es, zu delegieren", antwortete Wolle und zog sich etwas zurück.

Jaka hatte eine Idee und rief:

„Tom, hat mir mehr geboten als du."

„Was, das Schwein hat doch gar kein Geld! Hier im Spiel bin ich der König", schrie Wolle und griff nach hinten.

Genau diese Sekunde hatte Jaka gebraucht. Sie stieß Tom auf Wolle, die daraufhin beide zu Boden gingen. Sie hechtete zur Tür in die Küche. Im realen Leben riss sie ihren Helm vom Kopf und hämmerte in die Tastatur. Sie stülpte sich den Helm wieder über und schaute wartend darauf, dass sich ein Portal materialisierte. Vor ihr flimmerte die Luft - und hinter ihr wurde die Tür aufgerissen. Wolle stand mit der Pistole im Türrahmen und feuerte!

Jaka hechtete durch das Portal und war verschwunden.

„Verdammtes Weib", brüllte Wolle wie von Sinnen und stürmte ins Wohnzimmer zurück.

— — —

„Zugriff, jetzt!", rief der Kommandant in sein Handy. An zwei Stellen in der Stadt wurden die Türen aufgebrochen und eine Sondereinheit stürmte gleichzeitig die beiden Wohnungen.

— — —

„Dann beende ich es selbst", schrie er und trat auf den gefesselten Tom ein.

Toms Winseln ignorierte er. Wie von Sinnen trat und schlug er auf den hilflosen Tom ein, immer und immer wieder. Begleitet von einem irren Lachen, sah er, wie die Anzeige auf 00:00 stehen blieb.

— — —

Der Anblick, den die Kameras in den Übertragungswagen lieferten, verschlug dem Kommissar die Sprache. In einer Wohnung lag eine Person am Boden und blutete an mehreren Stellen seines mit blauen Flecken übersäten Körpers. Der Mann hatte verzweifelt versucht, sich den Anzug vom Leib zu reißen, doch es schien zu spät gewesen zu sein. Schnell stellen die Beamten den Tod der Person namens Tom fest.

Der andere Monitor zeigte eine Person, männlich, Zugriffname Wolle, der starr vor seinem Computer stand. Als ihn einer der Beamten festhielt und ein anderer den Helm vom Kopf riss, begann die Person zu schreien und wie wild um sich zu schlagen.

„Verdammt, ihr Idioten! Gebt mir den Helm zurück, ich will sehen, dass ich gewonnen habe."

„Der ist ja komplett wahnsinnig geworden", flüsterte der Kommissar.

Eine Polizistin flüsterte: „Chef, es wird noch surrealer. Die beiden sind eigentlich richtig gute Freunde."

„Jetzt nicht mehr", antwortete der Kommissar und schaltete die Monitore aus.

Wolle verstand nicht, was gerade passierte. Er wusste nur, dass er um seinen Sieg gebracht wurde. Erst als er auf dem Bildschirm die beiden Worte las, kam er zu sich:

„Game Over"

Ende

Nachwort

Stammleser wissen, dass ich am Ende eines Buches gerne den Anstoß zur Geschichte kund tue. Diesmal war es einfach nur der Wunsch des Lesers auf mehr.

Wie immer sind einige Easter-Eggs in den Geschichten versteckt. Viele der erwähnten Namen und Orte existieren wirklich. Nachschlagen lohnt sich!

Ich hoffe, Sie hatten die eine oder andere Gänsehaut beim Lesen. Natürlich habe ich nichts dagegen, wenn Sie das Buch anderen Horrorfans empfehlen.

Und über jedes Sternchen bei Amazon würde ich mich ebenfalls freuen.

Es grüßt, wie immer,
                          der freundliche Herr Huber!

Werbung

Über den Autor

 Karlheinz Huber, Jahrgang 1961, lebt in Ludwigshafen am Rhein.

Als leidenschaftlicher Erzähler bekannt, begann er mit Geburt seines Enkels die Geschichten niederzuschreiben und verfasste sein erstes Kinderbuch.

Vom Schreibfieber gepackt, entstand die Science Fiction-Reihe, deren Ende noch nicht abzusehen ist.

Für Erwachsene erschienen noch Satirebücher und ein Horror-Kurzgeschichten-Band.

Kinderbücher liegen ihm auch weiterhin am Herzen. Einige können auch personalisiert werden.

Mehr Informationen auf der Homepage. www.huberskarl.de.

Weitere Bücher des Autors………………………………………………

Erinnerungen:

 Lach- und Fachgeschichten aus dem Berufsleben eines Isolierers - Die etwas andere Biografie
Satire

Immer wenn im täglichen Arbeitsstress etwas Luft ist, erzähle ich gerne von früher. Kleine Anekdoten aus meinem damaligen Berufsleben als Isolierer. Da mein Berufsleben ziemlich bunt von statten ging (ich bereue keine einzige Sekunde davon!) und mein Alter - sagen wir mal - mittlerweile stattlich ist, habe ich natürlich viel zu erzählen. Meistens sind die Geschichten lustig oder einfach nur unglaublich; jedenfalls wurde anschließend immer viel gelacht oder zumindest ungläubig der Kopf geschüttelt. Das war der Auslöser für dieses Buch. Machen Sie sich auf viele kleine Anekdoten gefasst. Ich verspreche, dass sich vielleicht so mancher meiner Mitstreiter/-innen wiederfindet. Aber keine Angst, es werden keine Namen und auch keine Firmenbezeichnungen genannt. Letztendlich handelt es sich weder um eine Biografie noch um eine Abrechnung, sondern um lustige und unglaubliche Geschichten, bei denen die Menschen im Mittelpunkt stehen sollen. Somit ist dieses LUSTIGE Buch auch für alle Nichtisolierer zum Lesen bestens geeignet. Denn lachen dürfen wir alle, wir müssen nur wollen!

Taschenbuch/EBook: 300 Seiten - Verlag: BoD - Books on Demand; Auflage: 1
ISBN-10: 3751943943 - ISBN-13: 978-3751943949

Urlaub, oder was?

 Satire

Einfach nur zum Schmunzeln. Ist die Urlaubszeit die beste Zeit des Jahres? Ist man wirklich erholt nach dem Urlaub? Ob sie nach diesem Buch jemals wieder in Urlaub gehen wollen? Vielleicht sollten Sie aber nicht alles so ernst nehmen, was in diesem Urlaubsbuch passiert. Aber ich verspreche Ihnen, das Alles ist so passiert. Für Spaß ist jedenfalls gesorgt.

Taschenbuch/EBook: 208 Seiten Verlag: BoD - Books on Demand; Auflage: 1
ISBN-10: 3751921885 - ISBN-13: 978-3751921886

Galaxy Rulers-Reihe

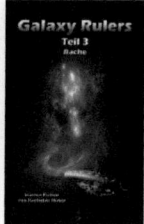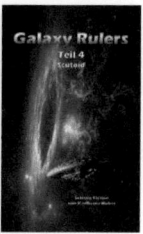

Science Fiction

Was ist ein Tribunal? Wer sind die Galaxy Rulers? Was wollen sie von der Erde? Was sind das für seltsame Wesen? Was wollen sie ausgerechnet von Lars? Warum hilft Jean-Luc Picard den Rulers? Was hat der Doktor der Voyager damit zu tun?

Donnerstag, 12.05.2061: Lars hat es - wieder mal – verbockt! Was soll nur aus ihm werden? Am liebsten würde er in einem Star Trek-Universum leben und durch den Weltraum fliegen, aber davon ist die Menschheit, und vor allem er, noch weit entfernt. Voller Selbstzweifel passiert auf seinem Heimweg das Unfassbare: Er stolpert in das Abenteuer seines Lebens. Wird sein Traum in Erfüllung gehen, oder wird sein Schicksal die Zukunft der Menschheit bestimmen?

Taschenbuch: Verlag: BoD - Books on Demand;

Teil 1   332 Seiten ISBN-10 :3753457728   ISBN-13 :978-3753457727
Teil 2   300 Seiten ISBN-10 :3753482641   ISBN-13 :978-3753482644
Teil 3   318 Seiten ISBN-10 :3753472573   ISBN-13 :978-3753472577
Teil 4   324 Seiten ISBN-10 : 3753495964 ISBN-13 : 978-3753495965
Teil 5   in 2022
Jaka   314 Seiten ISBN-10 : 3754312421 ISBN-13 : 978-3754312421

Wer Space-Märchen à la Star Trek, Star Wars oder Guardians of the Galaxy liebt, wird sich in der Soft- Science-Fiction-Reihe „Galaxy Rulers" mehr als wohl fühlen. Die einzelnen Romanteile bauen aufeinander auf und werden mit Prequels vertieft.

13 Horror Geschichten (Teil 1)

- Welches Geschenk wird der Besuch mitbringen?
- Rita hat morgen Geburtstag - oder?
- Findet Pablo im Love-Chat eine neue Liebe?
- Kommen über den Wolken die Geister der
  Vergangenheit zurück?
- Wird die 13 Sahras Lieblingszahl?
- Wann beginnt Damiens Endspiel?
- Führt jede Mutprobe zwangsläufig zum Tod?
- Warum nur wird ihm immer diese Frage gestellt?
- Ist Sven wirklich im Paradies gelandet?
- Was macht ein Pfarrer während des Solstitiums in Alaska?
- Lukas' Wunsch wird erfüllt. Hat er endlich sein perfektes
  Leben?
- Wird Jan sein persönliches Deja-vu überleben?
- Ist Dark Tourism nur für Hartgesottene?

Taschenbuch : 280 Seiten Verlag: BoD - Books on Demand;
Auflage: 1
ISBN-10 : 3752625163 - ISBN-13 : 978-3752625165

Blutsbrüder

Western

Wer Fan von Winnetou oder Bonanza ist, oder einfach nur die Abenteuer des Wilden Westens liebt, für den ist dieses Buch genau das Richtige. Eine Ranch, Cowgirls, Cowboys, Indianer, Pferde, Kavallerie, Trapper, Eisenbahn, Goldgräber, Sheriff, Banditen, Saloon, Rinderherden, Berge, Wüsten und eine unglaubliche Reise quer durch den wahren Wilden Westen im Jahr 1870. Was haben das Cowgirl Conny, Rancher-Tochter, Bill, der Cowboy und Pferdeflüsterer, mit Elsu, dem Häuptlingssohn der Crow-Indianer, gemeinsam? Genau das könnt ihr in diesem spannenden Buch erfahren.

Taschenbuch : 300 Seiten Verlag: BoD - Books on Demand; Auflage: 1
ISBN-10 : 3753423610- ISBN-13 : 978-3753423616

Davids Weg zum Ritter

Leben auf der Burg - Teil 1
Kinderbuch

Gibt es Gespenster? Können Äpfel sprechen? David, der Sohn des Burgherrn, erlebt auf seinen ersten Erkundungstouren auf Burg Mörsch so einige spannende Abenteuer. Gemeinsam mit seinen neuen Freunden überführt er einen nächtlichen Dieb, befreit einen armen Jungen aus der Knechtschaft und fiebert mit beim großen Ritterturnier. Nach dem Turnier weiß David eines mit Sicherheit – er will ein mutiger Ritter werden wie sein Vater.

Taschenbuch: 124 Seiten - Verlag: MEDU VERLAG; Auflage: 1
ISBN-10: 3963520493 - ISBN-13: 978-3963520495
Empfohlenes Alter: 5 - 7 Jahre

Krümelgeschichte

Kinderbuch

Kann ein Krümel etwas Besonderes sein? Finde es heraus und begleite einen kleinen Krümel, der nicht wusste, wer er war und wo er herkam. Aber er war fest davon überzeugt, dass er ein ganz „besonderer" Krümel war. Ob er Recht hat oder nicht, wirst du in diesem Buch erfahren.

Taschenbuch: 44 Seiten   Verlag: BoD - Books on Demand; Auflage: 1
ISBN-10 3752657286- ISBN-13 978-3752657289
Empfohlenes Alter: >3 Jahre

Wo ist Mama

Kinderbuch

Dies ist die Geschichte des kleinen Hasen Hoppel, der gleich bei seinem ersten Ausflug verloren geht. Geh doch einfach mit ihm auf die Suche nach seiner Mama. Auf seinem Weg wirst du viele Tiere kennenlernen und erfahren, ob es Hoppel schafft, seine Mama wieder zu finden.

Taschenbuch: 50 Seiten - Verlag: Selbstverlag; Auflage: 1
Altersempfehlung > 3 Jahre

Die Prinzessin und der Drache

Kinderbuch

Dies ist die Geschichte von der Prinzessin und dem Drachen. Das Leben als Prinzessin ist oft sehr langweilig. Viel lieber würde die traurige Prinzessin mit anderen Kindern spielen, aber sie darf nicht. Dann eines Tages entdeckt sie einen Geheimgang und ihr Leben ändert sich. Doch ihr größtes Abenteuer hat die Prinzessin noch vor sich.

Taschenbuch: 50 Seiten - Verlag: Selbstverlag; Auflage: 1
Altersempfehlung > 3 Jahre

Die ersten 3

Kinderbuch

Krümelgeschichte + Wo ist Mama + Die Prinzessin und der Drache

Taschenbuch: 100 Seiten - Verlag: Selbstverlag; Auflage: 1
Altersempfehlung > 3 Jahre

Ein Tag auf dem Bauernhof

Bilderbuch

Erlebe einen aufregenden Tag mit Bauer David.

Bilder-Taschenbuch: 72 Seiten - Verlag: Selbstverlag; Auflage: 1
Altersempfehlung > 2 Jahre

Die letzte Seite

Das war eine Geschichte vom freundlichen Herr Karlheinz

Huber

Über ein Feedback,

dem Applaus des Autors, unter

leseecke@huberskarl.de

würde ich mich sehr freuen.

Schaut doch mal auf meiner Home-Page vorbei.

www.huberskarl.de.

Dort gibt es noch viel mehr Bücher für jedes Alter.